साइबर क्राइम

की सच्ची कहानियाँ

युवान
बुक्स
अनबाउंड स्क्रिप्ट का उपक्रम

साइबर क्राइम की सच्ची कहानियाँ
प्रथम संस्करण : जनवरी, 2025
द्वितीय संस्करण : मार्च, 2025
ISBN : 978-81-19745-35-7

प्रकाशक : अनबाउंड स्क्रिप्ट
2/41, अंसारी रोड,
दरियागंज, दिल्ली-110002
वेबसाइट : **www.unboundscript.com**
ई-मेल : **books@unboundscript.com**
फोन नं. : **011-35807601**

CYBER CRIME KI SACHCHI KAHANIYAN
By Amit Dubey

मुद्रक : यश प्रिंटोग्राफ़िक्स, नोएडा, उत्तर प्रदेश
मूल्य : ₹ 299/-

साइबर क्राइम

की सच्ची कहानियाँ

अमित दुबे

युवान
बुक्स

अनुक्रम

भूमिका

आज के डिजिटल युग में, इंटरनेट हमारे जीवन का अभिन्न हिस्सा बन चुका है। जहाँ एक ओर यह असीमित संभावनाएँ और सुविधाएँ प्रदान करता है, वहीं दूसरी ओर इसके साथ जुड़े खतरों ने अपराध की एक नई दुनिया को जन्म दिया है। साइबर अपराध केवल तकनीकी जालसाजी तक सीमित नहीं हैं; यह मानव मनोविज्ञान, धोखे, और कभी-कभी भावनाओं के खेल का हिस्सा भी बन जाता है।

इस पुस्तक में मैंने अपने वर्षों के अनुभव और साइबर अपराधों की गहरी समझ के आधार पर ऐसी कहानियों को प्रस्तुत किया है, जो न केवल सच्ची घटनाओं पर आधारित हैं, बल्कि रोमांच और जिज्ञासा से भरपूर भी हैं। ये कहानियाँ उस अंधेरे संसार में झाँकने का मौका देती हैं जहाँ तकनीक को हथियार बनाकर अपराध किया जाता है।

पुस्तक में हर कहानी एक अलग प्रकार के साइबर अपराध की परतें खोलती है—फिशिंग से लेकर रैंसमवेयर, ऑनलाइन ठगी से लेकर पहचान की चोरी तक। ये कहानियाँ केवल अपराध के तरीकों को नहीं, बल्कि पीड़ितों की संवेदनाएँ और अपराधियों की मानसिकता को भी उजागर करती हैं।

इस पुस्तक का उद्देश्य केवल रोमांचित करना नहीं है, बल्कि पाठकों को सतर्क और जागरूक करना भी है। जब आप इन कहानियों को पढ़ेंगे, तो आप पाएंगे कि हर कहानी के पीछे एक सीख छिपी है—कैसे हम डिजिटल दुनिया में सुरक्षित रह सकते हैं और इन अपराधों से बच सकते हैं।

मुझे आशा है कि यह पुस्तक न केवल आपको रोमांचित करेगी, बल्कि साइबर अपराध की दुनिया के प्रति आपकी समझ और सतर्कता को भी बढ़ाएगी।

जनवरी, 2025

एक हिंदी लेखक के बतौर आश्चर्य और हर्ष का विषय है कि इस किताब का दूसरा संस्करण इतनी जल्दी आ रहा है। पहले संस्करण में जो किंचित ग़लतियाँ रह गई होंगी, उन्हें भी यहाँ सुधार दिया गया है। आशा है आप इस संस्करण को भी वैसा ही प्रेम देंगे।

अमित दुबे

मार्च, 2025

1 किराये का घर

"कुछ हल्के कंबल भी पैक कर लेना, वहाँ ठंड बहुत होती है," अरूप की माँ ने अरूप को पैकिंग करते हुए देखकर सलाह दी।

"अरे माँ, मैंने वहाँ का तापमान देख लिया है, अभी वहाँ का तापमान 35° ही है।"

अरूप की नौकरी देहरादून में लगी थी और वो अपनी पत्नी कियारा के साथ वहाँ शिफ्ट हो रहा था।

उन्होंने अपना सामान ट्रक से पहले ही भेज दिया था। अपने कपड़ों और जरूरी चीज़ों के साथ आज शाम की फ्लाइट से ख़ुद देहरादून पहुँचने वाले थे।

"टैक्सी बुला लो, हमें अब निकल लेना चाहिए। आजकल एयरपोर्ट पर काफ़ी रश रहता है," कियारा ने कहा।

"अरे नहीं, 6 बजे की फ्लाइट है। अभी तो 2 ही बजे हैं, हम 3 बजे निकलेंगे," अरूप को कोई जल्दी नहीं थी।

फ्लाइट समय पर थी और अरूप शाम 8:00 बजे तक देहरादून पहुँच भी गया था।

"मुझे उम्मीद है, घर साफ होगा, घर पहुँचते ही मैं सफाई में नहीं जुटना चाहती," कियारा काफ़ी उत्साहित थी।

"सब कुछ परफ़ेक्ट है, तुम्हें यह पसंद आएगा; खिड़की से पहाड़ों का दृश्य और हरे-हरे चीड़ के वृक्ष," अरूप ने अपने मोबाइल पर घर का वीडियो दिखाते हुए कहा।

करीब 9 बजे तक वह रेजिडेंशियल सोसाइटी में पहुँच गये।

"साब, रेजीडेंट या गेस्ट?" गेट से घुसते ही सिक्योरिटी गार्ड ने सवाल किया।

"रेजीडेंट..., आज ही शिफ्ट कर रहे हैं, टावर 2, 120 में," अरूप ने हँसते हुए जवाब दिया।

"मोबाइल नंबर बता दीजिए, साब," गार्ड ने कहा।

अरूप ने नंबर बताया और टैक्सी अंदर चली गयी।

"चाबी कहाँ से मिलेगी," कियारा ने अरूप से पूछा।

"राकेश जी ने कहा था कि उनका आदमी घर में हमारा इंतज़ार कर रहा होगा और वही हैंडओवर करेगा।"

टावर 2, 120 में पहुँचकर अरूप ने घंटी बजाई।

ट्रिन ट्रिन ..

थोड़ी देर में आँखें मलते हुए एक व्यक्ति ने दरवाज़ा खोला-

"क्या काम है?"

"काम?... नहीं, मैं अरूप, वो आज से हम इस घर में शिफ्ट कर रहे हैं, वो राकेश जी ने...।"

अरूप अभी इतना ही कह पाया था कि उस व्यक्ति ने आँखें तरेरते हुए कहा, "क्या घर में शिफ्ट कर रहे हैं मतलब, मेरे घर में तुम क्यों शिफ्ट करोगे?" वो व्यक्ति गुस्से में बोला।

"क्या? मैंने इसे खरीदा है, राकेश जी ने बताया होगा न आपको?"

"कौन राकेश...ये क्या बोल रहे हो..?...कुछ भी, मैंने घर दिया ही नहीं... आपको कोई गलत फ़हमी हुई है? जाइए मुझे डिस्टर्ब मत कीजिए...मुझे सोने दीजिए। ...नाइट ड्यूटी है," वह व्यक्ति दरवाज़ा बंद करके अंदर चला गया।

"हैं...ऐसा कैसे हो सकता है!" अरूप हैरान था और जैसे अपने आपसे बात कर रहा था।

"देखो, कहीं कोई दूसरा फ्लैट तो नहीं, एक बार राकेश से पूछो," कियारा ने कहा।

"नंबर तो यही है, सोसायटी भी यही है, राकेश को फोन लगाता हूँ," अरूप ने राकेश को फोन लगाया पर राकेश का नंबर बंद आ रहा था।

कई बार कोशिश करने के बाद वो काफ़ी परेशान हो गया। रात के 9:30 बजने वाले थे।

"अब क्या करें?" कियारा भी परेशान थी।

टैक्सी वाला जा चुका था।

"हो सकता है राकेश किसी मुश्किल में फँस गया हो। हम आज किसी होटल में रुक जाते हैं। कल सुबह बात करके सॉर्ट आउट कर लेंगे," अरूप ने कहा।

अरूप फिर से टैक्सी बुक करने लगा लेकिन कियारा काफ़ी परेशान थी। उसे लग रहा था कि अगर राकेश जी किसी मुश्किल में थे तो किसी और को चाबी की जिम्मेदारी देकर ज़रूर जाते।

ये रात जैसे-तैसे होटल में कटी। अरूप को तो रातभर नींद ही नहीं आयी। सुबह 7 बजे से उसने राकेश को फोन लगाना शुरू किया लेकिन फोन बंद आ रहा था।

जब दोपहर 12 बजे तक फोन बंद ही रहा तो अरूप को लगा कि कुछ गड़बड़ है और वह पुलिस स्टेशन पहुँच गया।

अरूप ने फोन करके अपने पिता को भी ये बात बता दी कि उसके साथ शायद कोई फ्रॉड हो गया है।

और मेरे पास ये खबर अरूप के पिता रघुवीरजी के ज़रिए पहुँची।

मैंने तुरंत अरूप से बात की और जो कुछ पता चला वह बहुत परेशान करने वाला था।

010100100101

अरूप ने एक ऑनलाइन पोर्टल पर रेंट पर घर लेने के लिए सर्च शुरू किया। उसने घर का वीडियो देखा और उसे एक घर पसंद आया। यह सुन्दर अपार्टमेंट था। दिए हुए मोबाइल नंबर पर उसने राकेश से बात की और राकेश ने घर के मालिक सुभाष जी से कनेक्ट किया।

सुभाष जी मलेशिया में रहते हैं इसलिए उन्होंने वीडियो कॉल पर ही अरूप से किराया फिक्स कर लिया।

राकेश ने अरूप को वीडियो कॉल पर घर दिखाया। इसके बाद अरूप ने नंबर दे दिया और सुभाष को सिक्योरिटी मनी और एक महीने का एडवांस किराया यूपीआई द्वारा भुगतान कर दिया।

अब न राकेश का फोन लग रहा था और न ही सुभाष का।

पहली नज़र में, अरूप एक ऑनलाइन हाउस रेंटिंग वेब पोर्टल के चक्कर में लुट चुका था।

पुलिस में शिकायत हो चुकी थी और हमने जाँच शुरू कर दी थी।

मैंने ये केस कुमुद से डिस्कस किया और बताया, “देखो कैसे घर किराये पर देने के नाम पर लोग, दूसरों को लूट रहे हैं।”

“कमाल है?... मतलब कोई घर था ही नहीं और घर को किराये पर चढ़ा दिया गया,” कुमुद ने कहा।

"राकेश के नंबर और बैंक अकाउंट का KYC सब किसी और के नाम पर है," मैंने कहा।

"यदि राकेश ने वीडियो कॉल पर अरूप को पूरा घर दिखाया है तो कोई घर होगा तो जरूर, ढूँढने की कोशिश करो कि ये घर है कहाँ," कुमुद ने सलाह दी।

"ये सुराग बढ़िया था, मैंने वेब पोर्टल पर दी गयी उस घर की सारी तस्वीरें डाउनलोड की और बारीकी से विश्लेषण करना शुरू किया।"

रिवर्स इमेज सर्च से हमने ये तो पता लगा लिया कि राकेश ने इस घर की तस्वीर के साथ अलग-अलग वेबसाइट पर विज्ञापन पोस्ट की है और हर बार घर का पता अलग-अलग जगह बताया है। एक बार देहरादून, एक बार जयपुर और एक बार बंगलौर, मतलब संभव था कि राकेश इनमें से किसी भी जगह न हो कमाल की बात है, ये सारे विज्ञापन लगभग एक ही समय पर पोस्ट किए गए थे और उन सबसे लिंक्ड मोबाइल नंबर और ईमेल आईडी भी एक ही था।

एक पोर्टल से हमने विज्ञापन पोस्ट करने वाले का विवरण माँगा है। जहाँ से यह सब पोस्ट हुआ है उसका आई.पी. एड्रेस, जितनी बार पोस्ट करने वाले यूजर ने इस अकाउंट को एक्सेस किया है, उसका एक्सेस डिस्क्रिप्शन, आई.पी., लॉग और इससे लिंक किया गया मोबाइल नंबर या ईमेल आईडी।

वेबसाइट से आईपी लॉग, ईमेल आईडी और मोबाइल नंबर तो मिल गया। ईमेल आईडी Gmail का था, इसलिए अगला रिक्वेस्ट हमने गूगल और टेलीकॉम ऑपरेटर्स को भेजा।

Google से मैंने माँगा कि इस ईमेल के लॉगइन विवरण और इससे लिंक्ड मोबाइल नंबर और कोई दूसरा ईमेल आईडी भी प्रदान करें।

टेलीकॉम ऑपरेटर्स से इसका IP रिकॉर्ड माँगा गया। IP रिकॉर्ड से हमें पता चला कि जिस भी अपराधी का ये IP एड्रेस है, उसने अपने डिवाइस से और क्या-क्या एक्सेस किया है।

तस्वीरों का विश्लेषण करते समय मैंने नोटिस किया कि एक तस्वीर रसोई की है। इसमें रेफ्रिजरेटर के ऊपर कुछ मैगनेट लगे हुए थे।

इन मैग्नेट्स के बीच में एक पर्ची भी लगी थी। हमने उस फ्रेम को इनलार्ज करके उस स्लिप को पढ़ने की कोशिश की। उस पर कोई मोबाइल नंबर तो था पर उसे पढ़ना मुश्किल था।

क्रिमिनल के इतने क़रीब पहुँचकर भी हम ज्यादा कुछ नहीं कर पा रहे थे।

इस स्थिति में, जब इतना क़रीब पहुँचकर भी अपराधी छूट रहा हो तो काफ़ी निराशा होती है। पर कई बार दैनिक जीवन की गतिविधियों से अपराधी के बारे में भी कुछ न कुछ पता चलता है।

उस दिन कुमुद ने ऑफिस से छुट्टी ली हुई थी। वह घर के पंखे साफ करवा रही थी।

मैंने पूछा, "छुट्टी तो तुमने पेरेंट-टीचर मीटिंग के लिए ली थी न, अब ये सफाई महोत्सव क्यों?"

"अरे जब छुट्टी ले ही ली तो दो-चार काम और निपटा लेती हूँ," कुमुद ने हँसते हुए जवाब दिया।

"मतलब अगर कोई किसी चीज में अच्छा है तो वो सिर्फ एक बार ही वो काम नहीं करेगा," मेरे दिमाग में जैसे अचानक से कुछ कौंधा।

"मतलब अगर क्रिमिनल ऑनलाइन फर्जी विज्ञापन डाल के लोगों को लूट रहा है तो उसने एक ही तरह के विज्ञापन तो नहीं डाले होंगे," मैंने अचानक कुमुद से कहा।

कुमुद को इस केस के बारे में पता था और वह तुरंत मेरी बात समझ गयी।

"बिल्कुल, देखो इनका मकसद लोगों को लूटना है, ज़रूरी नहीं कि ये सिर्फ़ रूम ऑन रेंट के नाम पर ही लोगों को लूटते हों, हो सकता है ये कुछ और बेचने के नाम पर भी लोगों को लूट रहे हों।"

“एक बार ये भी देख लो कि इस मोबाइल नंबर और ईमेल आईडी से कुछ और विज्ञापन डाले गये हैं क्या? मेरा मतलब है गाड़ी या सोफा बेचने के नाम पर?”

ये थोड़ी दूर की कौड़ी थी, पर इसकी संभावना पूरी थी।

मैंने तुरन्त उसके मोबाइल और ईमेल को, ऐसे सारे पॉपुलर वेब पोर्टल्स को भेजा जो ऑनलाइन, सेकेंड हैंड चीज़ें खरीदने-बेचने का काम करते हैं, जैसे-ओएलएक्स, कार बेचो आदि।

मैं अपनी टीम के साथ काम कर ही रहा था कि हमें ओएलएक्स से जवाब मिला कि इस मोबाइल नंबर से कार बेचने की पोस्ट डाली गयी थी।

कार की फोटो ऐसी खीचीं गई थी कि उसका नंबर क्लियर नहीं था पर यहीं क्रिमिनल से एक गलती हो गयी।

कार की फोटो खींचते वक्त पीछे खड़ी एक बाइक भी कैप्चर हो गई थी और उस बाइक का नंबर थोड़े से प्रयास के बाद क्लियर हो गया।

बाइक के नंबर को ट्रेस करते हुए हम उसके मालिक तक पहुँच गए और जब मालिक को ये फोटो दिखाई तो उसने वर्कशॉप को पहचान लिया।

ये बाइक वाला हमारे कार वर्कशॉप पर बाइक की बैटरी बदलवाने आया था!

हम जब वर्कशॉप के मालिक तक पहुँचे तो उसने कार पहचान ली, जो कि उसके किसी ग्राहक की ही थी। लेकिन वो कुछ डिटेल नहीं दे पाया, वो नहीं बता पा रहा था कि ये फोटो कब और किसने खींची।

ये तय था कि फोटो करीब 17 दिन पहले खीचीं गयी थी। जब ये कार वर्कशॉप में सर्विसिंग के लिए आयी थी। पर ये फोटो खींची किसने ये कोई नहीं बता पा रहा था।

फोटो कार के करीब हर एंगल से ली गई थी और ये फोटो सेशन बड़ी तसल्ली से हुआ होगा। तो ये मानना कि वर्कशॉप में किसी को पता नहीं होगा, ये थोड़ा मुश्किल लग रहा था।

पर आगे की जाँच अब फिर फँस गयी थी।

इंस्पेक्टर गजेंद्र अभी इधर-उधर पूछताछ कर ही रहे थे कि ये एक चाय वाला लड़का वहाँ आया।

"चाय पियेंगे साब?" उसने बड़े आत्मविश्वाश से पूछा।

"कितने की है?" गजेंद्र जी ने पूछा।

"स्पेशल चाय, 20 रुपये।"

अचानक गजेंद्र जी को दिमाग में कुछ कौंधा। उन्होंने चाय वाले बच्चे को कार की फोटो दिखायी और पूछा, "करीब 17 दिन पहले इस वर्कशॉप पर ये फोटो खींची गयी थी। बता सकते हो कि इसे किसने खींची थी।"

"बच्चे ने फोटो देखी, ये रोहित और उसके दोस्तों का काम है, साब। वे अक्सर यहाँ आकर गाड़ियों की फोटो खींचते रहते हैं।"

"अच्छा, कहाँ रहता है रोहित?" गजेंद्र जी के दिमाग की बत्ती जल चुकी थी।

"यहीं, दो गली आगे।"

"ज़रा मदद करो हमारी, हमें रोहित के घर तक ले चलो..."

"अरे साब चाय तो पी लो पहले।"

"ये लो पैसे पकड़ो, चाय रोहित से मिलने के बाद पियेंगे," गजेंद्र जी ने चाय वाले बच्चे को कुछ पैसे पकड़ाते हुए कहा।

रोहित और उसके गैंग को दिल्ली से पकड़ा गया। ये लोग फर्जी विज्ञापन डाल के लोगों को लूटते थे।

अरूप की बात जब रोहित से हुई तो उसने उसे पहचान लिया, "अरे तुम तो राकेश हो, हमारी तो वीडियो कॉल पर बात हुई थी।"

अरूप के पैसे तो वापस मिल गये। उसे देहरादून में दूसरा घर भी मिल गया। पर आप लोगों के साथ ऐसा न हो इसके लिए सजग रहें। ऑनलाइन घर या कोई भी चीज़ लेते समय अच्छी तरह से जाँच-पड़ताल जरूर कर लें। जब तक चीज़ों को फिजिकली न देख लें, कोई एडवांस न दें।

2 जस्ट लाइक एंड अर्न

घर के सभी लोग एक रिश्तेदार के यहाँ शादी में गए थे। आयुष घर में अकेला था।

आयुष ग्रेजुएशन कर चुका था और नौकरी की तलाश कर रहा था। और नौकरी थी कि मिल ही नहीं रही थी।

कभी सोचता, कोई बिजनेस ही शुरू कर देता हूँ।

उसने इस बारे में अपने पापा से बात भी की। लेकिन बिजनेस के लिए शुरुआती इन्वेस्टमेंट काफ़ी ज्यादा था इसलिए पापा तैयार नहीं हुए।

बिना पैसे के भी कोई बिजनेस होता है? पता नहीं ये पैसे बचाकर आप क्या करेंगे! आयुष अपने पापा के फैसले से थोड़ा झुंझला उठा था।

आयुष के पापा रिस्क नहीं ले सकते थे। जीवन के इस मोड़ पर उन्हें कभी भी इस पैसे की ज़रूरत पड़ सकती थी और वह खुद किसी पर बोझ नहीं बनना चाहते थे।

आयुष परेशान था। इसी गुस्से में वह आज शादी में भी नहीं गया। क्योंकि रिश्तेदारों के सवाल और उसके चचेरे भाइयों से तुलना उसे पसंद नहीं थी।

आयुष रील पर रील देख रहा था और उसे एहसास ही नहीं हुआ कि कब 2 घंटे बीत चुके हैं।

चलो खाना गर्म कर लेता हूँ, आयुष किचन की तरफ बढ़ा ही था कि व्हाट्सएप पर एक मैसेज आया।

मैसेज कहीं बाहर के नंबर से था, +1, ये तो USA का कोड है, आयुष ने मन-ही-मन सोचा।

आयुष ने मैसेज पढ़ना शुरू किया।

+1 (619) 679-9538 :
Good Afternoon!
Hello,
My name is Sunita Sharma
Recruiter from EXPO JOB CONSULTANCY

जॉब कंसल्टेंसी! आयुष को पढ़कर अच्छा लगा।

"yes pl," आयुष ने जवाब दिया।

सुनीता का जवाब आया-

"We have opportunities of part time jobs would you like to do? Its kind of online job that you can work from home so if you are interested i will elaborate the job"

आयुष ने लिखा, "Sure, Please tell me."

सुनीता ने लिखा-

"We are working with Indian famous businesses to increase their feedback on Google. So we are hiring you as a freelancer for work who wants to earn some extra money in their free time. Your role is to write a good review on Google Maps and you will get a bonus and salary for it. SHALL I SEND SALARY PACKAGE?"

आयुष को पढ़ के अच्छा लग रहा था, उसने लिखा "मुझे क्या करना होगा?"

सुनीता का जवाब आया:

+1 (619) 679-9538: let me send you the salary package and requirements.

Indian Citizen/PR/Foreigner (T&C)

Gender : Male / Female

Age : 22-above 22 years

Bonus: Rs. 3000-8000, settled daily

Basic salary allowance: Rs.13000 per week

Working hours : 1-2 hour per day

Payroll via online banking

You can also get 150 Rs. as a joining reward from our company.

आयुष के मन में तो लड्डू फूट रहे थे, घर बैठे कमाएँगे और क्या चाहिए!

सुनीता ने लिखा: Alright provide these details and then I will tell you joining and joining bonus process.

आयुष अभी पढ़ ही रहा था कि सुनीता का एक और मैसेज आ गया:

"Please fill in this format, I have to submit your information to the company receptionist.

Name:

Age:

Job:

Country:

telegram username:

आयुष ने अपना विवरण भरकर भेज दिया।

सुनीता का जवाब आया:

आपने टेलीग्राम विवरण नहीं भेजा।

आयुष ने लिखा, "मैं टेलीग्राम पर नहीं हूँ।"

सुनीता ने लिखा:

"We have a lot of potential members who are working from abroad so that is why for connecting with them we upload work content on telegram. Then I suggest you to download sir because our daily work activities would be uploaded there and also our receptionist will contact on telegram only for bonus."

थोड़ी देर में सुनीता ने टेलीग्राम इंस्टालेशन लिंक भी भेज दिया और आयुष ने तुरंत उसे इंस्टाल कर लिया आयुष सारी जानकारी भेज चुका था और अब उसे सुनीता के जवाब का इंतजार था।

"To start with, We will engage you as a virtual assistants for liking YouTube Videos or Instagram Reels. We promote brands, YouTubers, Merchants to boost their popularity. We pay 50 rupees for each video you LIKE."

We have first 3 videos for you to like so we can know if you can finish it perfect. We will pay you 150 rupees for this. You can receive your salary immediately and we will add you in our team to continue working with us and earn up to 2000, 3000 Rs per day depends on your free time.

इसके बाद सुनीता ने आयुष को तुरंत तीन लिंक भेजकर उसे लाइक और सब्सक्राइब करने के लिए कहा।

आयुष ने तुरंत तीनों लिंक को लाइक और सब्सक्राइब कर दिया। सुनीता ने आयुष से कहा कि वो तीनों लाइक लिंक के स्क्रीनशॉट भी भेज दे।

आयुष ने स्क्रीन शॉट्स भेजने में एक पल की भी देरी नहीं की।

उसके बाद सुनीता ने आयुष को एक टेलीग्राम ग्रुप में शामिल कर दिया।

उस ग्रुप में ढेर सारे लोग थे और सारे लोग अपनी कमाई के स्क्रीनशॉट शेयर कर रहे थे। ग्रुप में बहुत ज्यादा एक्टिविटी थी और आयुष सबको देख के काफ़ी एक्साइटेड हो गया था।

इसके बाद सुनीता ने आयुष को एक एप्लीकेशन की लिंक भेजी। वो एप्लीकेशन किसी वेबसाइट पर होस्ट की गई थी।

सुनीता ने आयुष से कहा-

"देखो हमारी कंपनी से पैसे आपको इस एप्लीकेशन के द्वारा ट्रांसफर होंगे, इसे इंस्टॉल करके कॉन्फिगर कर लें।"

आयुष ने एप्लिकेशन इंस्टॉल कर ली। उसके बाद सुनीता ने मैसेज किया, इस एप्लिकेशन में वेरिफिकेशन के लिए आपको 1 रुपये का ट्रांसफर करना होगा। इससे आपका अकाउंट वेरिफाई हो जाएगा।

आयुष ने 1 रुपये ट्रांसफर करने की प्रक्रिया शुरू की और अपने बैंक अकाउंट का विवरण भरा। उसमें लॉगइन किया, आयुष ने अभी 1 रुपये ट्रांसफर किये ही थे कि उसके अकाउंट में 150 रुपये क्रेडिट होने का एलर्ट आ गया।

अरे वाह! यह तो बढ़िया है।

उसने तुरंत सुनीता को बताया कि पैसा मिल गया।

सुनीता ने आयुष से कहा, "ये आपकी मेहनत है। आपको पैसे मिले हैं इसका एक स्क्रीनशॉट लेके हमारे टेलीग्राम ग्रुप में डाल दें ताकि बाकी लोग भी मोटिवेट रहें।"

आयुष ख़ुश था। उसे पैसे कमाने का एक तरीका मिल गया था।

पर आगे की यात्रा थोड़ी मुश्किल थी। टेलीग्राम ग्रुप में डेली कुछ यूट्यूब लिंक शेयर किये जाते और जो सबसे पहले लाइक करता है, पैसे उसी को मिलते थे। आयुष को अक्सर देर हो जाती और उसके हिस्से में मुश्किल से 50 रुपये ही आते थे।

उसने सुनीता को मैसेज भेजा कि उसके हिस्से में लिंक नहीं आ रहे हैं।

सुनीता ने सलाह दी, "और जल्दी पैसा कमाना चाहते हो तो थोड़ा इन्वेस्ट करो। अगर प्रीमियम मेम्बरशिप ले लोगे तो आपको एक्सक्लूसिव लिंक भेजेंगे और आप ज्यादा पैसा कमा पाओगे। इसके अलावा आपकी मेम्बरशिप अमाउंट पर भी आपको रिटर्न मिलेगा। अगर आप 1000 रुपये इन्वेस्ट करोगे तो शाम तक 1250 रुपये मिल जाएँगे।"

आयुष को यह आइडिया अच्छा लगा। उसने तुरंत US ऐप पर 1000 रुपये का इन्वेस्टमेंट कर दिया। शाम तक उसको 1250 रुपए मिल गए। वह बहुत रोमाँचित हुआ।

आयुष ने अपनी माँ से बात की, कि एक बिजनेस के लिए उसे 100000 रुपये चाहिए।

माँ को आयुष पर पूरा भरोसा था, उसने आयुष को 100000 रुपये दे दिये।

पर सुनीता ने बताया कि अगले स्तर पर जाने के लिए न्यूनतम 1.5 लाख का इन्वेस्ट करना होगा, लेकिन कंपनी रिटर्न एश्योर्ड नहीं कर पायेगी।

आयुष के पास अभी 1.5 लाख रुपये तो थे नहीं। वह टेलीग्राम ग्रुप में नोटिस कर रहा था कि हर व्यक्ति पैसे कमा रहा है और हर थोड़ी देर के बाद कोई स्क्रीनशॉट डाल देता है।

आयुष को लग रहा था कि उसे यह सुनहरा मौका नहीं खोना चाहिए। उसने कुछ पैसा अपने एक दोस्त रवि से उधार लिया और 1.5 लाख रुपये उस ऐप पर लगा दिए।

आयुष को अब शाम का इंतजार था कि 1.5 लाख इन्वेस्ट करने के बाद उसके अकाउंट में 37500 रुपये आएँगे। उसने रवि से कहा था 50000 के बदले शाम तक उसे 60000 रुपये मिलेंगे।

शाम 6 बजे रवि का फोन भी आ गया पर आयुष के अकाउंट में कोई पैसा नहीं आया था।

आयुष अब परेशान होने लगा था। वो लगातार सुनीता को मैसेज कर रहा था पर सुनीता कोई जवाब नहीं दे रही थी।

आयुष ने थक-हारकर उस टेलीग्राम ग्रुप में लिखना शुरू कर दिया कि उसके पैसे वापस नहीं आए।

आयुष ने अभी 3-4 मैसेज ही भेजे होंगे कि उसे ग्रुप से बाहर निकाल दिया गया। अब वह उस ग्रुप तक पहुँच नहीं पा रहा था।

सब कुछ बड़ा अजीब था। उधर रवि उसको लगातार फोन कर रहा था। अभी आयुष इस उधेड़ बुन में था कि अब क्या करे ? तभी दरवाजे की घंटी बजी।

आयुष ने दरवाजा खोला तो सामने रवि था, “तू मेरा फोन क्यों नहीं उठा रहा,” रवि ने चिल्लाते हुए कहा।

“अरे वो...,” आयुष कुछ बोल ही नहीं पाया और बैठ के रोने लगा।

थोड़ी देर में अंदर से माँ भी आ गयी और रवि ने सारा मामला आयुष की माँ को समझा दिया।

उनको समझ आ गया था कि आयुष एक ऑनलाइन ठगी का शिकार हो गया है। पर अब करें क्या?

रवि ने सलाह दी कि हमें तुरंत पुलिस में शिकायत करनी चाहिए।

इंस्पेक्टर राकेश शर्मा के पास जब यह केस आया तो वह भी परेशान हो गये। इस केस में सारी चीजें थीं, यू ट्यूब के लिंक, टेली ग्राम ग्रुप, एप्लीकेशन और मल्टीपल बैंक अकाउंट।

राकेश जी ने जब मेरी मदद माँगी। हमारा उद्देश्य पहले अपराधियों की असली पहचान पता करना था। अपराधी आयुष के नंबर पर जवाब नहीं दे रहे थे और आयुष टेलीग्राम ग्रुप से भी बाहर था।

मैंने राकेश जी से कहा, “ये अपराधी बहुत शातिर हैं। हर तरह से ANONYMOUS हो गए हैं। इन्होंने हर बार VPN का इस्तेमाल किया है। अब अपराधी तक पहुँचने के लिए हमें एक बार और लुटना पड़ेगा।”

“क्या कह रहे हैं, सर!” राकेश जी चौंकते हुए कहा।

देखो उन्होंने पहले आयुष को कुछ पैसे ट्रांसफर किये तभी वह फँसा। क्यों न इस बार हम उन्हें लालच दे दें।

हमने एक दूसरे नंबर से सुनीता के उस वाले नंबर पर व्हाट्सएप किया।

पर उसका जवाब नहीं आया।

हमें लगा कि ये लोग ऐसे किसी नंबर पर रिप्लाई नहीं करेंगे। पर हमारा अंदाज़ा तब गलत हो गया जब क़रीब 1 घंटे बाद सुनीता का मैसेज आया, "Hi..."

हमारे जवाब देते ही, सुनीता के स्टैण्डर्ड मैसेज आने शुरू हो गए। मामला 150 रुपये प्राप्त करने तक भी पहुँच गया। आख़िरकार उसने हमें टेलीग्राम ग्रुप में भी ऐड कर दिया..

पर टेलीग्राम ग्रुप के लोगों की रियल पहचान निकालने में मुश्किल आ रही थी। हमने उन यूजर हैंडल्स से सीधे संपर्क करने की कोशिश की, लेकिन किसी का जवाब नहीं आया। हमने कई सारे लिंक भी भेजे ताकि हमें उनके IP एड्रेस और लोकेशन मिल सकें पर कोई भी तरीका काम नहीं कर रहा था।

अब सुनीता ने अगला दाँव खेला, आप इन्वेस्ट कर सकें तो और अधिक कमा सकते हैं।

"हम कितना इन्वेस्ट कर सकते हैं?" मैंने लिखा।

"मिनिमम 1.5 लाख, जितना ज़्यादा इन्वेस्ट उतनी ज्यादा कमाई।"

मैंने सुनीता को लिखा कि मैं 25 लाख का निवेश कर सकती हूँ।

सुनीता का जवाब आया, "हाँ क्यों नहीं?"

इसके बाद हमने सुनीता को लिखा कि ऐप के जरिए पैसा ट्रांसफर नहीं हो रहा है।

थोड़ी देर में सुनीता ने हमें एक अकाउंट नम्बर भेज दिया। जब हमने उस अकाउंट के बारे में पता किया तो वो भी एक ANONYMOUS अकाउंट था। मतलब कि वो किसी किसान के नाम पर था। जिसे पता नहीं था कि उसके नाम पर कोई अकाउंट भी चल रहा है।

हमने बैंक के नोडल अधिकारी को सूचित कर दिया कि हम इस खाते में कुछ पैसे डालेंगे और इस अकाउंट को भी एक्सेस करेंगे। इसका वास्तविक IP एड्रेस हमें चाहिए। इस अकाउंट से पैसे निकलने नहीं चाहिए।

हमने अपने अकाउंट में 1 लाख रुपये ट्रांसफर कर दिए और सुनीता को स्क्रीनशॉट भेजा कि वह चेक कर ले कि पैसे मिले कि नहीं।

सुनीता ने देर नहीं किया। उसने जैसे ही बैंक अकाउंट खोला, उसका असली IP एड्रेस बैंक के पास आ गया।

सुनीता उस अकाउंट से कुछ अमेज़न गिफ्ट कार्ड ख़रीदने की कोशिश कर रही थी। यही हमारे लिए ब्रेक थ्रू मूवमेंट था। हमने रियल टाइम उस आईपी की लोकेशन यूजर डिटेल्स निकाली।

सुनीता की लोकेशन पानीपत में थी।

सुनीता अपने अकाउंट से गिफ्ट कार्ड खरीद नहीं पा रही थी और उसने हमें जवाब दिया।

"कुछ समस्या है, पैसा रिफ्लेक्ट नहीं कर रही है।"

हमने लिखा, "पर हमारे अकाउंट से पैसे तो कट गए हैं।"

सुनीता ने लिखा, "वो अकाउंट एक्सेस नहीं कर पा रही।"

हमने सलाह दी कि वो किसी और डिवाइस से अकाउंट एक्सेस करें।

हमारी कोशिश थी कि हम सुनीता के ज्यादा से ज्यादा डिजिटल फुटप्रिंट निकाल लें।

सुनीता को ये सलाह सही लगी। उसने एक दूसरे डिवाइस से बैंक अकाउंट एक्सेस किया। हमारे पास अब एक और IP एड्रेस था।

वो लोकेशन भी पानीपत के पास की ही थी।

लेकिन IP एड्रेस के हिसाब से जो लोकेशन थी वो 20 कि.मी. एरिया में कहीं भी हो सकती थी, और इतने बड़े एरिया में उसको लोकेट करना बहुत मुश्किल था।

इसी बात पर हम सोच ही रहे थे कि मैंने कहा, "बाकी के 50 हज़ार भी ट्रांसफर कर दो।"

इंस्पेक्टर राकेश ने बाकी पैसे भी ट्रांसफर करा दिए।

हमने 50 हज़ार ट्रांसफर का स्क्रीनशॉट भी सुनीता को भेज दिया।

सुनीता अब घबरा गई थी। उसके अकाउंट में पैसे थे पर वह पैसे निकाल नहीं पा रही थी।

हमारा अंदाज़ था कि वो मजबूरन ATM से कैश निकालने की कोशिश करेगी।

सोनीपत के क्षेत्र में जितने भी ATM थे, हमने उन पर निगरानी टीम नियुक्त कर दी। हमने यह सोचा कि पैसा निकालने की कोशिश करते ही हम उसे पकड़ लेंगे।

हमने सुनीता से फिर पूछा, क्या आप कन्फर्म कर सकती हैं कि आपको पैसे मिल गए हैं? लेकिन वह कोई जवाब नहीं दे रही थी।

हमारे साथ दूसरी लाइन पर बैंक की टीम तैयार थी। करीब 35 मिनट में बैंक का अलर्ट आया कि दिए गए अकाउंट पर किसी ने ATM से पैसे निकालने की रिक्वेस्ट की है।

कुछ ही सेकंड में हमारे पास ATM की लोकेशन थी। ATM पानीपत में ही था हमने वहाँ टीम को तुरंत अलर्ट कर दिया। टीम ने बताया कि अभी एक व्यक्ति एटीएम के अंदर ही है।

व्यक्ति ने कई बार पैसे निकालने की कोशिश की लेकिन पैसा नहीं निकला। जैसे ही वह ATM से बाहर आया, पुलिस ने उसे पकड़ लिया।

सुनीता दरसल रियाज अहमद था। उसकी निशानदेही पर पुलिस ने उसके पूरे गैंग को पकड़ लिया, जो वीडियो लाइक करवाने के ज़रिए लोगों को ठगते थे। इस गैंग के तार अलवर, मेवात और नूंह से भी जुड़े हुए थे।

सुनीता तो पकड़ी गई और उसका गैंग भी लेकिन आप किसी ऐसे लालच में आकार गलती न कर दें।

3 पार्सल

यह एक पत्र आया था, मैं तुम्हें कल बताना भूल गई। सुमित ने लेटर हाथ में लिया पर वह जल्दी में था। वह उस लेटर को अपने लैपटॉप बैग में डालकर तेज़ी से निकल गया। वह ऑफिस के लिए लेट हो रहा था। सुमित ने अभी ऑफिस पहुँचकर डेस्क पर अपना बैग रखा ही था कि उसका फोन बजने लगा।

“हैलो सुमित जी बोल रहे हैं?” उस तरफ़ से किसी लड़की की आवाज आयी।

“हाँ,” सुमित ने जवाब दिया।

“सर, मैं क्विकपार्सल कंपनी से बोल रही हूँ, आपके नाम एक कूरियर आया है।”

“मेरे नाम से? कहाँ से?”

“सर, यूएसए से डिस्पैच हुआ है।”

“अच्छा, ठीक है भेज दीजिये।”

“सर एक कॉम्प्लीकेशन है, कल इसी के लिए फ़ोन किया जाएगा।”

सुमित ने पूछा, “क्या दिक़्क़त है?”

"सर, भारत सरकार के 1998 के डायरेक्शन के अनुसार, हमारे यहाँ सभी अंतरराष्ट्रीय पार्सल स्कैन किये जाते हैं।"

सुमित ने जिज्ञासा से पूछा, "हाँ तो...?"

"Sir, Its my duty to tell you that as per the Indian Post Office Act, 1898 and 1998 updated guidelines of Indian Government, Following items are banned in to dispatch in any form of courier services."

"बैन हो गया?...," सुमित कुछ पूछना चाहता था पर वह लड़की बोलती चली गयी।

Sir, Following items come under IATA Restricted Items and Dangerous goods.. like Currency, Liquids & Semi-liquids, Philately Items., Pornography, Bullion, Drugs and Narcotics (Illegal), Firearms, parts thereof and ammunition Precious & Semi-Precious Items., Radioactive Material, Commodities banned by Law at any given time without prior notice.

"ये आप मुझे क्यों बता रही हैं," सुमित ने थोड़ा बेचैन होते हुए पूछा।

"सर, आपके नाम जो पार्सल आया है, उसमें नकली पासपोर्ट, नकली करेंसी और कुछ केमिकल हैं।"

"हाँ, पर इसमें मेरी क्या गलती है। मुझे क्या पता किसने भेजा है ये और क्यों भेजा है।"

सर, ये सारे पासपोर्ट अलग-अलग देशों के हैं और आपके नाम से हैं?

"क्या?"

सर आईपीसी एक्ट 463, 468 के तहत फ़र्ज़ी पासपोर्ट रखने के जुर्म में 7 साल की सजा का प्रावधान है।

"क्या...?" सुमित का गला सूख रहा था और उधर वह लड़की लगातार बोले जा रही थी।

"अवैध वस्तुएं मँगाने के लिए भारतीय डाक अधिनियम के तहत आप पर अलग-अलग कानून लागू करने की तैयारी की जा रही है।"

"ठीक है...ठीक है.. इसमें मेरी क्या गलती है?" सुमित ने डरते डरते कहा।

"सर, ये बात आप कोर्ट में बताइएगा, आपको हमारी तरफ से नोटिस भी भेज दिया गया है और आपने उसका जवाब नहीं दिया।"

"नोटिस..?...कैसा नोटिस? कब भेजा गया!"

"Sir, I can see on my terminal कि हमारी तरफ से आज भी आपको एक एसएमएस नोटिफिकेशन भेजा गया है। आपसे कॉल बैक करने के लिए भी कहा गया पर आपने हमें कोई कॉल नहीं किया। मजबूरन हमें आपके खिलाफ पुलिस में शिकायत करनी पड़ रही है।"

सुमित ने लपककर अपना एसएमएस चेक किया और स्क्रॉल करते हुए देखा कि एक कूरियर नोटिफिकेशन आया है।

"हम्म...पर आजकल एसएमएस कौन पढ़ता है, मुझसे मिस हो गया होगा।"

"सर, मैं अपने टर्मिनल पर देख सकती हूँ कि आपको नोटिस दिया गया है एक कॉपी आपके पते पर डिलीवर भी हो गई है।"

सुमित को याद आया आज सुबह कनुप्रिया ने उसे कोई लेटर दिया था, उसने लपक कर बैग में हाथ डाला और वो लेटर निकाला। लेटर खुलते ही सुमित के होश उड़ गए। ये लड़की ठीक ही कह रही थी। मतलब सुमित को बार-बार नोटिस आये थे और उसने जवाब नहीं दिया था, "अब क्या होगा, कल अपने वकील को संपर्क करता हूँ," सुमित के मुँह से निकला।

सर, माफ कीजिए पर वकील ज्यादा कुछ नहीं कर सकता, जो कुछ होगा कोर्ट में होगा, हमारी तरफ से ये कार्रवाई 10 मिनट में शुरू हो जाएगी और पुलिस FIR आपके ऑफिस पहुँच जाएगी, आपका ऑफिस यही है न-

19/3, सेक्टर 30... गोल्ड

उस लड़की ने सुमित का पूरा पता सही बताया।

“मैं मैं.... ?” सुमित बुरी तरह घबराया हुआ था।

“सर, आप अपना ऑफिस छोड़ कहीं नहीं जा सकते। आप कोर्ट में जा सकते हैं, जहाँ 3 साल में इसका निबटारा होगा।”

“क्या... आप कुछ भी बोले जा रही हैं, ठीक है नोटिस मिस हो गया तो क्या कोई मुझे यूँ ही जेल में डाल देगा।”

“कुछ दिन के लिए तो जाना ही पड़ेगा सर।”

“बट मुझे अपनी बात रखने का मौका तो दीजिए, मैंने तो अपना पक्ष रखा ही नहीं।”

“हमने मौका दिया था सर, पर आपने ही इग्नोर किया।”

“ठीक है, कोई और तरीका तो होगा।”

“एक तरीका है सर?”

केस अभी भी जाँच सेल के पास है।

मैं उनसे बात कर सकती हूँ और आपसे कुछ जुर्माना लेकर अदालत के बाहर समझौता कराया जा सकता है। इससे आपके खिलाफ पुलिस कार्रवाई नहीं होगी और आपको कोर्ट में भी नहीं जाना पड़ेगा।

कोर्ट-कचेरी से तो हर आदमी डरता है। सुमित भी किसी तरह इस मुसीबत से छुटकारा चाहता था। उसने कहना शुरू किया कि मदद कीजिए इसमें मेरी कोई गलती नहीं है।

“ठीक है, देखती हूँ मैं क्या कर सकती हूँ। अपने बॉस को कॉल ट्रान्सफर कर रही हूँ। कोर्ट से बाहर सेटलमेंट की शक्ति उन्हीं के पास है।”

सुमित अभी कुछ बोल पता की सामने से एक भारी आवाज आई- “सुमित जी आपका केस मुझे ही ट्रांसफर हुआ है। ये धारा 463, 468 का मामला है, कुल 7 पासपोर्ट हैं अलग-अलग देशों के। ये काफ़ी संवेदनशील मामला है। आप कुल 4,72000 का भुगतान कर दीजिए और एक शपथ पत्र दे दीजिए कि इस पार्सल से आपका कोई लेना-देना नहीं है।”

4,72000 ! सुमित एकाएक चौंक पड़ा।

"देखिए सर, ये न्यूनतम जुर्माना है। केस यहीं खत्म हो जाएगा। केस एक बार कोर्ट में चलेगा तो आपका ओरिजनल पासपोर्ट भी जब्त हो जाएगा और सेटलमेंट का मौका भी नहीं मिलेगा।"

"अच्छा रुकिये मैं कुछ करता हूँ?"

सर, मुझे इस बात पर तुरंत निर्णय लेना है। हमारी तरफ से रिमाइंडर के बाद भी आपका जवाब नहीं आया। तो अब मुझे तुरंत पुलिस को जवाब देना होगा। नहीं तो पुलिस किसी भी वक्त आपके ऑफिस पहुँचती होगी।

सुमित अभी सोच ही रहा था कि सड़क पर पुलिस सायरन की आवाज़ आयी...वो एकदम घबरा के बोला, "हाँ-हाँ... मैं करता हूँ, आप....आप पुलिस को रोकिए प्लीज़।"

"ठीक है सर, मैं आपको अकाउंट डिटेल भेज रहा हूँ। आप पेमेंट कर दीजिए और मुझे कन्फर्म कीजिए। और तीन घंटे के अन्दर-अन्दर अपना एफ़ीड़ेविड भेज दें।"

सुमित ने आनन-फानन में लैपटॉप खोला और भेजे हुए अकाउंट में पैसा ट्रांसफर कर दिया।

सुमित ने कॉल बैक करके क्विकपार्सल से आए हुए कॉल पर बता भी दिया कि वह एफिड़ेविड तैयार कर रहा है।

सुमित अभी चैन की साँस ले ही रहा था कि चलो मुसीबत टली। वह एफ़ीडेविड ईमेल टाइप कर रहा था पर वह इतना डरा हुआ था कि टाइप ही नहीं कर पा रहा था तो मदद के लिए उसने अपने एक वकील दोस्त अंकुर सक्सेना को फोन किया।

अंकुर सक्सेना एक वकील और सुमित के दोस्त हैं। जैसे ही उन्हें बुलाया गया और उन्हें मामले की जानकारी हुई, तुरंत उन्होंने सुमित से उस लेटर और मैसेज के विवरण माँगे। अपनी सामान्य समझ से ही अंकुर समझ गया कि सुमित के साथ फ्रॉड हुआ है। उसने सुमित को पुलिस में शिकायत करने के लिए कहा।

सुमित हैरान था, उसे फोन पर कैसे कन्विंस कर लिया और उससे पैसे भी ले लिए। पुलिस स्टेशन पहुँचकर सुमित को पता चला कि ऐसी और भी शिकायतें आयी हैं। ये साइबर अपराधियों की नयी चाल है।

साइबर सेल इस मामले में जाँच-पड़ताल कर रही थी उन्होंने आयी हुई शिकायतों के डेटा का विश्लेषण शुरू कर दिया था। दिल्ली पुलिस के पास पिछले चार हफ़्तों में इस तरह की करीब 7 शिकायतें आ चुकी थीं और पूरे देश में ऐसी हजारों शिकायतें थीं।

पीड़ित लोगों के मोबाइल पर कॉल आयी थी। ये नंबर अपराध के 2 सप्ताह पहले ही सक्रिय हुए थे और अब काफ़ी नंबर बंद भी थे। कॉल करने वालों की लोकेशन मेवात, अलवर, मथुरा के पास से थी। कॉल करने वालों के KYC से उन तक पहुँचना मुश्किल था। क्योंकि सिमकार्ड ऐसे लोगों के नाम पर थे, जिन्हें पता ही नहीं था कि उनके नाम से ये सिम कार्ड चल रहे हैं। जैसा कि ऐसे मामलों में अक्सर होता है, जिन अकाउन्ट्स में पैसे दिए गये थे, पैसा वहाँ से गिफ्ट कार्ड या कैश विड्राल के ज़रिए निकल चुका था।

जो नंबर अब भी एक्टिव थे, पुलिस ने उन नंबरों की एक्टिविटी मॉनीटर करना शुरू किया है। नंबरों के लोकेशन पैटर्न भी अजीब थे। ये सारे नंबर दिन में एक जगह पर जाकर स्विच ऑन होते थे और उसके बाद उसी जगह पर स्विच ऑफ हो जाते थे। गूगल मैप के हिसाब से ये लोकेशन कोई खुला हुआ इलाका था। जैसे कि कोई खेत या खाली जगह। पुलिस जब उस इलाके में छापेमारी करने गई तो वहाँ कोई भी नहीं मिला। मतलब अपराधी बहुत शातिर थे, वे अपनी लोकेशन हर बार बदल लेते थे। और कोई भी नंबर तीन-चार हफ़्तों से ज़्यादा इस्तेमाल नहीं करते थे।

जैसे-जैसे समय गुजर रहा था, सारे नंबर डीएक्टिवेट होते जा रहे थे। जाहिर सी बात है अपराधियों के पास नये नंबर आ रहे होंगे।

जब मेरी डी.सी.पी. शक्ति जी से बात हुई तो मैंने उन्हें सलाह दी कि क्यों न हम सारी शिकायतों का डेटा एनालिसिस करें और हॉटस्पॉट की पहचान करें। यह किया जा सकता था पर ये बहुत मुश्किल काम था, पहले सारा डेटा इकट्ठा करें और फिर उसका विश्लेषण करें।

हमने हर स्टेट से इस तरह की शिकायतों का डेटा कलेक्ट करना शुरू किया। और थोड़े से प्रयास के बाद हॉटस्पॉट मिलना शुरू हो गया। हॉटस्पॉट यानी कि वो लोकेशन जहाँ से ये साइबर क्राइम ऑपरेट किए जा रहे हैं। पर इससे बहुत सटीक लोकेशन नहीं मिल पाती थी। बस किसी इलाके का अंदाज़ा लगता। जैसे, कोई शहर या बहुत बड़ा क़स्बा।

पुराने सारे नंबर बंद हो चुके थे तो अब किसी को भी रँगे हाथ पकड़ना मुश्किल था। ऐसे में ए.सी.पी. संजय जी ने सलाह दी कि हमने जब डेटा एनालिसिस किया तो एक बात नोटिस की थी कि सारे नंबर क्राइम के तीन-चार हफ्ते पहले ही हमारे एरिया में एक्टिवेट हो गये थे। क्यों न हम ऑपरेटर से आज से चार हफ्ते पहले तक जो नये नंबर हॉटस्पॉट में एक्टिवेट हुए हैं, उनकी जानकारी माँगे। क्रिमिनल्स उन नंबरों से हमें मिलेंगे।

सलाह अच्छी थी। हमने सारे टेलीकॉम ऑपरेटरों से हॉटस्पॉट में पिछले चार हफ्ते में एक्टिव हुए नम्बरों की लिस्ट माँगी।

उसके बाद हमने अपनी लिस्ट में से उन नंबरों को अलग निकाल लिया जो हर सुबह स्विच ऑन हो जाते थे और शाम को स्विच ऑफ। और लोकेशन कोई एक ही रहती थी।

अब ऐसे 130 नंबर हमारे सामने थे। सारे नंबर एक्टिव थे। पुलिस ने जाल बिछाया और अगले दिन जहाँ भी ये नंबर स्विच ऑन हुए उधर रेड डालनी शुरू की।

पुलिस जब वहाँ पहुँची तो उस इलाके में एक खेत था। चिलचिलाती धूप में वहाँ कोई चिड़िया भी नजर नहीं आ रही थी। ऐसे में कोई फोन लेकर यहाँ कहाँ छिप सकता था! फोन की लोकेशन वहीं थी पर कोई भी नहीं दिख रहा था।

कॉन्स्टेबल अंजार ने कहा, "सर यहाँ तो कोई भी नहीं है, कोई नयी टेकनीक ईज़ाद कर ली क्या इन लोगों ने।"

हताश होकर इंस्पेक्टर संजय ने एक हवाई फायर किया। उसने सोचा कि अगर कोई कहीं छिपा होगा तो बाहर ज़रूर आएगा। पर कहीं से कोई बाहर नहीं आया।

पुलिस की टीम गाड़ी लेकर लौट ही रही थी कि रास्ते में उन्हें घास के बड़े-बड़े ढेर दिखाई दिये।

अंजार ने कहा, "सर ये देखिए घास के ढेर, बचपन में बहुत खेला है इन पर। अंदर से बड़ा ठंडा होता है ये। हमारे यहाँ धबुआ कहते हैं इन्हें।"

इंस्पेक्टर संजय को अचानक कुछ कौंध गया। उन्होंने गाड़ी रुकवायी और एक घास के ढेर की और बढ़े। ये काफ़ी बड़ा ढेर था। एक ढेर के पास जाके जैसे ही उन्होंने लात मारी तो वो अंदर से खोखला था। अन्दर लकड़ी का एक घर-सा बना हुआ था, अंदर 2 लड़के थे, इंस्पेक्टर संजय ने चिल्लाकर उन्हें बाहर आने के लिए कहा।

दोनों लड़के बाहर आ गये। दोनों की उम्र करीब 17-18 साल थी। कांस्टेबल अंजार ने जैसे ही अंदर चेक किया तो अंदर से 12 फोन बारामाद हुए।

पुलिस की टीम माजरा समझ चुकी थी। उन्होंने एक-एककर सारे घास के ढेरों की तलाशी लेनी शुरू की। वहाँ से 50 लोगों को गिरफ्तार किया गया। इनमें काफ़ी लड़कियाँ भी थीं।

यह गैंग पकड़ा गया और पैसों की वसूली के लिए पुलिस की जाँच चल रही है। पर कहीं आप किसी अपराधी के झाँसे में न फँस जाएँ, इसके लिए हमेंशा सजग रहें।

साइबर क्रिमिनल आभासी दुनिया में कितनी भी पहचान बना सकते हैं। भरोसा भी पैदाकर सकते हैं, इसलिए ऐसा कोई भी फिनांशियल ट्रांजेक्शन करते हुए खूब पड़ताल कर लें।

4 डीडीओएस अटैक फ्रॉम रेस्टोरेंट

साइबर सेल ने हमें एमडी शारिक की शिकायत भेजी थी।

एमडी शारिक एक व्यवसायी हैं। उनका कृषि उत्पादों की ऑनलाइन बिक्री का एक ईकॉमर्स पोर्टल है।

ए.एस.आई गुरुदयाल से उन्होंने कहा, "सर मेरी वेबसाइट पर हमला हो रहा है।"

गुरुदयाल ने पूछा, "मतलब?"

शारिक जी ने कहा, "सर हमारा ऑनलाइन ईकॉमर्स का बिजनेस है। कोई है जो हर दिन हमारी वेबसाइट डाउन कर देता है। हर दिन न सिर्फ लाखों रुपये का नुकसान हो रहा है बल्कि कंपनी का ब्रांड भी ख़राब हो रहा है। अगर वेबसाइट ऐसे ही अक्सर डाउन रही तो कस्टमर आना बंद कर देंगे और हम बर्बाद हो जाएँगे।"

एएसआई गुरुदयाल को समझ नहीं आया कि कोई वेबसाइट डाउन कैसे कर सकता है। उन्होंने पूछा, "क्या आपने अपनी टैक्निकल टीम को बताया। आपके यहाँ कोई सर्वर इश्यू होगा। इसमें पुलिस क्या कर सकती है?"

"सर, हम लोगों ने हर तारीके से चेक कर लिया। ऐसा लगता है कोई जान-बूझकर हमें परेशान कर रहा है। कोई है, जो चाहता है कि हमारा धंधा बंद हो जाए।"

गुरुदयाल ने पूछा, "आपका कोई कम्पिटीटर है जिस पर आपको शक हो?"

शारिक ने कहा, "नहीं सर ऐसा कोई भी नहीं है, जिस पर हम शक कर सकें इसलिए हम चाहते हैं कि इस मामले की जाँच हो।"

मामला थोड़ा टैक्निकल था क्योंकि एएसआई गुरुदयाल ने मुझे फोन किया था। उन्होंने बताया कि किसी DDOS अटैक का मामला है।

DDOS अटैक यानी डिस्ट्रिब्यूटेड डिनायल ऑफ सर्विस अटैक। दरअसल किसी भी वेब सर्वर के क्लाइंट रिक्वेस्ट को सर्विस करने की एक लिमिट होती है। सर्वर की ये क्षमता कंपनी दिन-प्रतिदिन की कस्टमर ट्रैफिक देखकर तय करती है। अगर सर्वर पर ज़्यादा ट्रैफिक नहीं है मिनट भर में कोई हजारों-लाखों रिक्वेस्ट भेज दे और उस सर्वर की क्षमता से ज्यादा हो जाए तो सर्वर हैंग हो जाएगा या क्रैश हो जाएगा। इस तरह के हमले से किसी सर्वर की सेवा बंद हो जाएगी।

आम तौर पर यदि यह रिक्वेस्ट एक IP एड्रेस से आ रही हो तो उसे ब्लॉक करना मुश्किल नहीं है। इस तरह उसे ब्लॉक करके इस तरह के अटैक से बचा जा सकता है। पर यदि ये सारे रिक्वेस्ट अलग-अलग जगह से आ रही हों तो उसे ब्लॉक करना मुश्किल हो जाता है। क्योंकि सर्वर असल रिक्वेस्ट और अटैक में अंतर नहीं कर पाता।

शारिक का जब मुझे फोन आया और उन्होंने मुझे इस समस्या के बारे में बताया तो मैंने उनसे पूछा कि क्या आपने अनयूज़ुअल ट्रैफिक एनालिसिस किया? आमतौर पर ये DDOS अटैक कहीं बाहर के देशों से शुरू होता है और ऐसे में आप अगर आईपी ब्लॉक कर दें तो जो इंडिया से बहार के अटैक हैं उनसे बचा जा सकता है।

शारिक ने जबाब दिया, "नहीं सर, बड़ा ही जेन्युइन ट्रैफिक होता है, सारे रिक्वेस्ट किसी इंडियन IP से ही होते हैं और वह भी अलग-अलग यूजर्स से जो बिल्कुल जेनुइन हैं।"

मैंने कहा, "मुझे इनकमिंग ट्रैफिक का आईपी लॉग भेजें।"

थोड़ी देर में शारिक ने मुझे आईपी लॉग भेज दिया।

जब मैंने आईपी लॉग एनलाइज किया तो मैं भी चौंक गया। शारिक की बात बिल्कुल सच थी। सारी रिक्वेस्ट अलग-अलग आईपी से थी, वो भी बिल्कुल असली। करीब 80% आईपी एड्रेस दिल्ली एनसीआर के थे। सिर्फ 20% रिक्वेस्ट बाहर से।

ऐसा क्यों?

मैंने उनमें से कुछ आईपी एड्रेस के बारे में जानकारी ली। नोएडा में उनका आईपीडीआर से उपयोगकर्ता के विवरण निकालावे। हमारे पास करीब 12 लोगों के नाम, पते, मोबाइल नंबर आ गये थे। जिनके मोबाइल फोन से ये हमला शुरू हुआ था।

जब हमने सभी लोगों से बात की तो वे सारे लोग इस बात से पूरी तरह अंजान थे। उनको बिल्कुल अंदाज़ा नहीं था और उनके मुताबिक़ उन्हें कभी भी शारिक का ईकॉमर्स पोर्टल एक्सेस ही नहीं मिला। दरअसल, उनमें से कोई भी इस वेबसाइट के बारे में जानता तक नहीं था, तो फिर ये रिक्वेट उनके फोन से कैसे हुए?

कुछ तो था जो इनके बीच में कॉमन था। जब हमने उनमें से कुछ लोगों के फोन स्कैन किये तो मामला खुलना शुरू हुआ।

उनके फोन पर एक ब्राउज़र प्लगइन इंस्टॉल था जो चुपचाप उनके फोन से DDOS अटैक शुरू कर देता था।

इस ब्राउजर का नाम था: 'Cloud9'। यह काफ़ी खतरनाक मलवेयर था। ये आपके ब्राउजर में बैठकर आपके ऑनलाइन अकाउंट्स, कीबोर्ड की स्ट्रोक्स

भी पढ़ सकता था। यह आपके फोन पर एड्वरटीज़मेंट भी पॉपअप कर सकता था और आपके ब्राउज़र से DDOS हमले भी कर सकता था।

Cloud9 ब्राउज़र दरसल एक RAT था- रिमोट एक्सेस टूल। यह एक तरह का वायरस ही होता है, जो Google Chrome और Microsoft Edge की कमजोरियों का फायदा उठाता है। जिससे अपराधी आपके मोबाइल पर दूर बैठकर कुछ भी अंजाम दे सके। यह फोन के पीछे बैठकर काम करता था।

मतलब इन सभी लोगों के फोन हैक हो गये थे। चौंकने वाली बात एक और भी थी। ये सारे लोग काफ़ी प्रतिष्ठित लोग थे। इनके फोन को आसानी से इस तरह हैक कर लेना संभव नहीं था।

मैं इसी विषय पर सोचता हुआ घर में कुमुद से चर्चा कर रहा था।

कुमुद ने कहा, "तुम्हीं ने कहा कि 80% मोबाइल एनसीआर रीजन के ही हैं। इनके बीच कुछ तो ऐसा कॉमन फैक्टर है, जो हम मिस कर रहे हैं।"

पर वो कॉमन चीज़ क्या हो सकती है? इनकी लोकेशन अलग-अलग हैं, इनके फोन का टाइप देख लिया, एप्लिकेशन पैटर्न चेक कर लिया, टेलीकॉम ऑपरेटर्स चेक कर लिये यहाँ तक कि वाईफाई सर्विस प्रोवाइडर भी चेक कर लिया। कुछ भी कॉमन नहीं है।

कुमुद ने कहा, "इनकी लाइफ स्टाइल?"

"मतलब, आजकल तो सबकी लाइफस्टाइल एक जैसी है।"

कुमुद ने कहा, "जैसे, सारे कहीं कॉमन जगह जाते हों?"

हम्म्म! मुझे कुछ ख्याल आया। मैंने सोचा कि फिर से फ़ोन की जाँच शुरू करूँगा।

जाँच शुरू हो गयी और थोड़ी गहरी जाँच के बाद हमने वो तारीख भी निकाल ली, जब इनके फोन का ब्राउजर हैक हुआ और वो दुर्भावनापूर्ण प्लगइन इंस्टॉल हुआ। अब हमें देखना ये था कि सभी 12 लोग मिलते कहाँ हैं।

जैसे ही हमने उनकी लोकेशन चेक की, हम चौंक गये। कुमुद का कहना सही था कि सभी बारह के बारह लोगों में कुछ तो कॉमन था।

मतलब कुछ था जो कनॉट प्लेस में था। जब हमने उन लोगों से पूछा तो पता लगा कि वो सब उन तारीखों पर एक रेस्टोरेंट में गए थे।

अब बारी थी रेस्टोरेंट में जाने की।

इसके बाद मैं और रिटायर्ड इंस्पेक्टर गुरयल रेस्टोरेंट में गए और जैसे ही मुख्य टेबल पर बैठे वेटर ने आकर कहा, "सर आप मेन्यू कार्ड स्कैन कर लीजिए फिर आप ऑनलाइन ऑर्डर कर सकते हैं।"

उसी वक्त हम दोनों का दिमाग ठनका। हमने रेस्टोरेंट का क्यूआर कोड स्कैन किया और ऑर्डर कर दिया। फिर लैपटॉप ऑन किया और अपना फोन एनालिसिस करने लगा। और 2 मिनट में सब कुछ क्लियर हो गया कि रेस्टोरेंट की वेबसाइट किसी ने हैक कर रखी है। जब हम क्यूआर कोड के ज़रिए वो वेबसाइट ओपन करते हैं तो एक दुर्भावनापूर्ण प्लगइन हमारे फोन में इंस्टॉल हो जाता है, जो सिर्फ हमारी निजी जानकारी चुरा रहा है हमारे प्लगइन के अलावा किसी भी सर्वर पर DDOS अटैक भी कर सकता है।

Cloud9 मलवेयर एक कीलॉगर की तरह भी काम कर रहा था और लोगों का पासवर्ड चुरा रहा था।

इसमें एक "क्लिपर" मॉड्यूल था जो मेमोरी क्लिपबोर्ड से क्रेडिट कार्ड का विवरण भी चुरा रहा था।

Cloud9 के हैकर्स का संबंध एक मलवेयर ग्रुप केकसेक से था क्योंकि वो कमाँड और कंट्रोल सर्वर का इस्तेमाल कर रहे थे वो पहले केकसेक ग्रुप का भी इस्तेमाल कर चुका था।

केकसेक एक प्रसिद्ध हैकर ग्रुप था, जो लोगों को अपनी सर्विस देता था।

यह हैकिंग ग्रुप काफ़ी लोकप्रिय था। इसे बड़े-बड़े अटैक के लिए जाना जाता है। मैं यही सोच रहा था कि इतना बड़ा हैकर ग्रुप एक छोटी सी ईकॉमर्स

स्टार्टअप के पीछे क्यों पड़ा हुआ है। इसको डाउन करके उसे क्या फायदा हो रहा था। हमारी यह सोच ही शायद हमें क्रिमिनल तक पहुँचाने वाली थी।

इतना तो तय था कि ये हैकर जानते थे कि इस रेस्टोरेंट में क्यूआर कोड द्वारा ऑनलाइन पोर्टल से ऑर्डर लेते हैं। इन्होने रेस्टोरेंट की वेबसाइट को हैक कर लिया ताकि जो कोई भी QR कोड को स्कैन करें उसके मोबाइल के माध्यम से DDOS अटैक किया जा सके।

सबसे पहले तो हमने रेस्टोरेंट की वेबसाइट को ठीक किया। उसे सुरक्षित किया ताकि अब जो कोई भी QR कोड स्कैन करे तो इसका शिकार न हो।

अब हमारा लक्ष्य उन अपराधियों तक पहुँचना था। क्योंकि अटैक अब भी हो रहे थे।

हमने जब मलवेयर का विश्लेषण किया तो पता चला कि कमाँड और कंट्रोल सर्वर से कनेक्ट होता है। हमें सर्वर का IP एड्रेस भी मिल गया। ये सर्वर चाइना में होस्ट था और वहाँ से कुछ भी पता लगाना मुश्किल था।

हमारी जाँच एक लेवल पर जाकर अटक गयी थी। मैं घर पर ही था और लगातार इस केस के बारे में सोच रहा था। कुमुद ने पूछा- “क्या हुआ, फिर कोई समस्या है क्या?”

मैंने कहा, “मॉडस ऑपरेंडी क्लियर है। शारिक के सर्वर पर अटैक उन लोगों के मोबाइल से हो रहे हैं जो रेस्टोरेंट में विजिट करते है। रेस्टोरेंट की वेबसाइट हैक कर के वो स्क्रिप्ट ऐड की गयी है। हैकर्स के ग्रुप का भी पता है। ये काफ़ी कुख्यात इंटरनेशनल गैंग है।”

कुमुद ने कहा, “तो फिर मसला क्या है?”

मसला यह है कि कोई इंटरनेशनल गैंग एक स्टार्टअप की वेबसाइट को क्यों डाउन कर रहा है। इससे उन्हें क्या फ़ायदा होगा? ये कोई सरकारी वेबसाइट भी नहीं है। या तो कोई कम्पीटीटर करेगा या कोई दुश्मन।

कुमुद ने कहा, “इसके कम्पटीटर को चेक किया?”

मैंने कहा, "हाँ, ऐसा कोई संदिग्ध कम्पटीटर नहीं।"

जो सर्वर हैक हुआ है, तुमने उसका एक्सेस लॉग चेक किया है? जिसने भी रेस्टोरेंट की वेबसाइट हैक की है, उसने बार-बार एक्सेस किया होगा।

मेरे दिमाग में जैसे कोई बल्ब जला। अरे हम ये कैसे मिस कर सकते हैं।

अगले दिन रेस्टोरेंट के मालिक ने हमें कॉल किया और उसने हमें सर्वर के एक्सेस लॉग की व्यवस्था करने को कहा। हमने जब हमारे रेस्टोरेंट के सर्वर के एक्सेस लॉग को चेक किया तो वहाँ हमें कई IP एड्रेस ऐसे मिले जो संदिग्ध थे। उनमें कुछ जापान के, कुछ तुर्की और कुछ नीदरलैंड के भी थे।

पर मेरा दिल कह रहा था कि कोई तो है जो इनमें इंडिया से शामिल है।

आईपी एड्रेस का विश्लेषण करने से पता चला कि ये सारे VPN आईपीएस और अलग-अलग VPN से आवंटित किए गए हैं।

अब मेरा शक और पक्का हो गया कि कोई इंडिया से ही VPN ईपीएस के ज़रिए सब कुछ अंजाम दे रहा है।

सब कुछ हमारे सामने था पर जो नहीं दिख रहा था वह था- अपराधी।

हम एक बार फिर से चूक गए। इस बार भी सुराग कुमुद से ही आया।

कुमुद ने कहा, "देखो जिसने भी रेस्टोरेंट की वेबसाइट हैक की है उसने रेस्टोरेंट जाकर क्यूआर कोड स्कैन करके ये टेस्ट जरूर किया होगा कि उसका हैक सक्सेसफुल है या नहीं। देखो कि जब से ये अटैक हो रहे हैं उसके पहले हफ़्ते में कौन-कौन इस रेस्टोरेंट में गया।"

हमने रेस्तरां आने वालों का विवरण निकालना शुरू किया। अधिकतर लोगों के मोबाइल नंबर हमारे पास थे। इस डेटा का विश्लेषण करते समय हमारी नजर एक नाम पर जाकर अटक गयी।

आकाश विद्यार्थी, ये एक 21 साल का लड़का था जो उस हफ़्ते में बार-बार रेस्टोरेंट आया लेकिन उसके बाद नहीं आया।

आकाश के बारे में जब हमने डिटेल्स निकाली तो हमारे होश उड़ गये। आकाश एक इंजीनियरिंग का छात्र था। उसने अपनी इंटर्नशिप शारिक की कंपनी में ही की थी। किसी वजह से शारिक ने आकाश को डांटा और उसकी इंटरशिप के पैसे नहीं दिए। आकाश इस वजह से काफ़ी परेशान था। बदला लेने के लिए उसने DDOS अटैक प्लान किया। ताकि शारिक की कंपनी को नुकसान पहुँचा सके।

आकाश कई हैकिंग ग्रुप का मेंबर था। वहीं से सपोर्ट जुटाकर उसने ये क्राइम किया।

आकाश तो पकड़ा गया पर आपकी कंपनी में कोई असंतुष्ट एम्प्लॉई कहीं ऐसा न कर दे इसलिए सजग रहिए।

5 एडवांस पेमेंट

कृति पार्क में अपने बच्चे के साथ खेल रही थी तभी उसका फोन बजा। दूसरी तरफ़ से आवाज आयी।

“हेलो मैम, मैं अश्विन बोल रहा हूँ।”

“अश्विन, कौन अश्विन?” कृति ने पूछा।

“मैम, असल में मैं नोएडा अथॉरिटी में एक सरकारी अधिकारी हूँ। मैं किसी को पैसा ट्रांसफर कर रहा था पर गलती से आपके खाते में पैसे ट्रांसफर हो गया। आपको अलर्ट आएगा।”

कृति ने अपने मोबाइल में देखा तो उसके अकाउंट में पैसे क्रेडिट होने का मैसेज आया था।

किसी अकाउंट से पहले 10000 और फिर 20000 क्रेडिट हुए थे।

“हम्म ..हाँ तो इसमे मैं क्या कर सकती हूँ?”

“मैम, मदद कीजिए, असल में ये पैसे मैं देवघर अपनी पत्नी को भेज रहा था और गलती से आपको चले गए। वह अस्पताल में है और उसे तुरंत पैसे चाहिए।”

"हाँ, मैं समझती हूँ, पर मैं क्या..."

"मैम, आपको अपना यूपीआई भेज देता हूँ, आप मुझे पैसे वापस भेज दीजिए, बड़ी मेहरबानी होगी।"

"इसके लिए तो आपको बैंक में जाना चाहिए, बैंक मुझे बोलेगा तो मैं पैसे वापस कर दूँगी।"

"मैम, वो बड़ा लंबा प्रोसेस हो जाएगा। जल्दबाजी में मुझसे ग़लती हो गयी। और मुझे इस समय पैसों की सख्त ज़रूरत है। असल में मुझे पत्नी के अस्पताल का बिल चुकाना है।"

"ठीक है, ठीक है, मैं करती हूँ।"

थोड़ी देर में अश्विन के नंबर से उसका QR कोड आ गया। कृति ने QR कोड के जरिए 30000 रुपये ट्रांसफर कर दिए।

कृति ने उस वक्त तो ध्यान नहीं दिया पर जब पार्क से घर आकर दोबारा अपना एसएमएस अलर्ट देखा तो वो चौंक गयी। उसे लगा कि कुछ गड़बड़ है।

उसके अकाउंट में बैलेंस काफ़ी कम हो गया था। उसने ऑनलाइन लॉगिन कर अपना बैंक स्टेटमेंट देखा तो माजरा समझ आ गया। दरसल कृति के अकाउंट में अश्विन के अकाउंट से कोई पैसा नहीं आया था और वो बैंक अलर्ट भी झूठे थे। कृति को बहुत गुस्सा आया, क्या भावनात्मक कारण बताकर किसी ने उसे बेवकूफ बनाया था। उसने अश्विन को कॉल किया था पर अब वह कॉल पिक ही नहीं कर रहा था।

कृति ने होम मिनिस्ट्री की हेल्पलाइन 1930 पर कॉल किया और लेन-देन के विवरण दिए। कृति ने रिक्वेस्ट किया कि जिस अकाउंट में पैसा ट्रांसफर हुआ है, उसे ब्लॉक करा दिया जाए।

010100100101

रेणुका नोएडा की किसी और सोसायटी में रहती थीं। उनके पिता अस्पताल में भर्ती थे।

रेणुका अस्पताल से घर वापस आ रही थी। वह गाड़ी चला रही थीं तभी एक फोन आया।

फोन कार से कनेक्टेड था।

नमस्ते मैडम!

हाँ कहिए?

“मैं हँसमुख बोल रहा हूँ। असल में आपके पिता ने मुझे बताया था कि आपने किराया ट्रांसफर करने के लिए कहा था।”

“किराया कौन-सा किराया...”

“हाँ मैम, असल में उनका फोन नहीं लग रहा, उन्होंने कहा था कि मैं आपको 50000 ₹ ट्रांसफर कर दूँ। आप कौन सा यूपीआई वॉलेट यूज़ करती हैं?”

रेणुका ने सोचते हुए कहा, “मैं Google Pay, Paytm, PhonePay...।”

“अच्छा ठीक है, आपको ट्रांसफर कर देता हूँ।”

“रेणुका जी, आपने पिछली बार अपना वॉलेट कब यूज़ किया था? यहाँ कुछ इश्यू आ रहा है।”

रेणुका ने कहा, “अम्म... पिछले हफ्ते...।”

कॉलर ने कहा, “अरे हाँ, तभी ये इश्यू आ रहा है, असल में नेशनल पेमेंट कॉर्पोरेशन ऑफ इंडिया ने एक अप्रूवल लेयर शुरू कर दी है और आपके वॉलेट को डिफॉल्ट पेमेंट रिसीव करने से ब्लॉक किया गया है।”

रेणुका ने पूछा, “पर ये क्या है, कब हुआ ये?”

“दरअसल ढेरों शिकायतें आ रही थीं कि अपराधी किसी के अकाउंट में धोखाधड़ी वाले अकाउंट से 10-20 हज़ार डालकर आपका अकाउंट फ्रीज करवा देते हैं। तो एनपीसीआई ने नया प्रोविजन शुरू किया है। अब बिना आपकी अनुमति के कोई आपके खाते में पैसा ट्रांसफर नहीं कर पाएगा।”

ओह...के...

मैं आपको पेमेंट लिंक भेज रहा हूँ। आप क्लिक करेंगी तो आपके अकाउंट में पैसा आ जाएगा। इस तरह करने पर NPCI ट्रांसफर करने की इजाज़त दे देता है।

रेणुका ने कहा, “कोई बात नहीं, आप मुझे कभी भी दे दीजिएगा”

“दरअसल मैम, मैं महीने भर के लिए अपने बेटे के पास यूएस जा रहा हूँ, फिर भूल जाऊँगा। आप प्लीज़ ले लीजिए वरना मेरे सर पे बोझ रहेगा।”

थोड़ी देर में रेणुका को एक लिंक आया। रेणुका ने यूपीआई लिंक पर क्लिक कर दिया। उसने रेणुका का यूपीआई पासवर्ड भी माँगा और रेणुका ने पासवर्ड भी डाल दिया।

टिंग... की आवाज और रेणुका को एक अलर्ट आया!

अलर्ट देखकर रेणुका शॉक्ड हो गई! रेणुका के अकाउंट में पैसे नहीं आए थे बल्कि उसके अकाउंट से 50000 रुपये निकल गये थे।

रेणुका ने तुरंत पलटकर व्यक्ति को फोन किया पर अब उस तक पहुँचना मुश्किल था।

रेणुका ने गाड़ी पुलिस स्टेशन की तरफ मोड़ दी।

उस सप्ताह हमारे यहाँ ऐसे कई केस आये हैं।

कृति ने समय पर 1930 पर कॉल कर दिया था इसलिए अपराधियों के खाते में पैसा ब्लॉक हो गया था। कृति ने अपने बैंक में कहकर संबंधित बैंक को रिक्वेस्ट भेजा।

कृति की किस्मत अच्छी थी। उसका पैसा वापस आ गया। क्योंकि क्रिमिनल अपने अकाउंट से पैसा आगे नहीं बढ़ा पाया था। वहीं रेणुका ने भी समय रहते 1930 को कॉल न किया होता तो क्रिमिनल ने अकाउंट से पैसा निकाल लिया होता।

रेणुका के केस की जाँच जब मैंने शुरू की तो एक चीज़ मुझे खटक रही थी। क्रिमिनल को ये पता था कि रेणुका के पिता अस्पताल में हैं। उसे पता था कि रेणुका को उसके पिता के रेफरेंस से भरोसे में लिया जा सकता है।

रेणुका के पिता इस वक्त फोन नहीं उठा सकते। और वो अस्पताल में हैं ये उसको पता कैसे चला।

अगले दिन मैंने रेणुका से बात की- "आपके पिता अस्पताल में हैं ये किस-किस को पता था, कहीं आपने ये जानकारी फेसबुक पर या किसी व्हाट्सएप ग्रुप में शेयर की हो?"

रेणुका ने कहा, "नहीं मैंने कभी किसी को नहीं बताया और ये तो तुरंत हुआ। मेरे परिवार के अलावा शायद ही किसी को पता हो।"

शायद रेणुका को जिसने लूटा था वो कहीं आस-पास ही था लेकिन हमारी नज़रों से दूर था।

लंच पर मैंने कुमुद से इस बारे में चर्चा की- " रेणुका ने किसी को बताया नहीं, उसके परिवार के अलावा किसी को पता नहीं था।"

कुमुद ने कहा, "शायद क्रिमिनल ने तुक्का लगाया हो, लोग अक्सर हर बात अपने माता-पिता से वेरिफाई तो करते नहीं और यहाँ तो पैसे आने की बात थी!"

मैं कहता हूँ, "ये तुक्का नहीं था, क्रिमिनल जानता था और इसलिए वह तैयार था।"

कुमुद ने कहा, "देखो रेणुका और उसकी फैमिली के अलावा यहाँ एक और यूनिट है, जिसे पता था कि उसके पिता अस्पताल में हैं... अस्पताल को।"

मैंने चौकते हुए कहा, "तो क्या हॉस्पिटल वाले ये डेटा लीक कर रहे हैं।"

अगले दिन एसीपी संजय और मैंने जाकर उस हॉस्पिटल मैनेजमेंट से मुलाकात की। हॉस्पिटल मैनेजमेंट यह मानने को तैयार नहीं था कि उनके यहाँ से कोई डेटा लीक हो सकता है। पर हमारी चिंता ज्यादा थी इसलिए उन्होंने एक स्वतंत्र जाँच कमेटी बनाकर इसकी जाँच कराने का आश्वासन दिया।

मैं और संजय वहाँ से निकल लिए।

संजय ने कहा, "इस अस्पताल में हर दिन लोग आते हैं, अगर ये डेटा लीक हो रहा है तो यहाँ आए हुए हर व्यक्ति को इस तरह के कॉल आएँगे और वह साइबर क्राइम का शिकार हुआ होगा।"

एक काम करते हैं, पिछले एक हफ्ते में एडमिट हुए कुछ मरीजों के केयर टेकर की हॉस्पिटल से लिस्ट लेकर उन्हें रैंडमली चेक करते हैं। पता करते हैं कि क्या उनमे से किसी को इस तरह के कॉल आए।

हॉस्पिटल से डेटा माँग लिया गया और उस डेटा पर हमारी टीम ने काम करना शुरू भी कर दिया ।

शाम तक सारी रिपोर्ट हमारे सामने थी। जाँच टीम के सदस्य शशांक ने हमें बताया कि उन्हें अस्पताल में 240 नंबर मिले थे। उन सभी नंबरों पर कॉल करके पता किया तो करीब 47 लोगों को इस तरह की कॉल आईं। उनमें से कई इस जाल में फँसे हुए हैं।

ये जानकारी मेरे लिए वाकई बहुत काम की थी।

मतलब अगर हॉस्पिटल से नहीं तो हॉस्पिटल के आस-पास से ही ये डेटा बाहर आ रहा है।

हॉस्पिटल में बहुत लोग काम करते हैं। कोई भी ये जानकारी लीक कर सकता है। और अगर 10 लोगों की जानकारी लीक करके उसे 100000 रुपये भी बन रहे हों तो इस लालच में कोई भी क्रिमिनल का साथ दे सकता था।

अब प्रश्न यह है कि किस पर शक करें और किसे छोड़ें।

संजय को उसकी पत्नी का फोन आया।

"कहाँ हो, आते वक्त जरा दो दवाइयाँ लेते आना" संजय की पत्नी आशा ने संजय को दवा के नाम बताए। चूँकि हम अस्पताल में ही थे इसलिए संजय ने सामने वाले मेडिकल स्टोर पर जाकर उस दवा के बारे में पूछा।

"कौन बीमार है, प्रिस्क्रिप्शन दिखाइये।"

संजय ने कहा, "प्रिस्क्रिप्शन नहीं है, ये रेगुलर दवा है, मेरी माँ के लिए है।"

बिलिंग के लिए अपना मोबाइल नंबर बता दीजिये। संजय ने अपना मोबाइल नंबर बता दिया।

संजय दवाई लेकर आ गये थे और हम लोग पार्किंग से गाड़ी निकाल ही रहे थे कि संजय को एक फोन आया-

मैं 5 MG मेडिकल शॉप से बोल रहा हूँ। दरअसल आपकी पत्नी ने पेमेंट किया था एक दवा के लिए। ये दवा अभी उपलब्ध नहीं है इसलिए हमें यह पैसा वापस करना होगा। 5MG से एक कूपन आएगा आपके व्हाट्सएप पर। आप इसे स्कैन कर लेंगे तो आपके अकाउंट में रिफंड आ जाएगा।

संजय का दिमाग ठनका, उसने कहा, "होल्ड कीजिए, मैं स्कैन करके बताता हूँ, रिफंड कितना है।"

उधर से आवाज़ आयी, "सर टोटल 473 रुपये हैं।"

हमने तुरंत गाड़ी घुमायी और दुकान पर जा पहुँचे। वह लड़का संजय को देखकर थोड़ा सकपकाया और नज़रें बचाकर उसने अंदर छुपने की कोशिश की।

संजय ने दुकान में जाके उसको पकड़ लिया। थोड़ी-सी पूछताछ में हमने उगलवा लिया कि वही ग्राहक और मरीज का विवरण मेवात में अपने एक दोस्त को भेजता था और हर जानकारी के लिए उसे 500 रुपये मिलते थे। उस लड़के के फोन से हमें मेवात के उन अपराधियों की भी जानकारी मिल गयी। उस लड़के ने बताया कि ऐसे तमाम लोग हैं जो ये जानकारियाँ उन्हें बेचते हैं।

यह केस अभी जारी है। उम्मीद है कि रेणुका के पैसे वापस मिल जाएँगे। पर कहीं आपके साथ ऐसा कुछ न हो इसके लिए जरूरी है कि आप सावधान रहें।

6 - कैश बैक

टिंग टाँग! दरवाज़े की घंटी बजी और संदीप ने दरवाजा खोला। उसे पता था कि गेट पर कौन होगा। सिक्योरिटी से कॉल आ गया था कि अमेज़न से कोई डिलीवरी आयी है।

संदीप ने लपक के दरवाज़ा खोला, वह बहुत खुश था। बॉक्स हाथ में लिया और जल्दी से अनपैक किया- चमचमाता नया फ़ोन! वॉव!

अभी तक उसने अपने मम्मी-पापा का सेकेंड हैंड फोन ही इस्तेमाल किया था। यह बिल्कुल नया था लेटेस्ट फ़ीचर और हाईटेक कैमरे वाला।

काफ़ी दिनों से वह नया फोन लेने की सोच रहा था पर बात तब बनी जब उसने एक पॉप्युलर ईकॉमर्स पोर्टल पर 30% डिस्काउंट वाला ऑफर देखा। इसके बाद मम्मी को राजी करना मुश्किल नहीं था।

उसने ऑनलाइन पेमेंट किया और आज फ़ोन भी आ गया। संदीप को फोन इस्तेमाल करते हुए अभी दो दिन ही हुए थे, वह अपने पसंद की एप्लीकेशन ढूँढ-ढूँढकर डाले जा रहा था।

दोपहर के वक्त एक फ़ोन आया। दूसरी तरफ एक लड़की की आवाज़ थी:

"हेलो, अमेज़न के कस्टमर केयर से मैं सुमेधा बोल रही हूँ।"

संदीप ने कहा, "हाँ जी, कहिए।"

आपने हमारे पोर्टल से एक ऑनलाइन फ़ोन ऑर्डर किया था जो डिलीवर हो चुका है।

संदीप ने कहा, "हाँ, फोन मिल गया है।"

"आई होप, आप हमारी सर्विस से ख़ुश होंगे। अगर कोई दिक्कत हो तो आप मुझे बता सकते हैं।"

"नहीं-नहीं, यह पर्फेक्ट है, थैंक्स फ़ॉर योर कॉल।"

"हेलो संदीप जी, मैं संदीप जी से ही बात कर रही हूँ न?"

"हाँ जी, मैं ही संदीप हूँ।"

"तो जैसा कि मैं अपने रिकॉर्ड्स में देख रही हूँ कि आपने 17 जून, 2023 को फोन ऑर्डर किया था और ये फोन आपको 19 जून को दोपहर 2 बजे डिलीवर हुआ है। इज़ इट करेक्ट?"

"यस, दिस इज़ करेक्ट।"

"सर एक्चुअली, इस पीरियड में जो भी इलेक्ट्रॉनिक प्रोडक्ट हमारी वेबसाइट से ऑर्डर किये गये हैं, उन्हें एक कैशबैक दिया जा रहा है।"

"कैशबैक, मतलब?"

"मतलब की हम आपको 4999/- रुपये वापस कर रहे हैं।"

संदीप मन ही मन उछल पड़ा- "वॉव, मम्मी तो ये सुनकर ख़ुश हो जाएगी।"

"थैंक्यू सो मच, इसके लिए मुझे क्या करना होगा?"

"नथिंग सर, अगर आप कैश बैक लेना चाहते हैं तो आपको बताना होगा कि आप कौन सा यूपीआई पेमेंट ऐप यूज़ करते हैं?"

संदीप काफ़ी एक्साइटेड था, "मैं...मैं, PhonePay का यूज़ करता हूँ।"

"ठीक है, मैं यहाँ से आपका कैशबैक ट्रिगर कर रही हूँ जो आपके बैंक अकाउंट में आ जाएगा।"

बस आप अपना PhonePay ऐप खोल लीजिए।

संदीप ने अपना फ़ोन पे खोल किया।

सुमेधा ने कहा, "देखिए, आपके PhonePay पर एक मैसेज आ रहा होगा।"

संदीप ने देखा कि एक मैसेज है।

संदीप ने पढ़ा, "यू हैव मेड अ डेबिट रिक्वेस्ट ऑफ़ ₹ 4999/-"

संदीप थोड़ा चौंका, उसने ध्यान दिया कि यह क्रेडिट नहीं डेबिट रिक्वेस्ट है। उसने सुमेधा से कहा-

"मुझे 4999/- पेमेंट का मैसेज तो दिख रहा है पर ये तो डेबिट रिक्वेस्ट है। मतलब मेरे वॉलेट से पैसा जा रहा है, आ नहीं रहा।"

सुमेधा ने बड़ी शांति से जवाब दिया, "वो बिल्कुल ठीक रिक्वेस्ट है, हमने आपको QR कोड के ज़रिए वॉलेट में पेमेंट एक्टिवेट किया है। ये पैसा अब आपके वॉलेट से आप ही के बैंक अकाउंट में ट्रांसफर हो रहा है। आप इसे क्लिक कर दीजिए, आपके अकाउंट में 4999 आ जाएँगे, चिंता न करें।"

संदीप को कुछ समझ नहीं आया पर वह ये 4999 खोना नहीं चाहता था इसलिए उसने पेमेंट ऑप्शन पर क्लिक कर दिया।

अब ऐप ने संदीप से उसका वॉलेट पिन पूछा। संदीप को फिर अजीब लगा। उसने सुमेधा से कहा-

"अरे यह तो मेरा पिन पूछ रहा है, क्या आप निश्चित हैं कि यह प्रक्रिया ठीक है।"

"हाँ-हाँ, बिल्कुल ठीक है, देखिए आपके अकाउंट में कोई अनजान पैसा न डाल दे, इसलिए ये पिन कोड पूछ रहा है। आप चिंता न करें, पिन डाल दें, आपके अकाउंट में 4999 आ जाएगा।"

संदीप ने पिन नंबर भी डाल दिया और वही हुआ जिसका डर था। संदीप को पैसे मिलने की बजाय उसके खाते में 4999 रुपये कहीं और ट्रांसफर हो गए।

जैसे ही अलर्ट आया, संदीप चौंका, उसने तुरंत सुमेधा से कहा, "अरे, आने के बजाय यह तो मेरे अकाउंट से कट गया।"

सुमेधा अब भी शांत थी, "नहीं सर, आपको अलर्ट अभी सिर्फ आपके वॉलेट से पैसे निकलने का आया था। थोड़ी देर में आपके बैंक अकाउंट में पैसा मिलने का भी आ जाएगा, आप चिंता न करें, इसमें थोड़ी देरी होती है।" संदीप अब थोड़ा घबराया उसने कहा, "नहीं, मुझे तो कुछ गड़बड़ लग रहा है।"

सुमेधा ने कहा, "आप बिल्कुल परेशान न हों। मैंने आपसे न कोई लिंक क्लिक करवाया न कोई QR कोड स्कैन कराया तो ऐसे पैसे कैसे निकल सकते हैं? ये तो सिर्फ वाउचर कोड ट्रांसफर का अलर्ट है। थोड़ी देर में आपको एक और अलर्ट आ जाएगा।"

संदीप ने कहा, "अलर्ट नहीं आ रहा है। पहला वाला तो इतनी जल्दी आ गया था। देखो प्लीज़ मेरे पैसे वापस कर दो वरना मेरी माँ मुझ पर बहुत नाराज़ होंगी।"

सुमेधा ने कहा, "ओह मैं चेक करती हूँ। यू आर राईट, हमारे सर्वर में कोई प्रॉब्लम है, पैसे हमारे अकाउंट में अटक गए हैं। लेकिन आप बिल्कुल परेशान न हों, मैं अभी नये वाउचर से रिक्वेस्ट एक्टिवेट करती हूँ।" इस बार ये रिक्वेस्ट 9998- रुपये की है। 4999- जो हमारे पास गलती से आ गए हैं और 4999/- जो हमें आपको देने हैं। अभी आप दोबारा प्रोसेस फॉलो करें, आपके फोन पर मैसेज आ गया होगा।

संदीप ने ऐप देखा तो "Rs. 9998 का पेमेंट रिक्वेस्ट" आया था।

संदीप ने प्रोसेस फॉलो किया पर उसके पेमेंट फेल होने का अलर्ट आ गया क्योंकि उसके अकाउंट में इतने पैसे नहीं थे। संदीप समझ गया कि इस बार भी उसके ही अकाउंट से पैसे जाने वाले थे, पर वो बच गया क्योंकि अकाउंट में पैसे थे नहीं। संदीप ने सुमेधा पर चिल्लाना शुरू किया पर अब सुमेधा ने

फोन काट दिया और फोन पिक ही नहीं कर रही थी।

संदीप को 5000 रुपये की चपत लग गई थी। उसने अपने पापा को बताया।

संदीप के पापा ने 1930 पर रिपोर्ट किया और www.cybercrime.gov.in पर भी एक शिकायत डाल दी। केस जब जाँच के लिए स्थानीय आईओ, जसवीर जी को असाइन हुआ तो सबसे चौंकाने वाली बात यह थी कि अपराधी को संदीप की परचेज हिस्ट्री के बारे में कैसे पता चला? उसको न सिर्फ ये पता था कि किस दिन संदीप ने अपना ऑर्डर किया बल्कि किस रेट पर लिया और किस दिन डिलीवर हुआ सब कुछ।

किसी के परचेज़ हिस्ट्री का इस तरह पब्लिक होना नॉर्मल नहीं है। अपराधियों के मोबाइल नंबर और अकाउंट तो हमेंशा की तरह किसी और के ही नाम पर थे। अब अगर कोई चीज़ क्रिमिनल तक हमें पहुँचा सकती थी तो यही कि यह कस्टमर हिस्ट्री लीक कैसे और कहाँ से हुई।

जानकारी के हिसाब से हमने एक चार्ट बनाना शुरू किया कि संदीप की कस्टमर हिस्ट्री, उसके लैपटॉप या मोबाइल के अलावा और कहाँ-कहाँ हो सकती है। क्या ये अमेज़न के किसी कर्मचारी का काम था? या फिर कूरियर कंपनी से यह डेटा लीक हुआ। या फिर UPI वॉलेट कंपनी, जहाँ से पेमेंट किया गया। या फिर कोई और? अब हमने सारी संभावनाओं का प्रभाव विश्लेषण शुरू कर दिया।

अगर यह डेटा लीक अमेज़न से हो रहा है तो कैश बैक के नाम पर कई अमेज़न ग्राहकों को ऐसे ही लूटा गया होगा। इसलिए क्राइम डिपार्टमेंट के पास ऐसी और भी शिकायतें होनी चाहिए। अतः हमने पिछले कुछ दिनों में मिली साइबर क्राइम की शिकायतों का विश्लेषण करना शुरू किया। कैश बैक के नाम पर जो भी फ्रॉड हुआ था उसमें हमने कॉमन पैटर्न ढूँढना शुरू किया: क्या ईकॉमर्स कंपनी एक है या कूरियर कंपनी या फिर वॉलेट कम्पनी।

मैं घर पर उस दिन अकेला था। मुझे सोसायटी के सिक्योरिटी गार्ड का इंटरकॉम पर कॉल आया।

"सर कोई विजिटर है?" मैंने पूछा, "कौन है?"

सर अमेज़न से है।

मैंने सोचा शायद कुमुद ने कुछ खरीदा होगा। कूरियर वाले ने मुझे पैकेट दिया और फिर ओटीपी पूछा। पर ओटीपी तो मेरे फोन पर था ही नहीं।

मैंने कुमुद को फोन किया कि कोई ओटीपी आया तुम्हें। कुमुद ने कहा हाँ और ओटीपी बता दिया।

इस पूरी डिलीवरी प्रक्रिया में मुझे एक बात खटक गयी। आख़िर इस डिलीवरी बॉय को भी तो सब पता है, ये भी तो डेटा लीक कर सकता है। पर मैं किसी निष्कर्ष पर पहुँचता उससे पहले दिमाग़ में एक और विचार कौंधा। ये बातें तो सिक्योरिटी गार्ड को भी पता हैं कि फलां आदमी के घर पर अमेज़न से क्या डिलीवर हुआ है और पैकेट पर बुकिंग की तारीख भी तो है। मतलब ये इनफार्मेशन गार्ड के पास भी हो सकती है। साइबर क्राइम सॉल्व करते-करते, हर किसी पर शक करने की आदत हो गयी है। इसलिए मुझे समझने में थोड़ी देर लग गयी कि मैं गलत दिशा में जा रहा हूँ। अगर सिक्योरिटी गार्ड डेटा लीक कर रहा है तो उस सोसायटी के कई लोगों के साथ ये फ्रॉड होना चाहिए था, पर ऐसा नहीं था। मतलब सिक्योरिटी गार्ड पर शक करना - ठीक नहीं है।

बचा कूरियर बॉय।

पुलिस ने पूछताछ करके ये डिटेल्स निकाली कि संदीप को जिस लड़के ने फोन डिलीवर किया वह कौन था और उसने इससे पहले क्या-क्या डिलीवर किया था। उसकी डिलिवरी लॉग से हमने चेक किया कि उसने क्या डिलीवर किया है और किसी और डिलीवरी के बाद क्या ऐसा कोई कैश बैक वाला फ्रॉड हुआ है?

जवाब था- नहीं।

मतलब इतना माथा पच्ची करने के बाद हम फिर एक दीवार के सामने खड़े थे। समझ ही नहीं आ रहा था कि अब आगे कैसे बढ़ें। एक बार फिर हिम्मत

करके हमने इस तरह की सारी शिकायतों का विश्लेषण करना शुरू किया। हमारी कोशिश थी कि हमें इसमें कुछ तो कॉमन पैटर्न मिल जाए। डेटा को लगातार घूरते रहो तो उसमें छुपे हुए पैटर्न भी दिखने लगते हैं और ऐसा कुछ दिखते ही मेरी आँखें उस पर अटक जाती हैं।

एक बात कॉमन थी। सारे विक्टिम्स ने जब खरीदारी की तो उस समय उस प्रोडक्ट पर कुछ एक्स्ट्रा डिस्काउंट था। और ये डिकाउंट एक कूपन के ज़रिए दिया गया था।

मतलब गड़बड़ यहीं कहीं पर थी।

जब ईकॉमर्स पोर्टल कंपनियों से डिटेल में तकनीकी चर्चा हुई तो पता चला कि डिस्काउंट कूपन प्रोसेसिंग और वेरिफिकेशन का काम ये लोग एक थर्ड पार्टी के ज़रिए करवाते हैं। मतलब कि ये एक अलग कंपनी है जो इस तरह के कूपन, कैशबैक आदि के लिए मुख्य ईकॉमर्स पोर्टल को सपोर्ट करती है। और जाहिर-सी बात है कि कस्टमर की पर्चेज़ हिस्ट्री इनके पास भी होती है। जैसे ही उस कंपनी की पहचान हुई, हम उनके ऑफिस पहुँचे और हमने पूछा- डेटा का एक्सेस किस-किसके पास है? हमने कंपनी के एक्सेस लॉग का भी एनालिसिस किया, ये जानने के लिए कि इनके सर्वर को किस कर्मचारी ने कब एक्सेस किया है और उसने क्या-क्या किया है? एक्सेस लॉग ने सारा राज़ उगल दिया!

कंपनी का ही एक कर्मचारी 'शिजू' जैकब डेटा चोरी कर बाहर भेज रहा था।

शिजू से पूछताछ शुरू हुई तो उसने सारे क्रिमिनल्स के डीटेल्स बता दिये ।

कैशबैक के नाम पर लोगों को लूटने वाला ये गैंग पकड़ा गया और लोगों को उनका पैसा वापस मिल गया।

ये केस तो सुलझ गया लेकिन इस तरह का क्राइम आज भी ज़ारी है; कभी कैश बैक, कभी हैवी डिस्काउंट, कभी फ्री ट्रिप के नाम पर आज भी लोग लुट रहे हैं। इसलिए सजगता में ही आपकी सुरक्षा है।

7 सुसाइड- जो कभी हुआ ही नहीं

सुधीर अपने दोस्तों के साथ एक वेकेशन ट्रिप पर था।

गोवा में तीन दिन मस्ती करने के बाद आज उनका लौटने का प्रोग्राम था। वह बीच पर बैठा समुद्र को निहार रहा था कि तभी व्हाट्सएप पर एक मैसेज आया।

Hi, How are you?

मैसेज अनजान नंबर से था। उसने तुरंत प्रोफाइल पिक्चर पर क्लिक किया तो वो एक लड़की थी। उसने गौर से उसके चेहरे को ज़ूम करके भी देखा पर उसे याद नहीं आया कि वो उससे कभी पहले मिला है!

सुधीर ने जवाब 'Hi' लिख दिया। तभी उसके दोस्त अभय की आवाज़ आयी- अरे भाई, चलो निकलना है, फ्लाइट का टाइम होने वाला है। सुधीर मन मसोसकर उठा और रूम चेकआउट करने चल पड़ा।

2 घंटे की फ्लाइट के बाद, सुधीर अभी एयरपोर्ट से घर पहुँचा ही था कि फिर से एक मैसेज आया।

You look hot!!

सुधीर एकदम से चौंक गया और उसने लिखा।

Hey, Who are you? Where did you see me?

जवाब आया:

I saw you on the beach.

सुधीर ने जवाब दिया- Oh ye...but do we know each other, I mean, how do you know my number?

उधर से जबाब अया- Oh no, I am from Goa, I had an eye on you, could I dare to say hello, I manage to get your number from hotel.

Oh really! सुधीर के चेहरे पर अचानक मुस्कुराहट के साथ एक चमक आ गयी।

उसने लिखा- लेकिन आप हैं कौन? मेरा मतलब आपका नाम क्या है?

उधर से जवाब आया- मैं क्रिस्टीना हूँ, गोवा से एमबीए कर रही हूँ बट मैं पार्ट टाइम जॉब भी कर रही हूँ। वहीं मैंने तुम्हें होटल में देखा था।

बातचीत यहाँ से शुरू हुई और दिलचस्प होती चली गई। सुधीर को भी अच्छा लग रहा था। लगा कि ये चैट कभी ख़त्म ही नहीं होगी। उसको अहसास हुआ कि वह करीब एक घंटे से क्रिस्टीना से चैट कर रहा है। तभी क्रिस्टीना ने ही कहा।

रात के 8 बज गये, मुझे एक पार्टी मैनेज करनी है तो अभी जाना पड़ेगा।

सुधीर ने लिखा, वाह, तुम्हारे मजे हैं। डेली बीच पार्टी और मस्ती, हमें तो कल से फिर काम पर जाना है।

अगले दिन सुबह उठते ही सुधीर ने मोबाइल देखा कि शायद क्रिस्टीना का कोई मैसेज हो। लेकिन उसका कोई मैसेज न देखकर वह थोड़ा उदास हो गया। उसको शायद खुद मैसेज भेजने की हिम्मत नहीं हुई और चाह रहा था कि क्रिस्टीना की तरफ़ से मैसेज आये।

ऑफिस में भी उसका दिमाग क्रिस्टीना में ही उलझा हुआ था। और इस बीच वह करीब 50 बार क्रिस्टीना की प्रोफाइल ज़ूम करके देख चुका था।

लंच पर जाने के लिए जैसे ही वह अपनी डेस्क से उठा तो उसकी आँखों में चमक आ गयी। क्रिस्टीना का मैसेज था:

Hi, Hows your day.

सुधीर ने लिखा: Going great...

इस बीच में क्रिस्टीना की कुछ तस्वीरें व्हाट्सएप पर आयीं।

और उसके बाद एक मैसेज आया,

My friend wants to know if you think I'm hot. What should I tell them?

सुधीर ने जल्दी से वो पिक्चर्स देखी और तुरंत जवाब दिया: I think they are right।

उसके बाद एक स्माइल करती हुई इमोजी।

क्रिस्टीना ने लिखा: Hope, I am not disturbing you.

सुधीर ने लिखा: I can't focus today. I'm too distracted thinking about you.

धीरे-धीरे बातें पर्सनल हो गईं और सुधीर को लगा कि उसे एक अच्छा साथी मिल गया। सुधीर को क्रिस्टीना से बात करते हुए अभी छः दिन ही हुए थे। इस बीच उनके बीच वीडियो कॉल भी हुई और ढेर सारी टेक्स्ट मैसेज भी।

उस दिन सन्डे था जब सुधीर को क्रिस्टीना का वह शॉकिंग मैसेज आया।

"सुधीर तुम ऐसा कैसे कर सकते हो?"

सुधीर यह मैसेज देखकर चौंक गया! क्या...क्या किया मैंने?

कुछ ही सेकेण्ड में सुधीर को सात वीडियोज़ रिसीव हुए।

ये वीडियोज़ सुधीर और क्रिस्टीना की विडियो कॉल की रिकॉर्डिंग थी। और यह जिस तरह की रिकॉर्डिंग थी उसे देखकर सुधीर घबरा गया।

अरे, पर ये वीडियो तुमने रिकॉर्ड क्यों किया?

क्रिस्टीना का जवाब आया : मैंने रिकॉर्ड नहीं किया है। ये तुम्हारे फ़ोन से रिकॉर्ड हुए हैं। इसमें देखो तुम्हारा व्यू छोटा है और मेरा व्यू बड़ा है। इसका मतलब है कि यह तुम्हारा फोन था।

सुधीर एक पल को ठिठका, "पर...पर...मैंने तो कोई वीडियो रिकॉर्ड नहीं किया!"

क्रिस्टीना का मैसेज आया: "मैंने तुम पर भरोसा किया और तुमने यह किया मेरे साथ!"

सुधीर घबराया हुआ था उसने लिखा, "लेकिन, मैं कसम खाता हूँ कि यह मैंने नहीं किया!"

क्रिस्टीना का फिर मैसेज आया:

'दुख सिर्फ रिकॉर्ड करने का नहीं है। ये वीडियोज़ व्हाट्सऐप पर घूम रहे हैं और मुझे यकीन है कि जल्दी ही पोर्नोग्राफी वेबसाइटों तक भी पहुँच जाएँगी।'

"तुमने यह क्या किया सुधीर," वह रोने लगी।

सुधीर की कुछ समझ में नहीं आ रहा था और उधर क्रिस्टीना ने फोन काट दिया। सुधीर उस तक पहुँचने की कोशिश कर रहा था लेकिन अब वह फोन पिक नहीं कर रही थी।

सुधीर पूरे दिन सॉरी का मैसेज भेजता रहा कि उसने ये नहीं किया। उसने समझाने की कोशिश की कि हो सकता है उसका फोन हैक हो गया और फोन से रिकॉर्डिंग हो गयी हो। पर क्रिस्टीना का कोई जवाब नहीं आया। सुधीर हताश हो रहा था। मामला ऐसा था कि सुधीर अपना फोन किसी को दिखा भी नहीं सकता था। वह अंदर ही अंदर घुल रहा था। सुबह से 70 बार कॉल कर चुका था और क्रिस्टीना ने फोन नहीं उठाया था।

रात भर सुधीर को नींद नहीं आयी और सुबह जब पलक झपकी तो फोन की आवाज से ही नींद खुली। उसने अपनी आँखें खोली तो क्रिस्टीना का ही फ़ोन था। उसने लपक कर फोन उठा लिया और एक साँस में ही कह दिया:

"देखो तुम बिल्कुल भी चिंतित मत हो, हम इसे सुलझा लेंगे, चिंता की कोई बात नहीं।"

पर जब दूसरी तरफ से आवाज आई तो सुधीर के पैरों तले जमीन खिसक गयी।

"मैं इंस्पेक्टर बाथम बोल रहा हूँ।"

इंस्पेक्टर?

येस, क्रिस्टीना डेसुज़ा कमिटेड सुसाइड।

क्या? सुधीर के आँखों तले अँधेरा छाने लगा।

हमें उनके घर में उनकी बॉडी मिली है, मैं आपको पिक्चर्स भेज रहा हूँ।

थोड़ी ही देर में व्हाट्सएप पर बहुत सी तस्वीरें मिली। ये क्रिस्टीना की मृत अवस्था में ली गयी तस्वीरें थीं। उसने सुसाइड कर लिया था।

सुधीर फफक-फफक कर रोने लगा। जब इंस्पेक्टर बाथम के हड़काने की आवाज़ आयी तो उसका दिल बैठ गया।

"आपको कल सुबह गोवा थाने में रिपोर्ट करना है, मिस्टर सुधीर।"

मैं ..पर क्यों सर?

हमारी शुरुआती जाँच में पता चला है कि आप और क्रिस्टीना रिलेशन में हैं। आपने क्रिस्टीना की कुछ निजी तस्वीरें वायरल कर दी और उससे परेशान होकर इसने आत्महत्या कर ली। इसलिए आप पर केस बनता है। आपके खिलाफ एफआईआर दर्ज हो चुकी है।

पर सर, मैंने कुछ नहीं किया!

"वो हम डिसाइड करेंगे मिस्टर सुधीर, आपको आकर बस सरेंडर करना है।"

सरेंडर करना है, मतलब?

"देखो, भागने की कोशिश मत करना, तुम्हारे सारे रिकॉर्ड, कंपनी की डिटेल्स, बैंक की डिटेल्स सब हमारे पास हैं। हमारी परमिशन के बिना आप कहीं भी

नहीं जा सकते और आप ऐसी कोई भी गलती करने की कोशिश करोगे तो बहुत पछताओगे।"

पर इस्पेक्टर साहब, आप मेरी बात तो सुनिये।

अब मैं आपकी बात थाने में ही सुनूँगा।

आप कल सुबह आ के थाने में रिपोर्ट करेंगे कि मैं गिरफ्तारी के लिए पुलिस टीम भेजूँ?

सुधीर अभी क्रिस्टीना के गम से उबर भी नहीं पाया था कि उसे एक और बड़ा धक्का लगा था। उसे कुछ समझ नहीं आ रहा था कि वह क्या करे और क्या न करे! वो पुलिस वाले से गिड़गिड़ा रहा था और अपने बेकसूर होने की दुहाई दे रहा था। इतने में उसकी और क्रिस्टीना की व्हाट्सएप चैट के स्क्रीन शॉट्स उसे किसी और नंबर से मिले।

भेजने वाले व्यक्ति ने अपना नाम सुंदर बताया और कहा कि वह एक न्यूज़ पेपर का जर्नलिस्ट है। उसने बताया कि ये चैट पुलिस ने दी है ताकि मैं न्यूज़ बना सकूँ। सुंदर ने लिखा, "आपकी ये चैट पब्लिक होने वाली है!"

सुधीर की जिंदगी छः दिन के अंदर तबाह हो गयी थी और वह हर तरफ से घिर चुका था। वह परेशान बैठा ही था कि बाथम का फोन आया:

"देखिए, मैं मामला रफा-दफा कर सकता हूँ, पर आपको 40 लाख का जुगाड़ करना होगा। मैं अकाउंट नंबर भेजूंगा आप हमें ट्रांसफर करवा दीजिए, वरना आपके खिलाफ कार्रवाई होगी।"

सुधीर के पास कोई दूसरा चारा नहीं था। उसने फिर रोते हुए रिक्वेस्ट किया, "देखिये, 40 लाख बहुत ज्यादा रकम है, मेरा मतलब है, थोड़ा कम कर लीजिये।"

दूसरी तरफ से उधर आवाज आई, "क्या यह एक लड़की की जान से ज्यादा है? आपकी गलती की वजह से उस लड़की की जान चली गई और आप मोल-तोल कर रहे हैं? पुलिस भेजूँ आपके घर?"

"नहीं-नहीं, मैं करता हूँ, कुछ इंतज़ाम करता हूँ।" सुधीर को लगा बस अब यही एक रास्ता है इसलिए उसने हाँ कर दी।

किसी तरह जोड़-तोड़कर सुधीर ने 40 लाख का जुगाड़ किया और उस अकाउंट में ट्रांसफर करा दिया। लगा कि अब शायद बाथम का फोन नहीं आएगा।

बाथम का फोन नहीं आया पर अब फोन आया सुंदर का, और उसने न्यूज न छपने के लिए सुधीर से 20 लाख माँगे।

बातचीत संभव नहीं थी और सुधीर ने सुंदर के दिए गए अकाउंट में भी 20 लाख डाल दिए।

सुधीर कर्ज़े में आ चुका था, पूरी तरह टूट चुका था और उसका मन ऑफिस में भी लग नहीं रहा था।

पर उसकी परेशानी तो अभी शुरू हुई थी।

दो दिन सुधीर को बाथम का फिर फोन आया, 10 लाख का सोना दे दीजिए, आईजी साहब तक पहुँचाना है, किसी ने उनको आपकी डिटेल दे दी है अब मैं उन्हें कंट्रोल नहीं कर सकता।

सुधीर की कुछ समझ नहीं आ रहा था।

उसने 10 लाख का सोना ट्रांसफर कर दिया।

अब उसमे और सामर्थ्य नहीं थी और वह उस दिन टूट गया जब बाथम का फिर फोन आया कि अब 15 लाख और चाहिए।

सुधीर को लगा कि ये डिमाँड कभी बंद नहीं होगी, जेल जाने से अच्छा है कि अब वो भी सुसाइड कर ले।

सुधीर की मंशा उसके दोस्त संजय ने भाँप ली थी, सुधीर ने संजय से पैसे उधार लिए थे।

संजय ने सुधीर से पूछा कि आख़िर हुआ क्या है और सुधीर फफक-फफक कर रो पड़ा। संजय, सुधीर की बात सुनकर परेशान हो गया उसने सुधीर

को सलाह दी कि चलो पुलिस के पास चलते हैं, पर सुधीर को लग रहा था कि पुलिस के पास जाने से वो और मुसीबत में आ जाएगा और बदनाम हो जाएगा।

संजय को कहीं से मेरा नंबर मिला उस दिन किसी कॉन्फ्रेंस के सिलसिले में मैं मुंबई में ही था, जब मुझे संजय का फोन आया।

मामला समझते ही मैंने संजय को सलाह दी कि एक बार गूगल करके देखें कि उस डेट में क्रिस्टीना नाम की लड़की की आत्महत्या की खबर गोवा के पेपर्स में जरूर होगी, पुलिस ये खबर छुपा ही नहीं सकती।

पर काफ़ी सर्च करने के बाद भी हमें ऐसी कोई खबर नहीं मिली, हम तीनों ही समझ चुके थे कि सुधीर को एक झूठे सुसाइड में कोई झूठी पुलिस फँसा रही है।

इसलिए मैंने सुधीर को इस मामले में पुलिस में शिकायत करने के लिए कहा, ताकि विस्तार से जान सकें।

क्रिस्टीना की इमेज को जब फॉरेंसिक विश्लेषण किया गया तो 2 मिनट में साफ हो गया कि ये सुसाइड वाली इमेज क्रिस्टीना की है ही नहीं। बड़ी सफाई से किसी और की छवि में क्रिस्टीना का चेहरा सुपरइम्पोज़ किया गया था।

सुधीर अब एक अपराध बोध से तो बाहर आ गया था, इसका मतलब उसकी कोई वीडियो वायरल नहीं हुई थी और क्रिस्टीना ने उसे जान बूझ कर फसाया था ताकि ये गैंग उससे पैसे लूट सके।

सुधीर अब अपराधियों तक पहुँचकर अपना पैसा वापस पाना चाहता था।

हमने हर तरफ से जाँच शुरू की, बैंक अकाउंट जहाँ पैसे डाले गए थे वहाँ से पैसे निकल चुके थे और ये बैंक अकाउंट के KYC किन्ही दूसरे ही लोगों के नाम पर थे।

क्रिस्टीना का मोबाइल नंबर बंद आ रहा था पर सुधीर के लिए चौंका देने वाली बात ये थी कि उसकी लास्ट लोकेशन गोवा में नहीं, अलवर में थी। हाँ पर सुंदर का नंबर एक्टिव था। उसकी लोकेशन भी अलवर के पास ही कहीं थी।

इससे पहले कि पुलिस वहाँ जाके डेरा डालती तथा सुंदर और क्रिस्टीना को अलवर में तलाशती, एक बात थी जो मुझे खटक रही थी। जिस सीक्वेंस से सुधीर ने हमें जानकारी दी थी, उससे लगता है कि क्रिस्टीना को पता था कि सुधीर गोवा में था और कहाँ रुका था। हमें लगा कि हो सकता है सुधीर ने फेसबुक पर कुछ पोस्ट किया हो? लेकिन जब पता चला कि सुधीर ने फेसबुक पर कुछ भी पोस्ट नहीं किया था तो यह मामला और उलझ गया। आख़िर उसे पता कैसे चला कि सुधीर कहाँ था और क्या कर रहा था?

हमने सुधीर के सभी दोस्तों का फेसबुक अकाउंट खंगालना शुरू किया और हमें वो पोस्ट मिल गई जो कि सुधीर के एक दोस्त ने डाली थी। इसमें सुधीर भी था और होटल का नाम भी। मतलब इसी पोस्ट से क्रिमिनल ने सुधीर को ट्रैप किया था। पर गुत्थी अब भी नहीं सुलझी थी, सवाल अब भी बाकी था- क्रिमिनल को सुधीर का नंबर कैसे मिला?

सुधीर का नंबर कहीं पब्लिक नहीं था। हमने होटल स्टाफ से भी पूछताछ की कि क्या किसी ने सुधीर का नंबर उनसे माँगा था? पर हमें ऐसी कोई बात पता नहीं चली। और क्या हुआ होगा? क्योंकि इसी सवाल का जबाब हमें क्रिमिनल तक पहुँचा सकता था। मैं इसी उधेड़-बुन में ऑफिस से घर के लिए निकल ही रहा था कि संतोष का फोन आ गया। संतोष ने कहा, 'यार वो कनिष्क का नंबर देना उसका पुराना नंबर नहीं लग रहा।' मैंने कहा, 'ओह ठीक है, मैं अभी भेजता हूँ।' फ़ोन कट करके मैंने उन्हें कनिष्क का नंबर भेज दिया। लेकिन भेजते ही जैसे मेरे दिमाग में कुछ कौंधा।

मैं तुरंत ऑफिस लौट गया। मैंने सुधीर के उन सभी फेसबुक फ्रेंड्स को देखना शुरू किया, जिनकी फ्रेंड लिस्ट सार्वजनिक थी। मैंने सुधीर को वो लिस्ट भेज दी और कहा कि सभी दोस्तों को फोन करके पूछो कि 7 दिन पहले किसी ने उनसे तुम्हारा मोबाइल नंबर माँगा था। और एक घंटे में ही सुधीर का फोन आ गया। एक नहीं करीब 3 दोस्तों से सुधीर का फोन नंबर माँगा गया था और सभी ने दे भी दिया था।

ये नंबर सुधीर की कॉलेज मेट निधि ने माँगा था। निधि ने तीन दोस्तों से नंबर माँगा था, और फेसबुक पर उसने निधि को उसका नंबर भेज दिया। सुधीर बेचारा हैरान था कि नम्बर लेने के बाद भी उसने कॉल नहीं किया! बल्कि उसका तो नंबर तक सुधीर के पास नहीं था। मतलब अब निधि ही हमें कुछ और बता सकती थी। थोड़ी परेशानी के बाद हमें निधि का नंबर भी मिल गया। और निधि ने जो हमें बताया उससे हमारे होश उड़ गए। निधि ने कहा कि वो 2 साल से फेसबुक पर एक्टिव ही नहीं है।

फिर नंबर किसने माँगा होगा?

हमने जब निधि का वो प्रोफाइल एनालिसिस किया तो मामला साफ हो गया। वो प्रोफाइल निधि का नहीं था बल्कि उसका क्लोन प्रोफाइल था। मतलब जिसने भी निधि का ये क्लोन प्रोफाइल बनाया है वही क्रिमिनल है।

फेसबुक पर 91 CRPC की रिक्वेस्ट भेजकर हमने क्लोन प्रोफाइल की डिटेल माँगी; लिंक्ड मोबाइल नंबर, आईपी एड्रेस और मेटा डेटा आदि। आईपी एड्रेस से तो ज्यादा कुछ नहीं मिला, पर फेसबुक ने एक कमाल की चीज शेयर की- प्रोफाइल से लिंक ईमेल आईडी। अब अगर उसने इस ईमेल आईडी के ज़रिए किसी और ऐप में कभी लॉगिन किया होगा तो पता चल जाएगा। और यह पता लगाने के लिए कई OSINT टूल उपलब्ध हैं।

हमने ये ईमेल आईडी SaveIbeenpwned.com पर चेक किया तो पता चला कि ये ईमेल आईडी बिग बास्केट के लीक्ड डेटाबेस में था। मतलब जिसने भी ईमेल आईडी बनाई थी उसके फ़ोन में बिगबास्केट ऐप भी इंस्टाल था, बल्कि संभव है उसने बिग बास्केट से कुछ ऑर्डर भी किया हो। हमने बिगबास्केट से रिक्वेस्ट की। हमने पूछा कि इस ईमेल आईडी से संबंधित यूजर ने अगर कुछ ऑर्डर दिया है तो ये सामान डिलीवर कहाँ हुआ?

बिगबास्केट ने हमें डिटेल्स भेज दी, हमारी किस्मत अच्छी थी और क्रिमिनल की ये गलती उस पर भारी पड़ी। हमें उसका एड्रेस मिल गया। क्रिमिनल औरंगाबाद में था। इस तरह ये पूरा गैंग पकड़ा गया।

4 एईपीएस फ्रॉड

विकास सहरावत रिटायर्ड आर्मी ऑफिसर हैं। वह ग्रेटर नोएडा में अपनी पत्नी के साथ रहते हैं। आर्मी से रिटायर होने के बाद उन्होंने ग्रेटर नोएडा में एक घर खरिदा और घर में एक गार्डन लगाया। उनका बेटा अरुणोदय बेंगलुरु में एक एमएनसी में काम करता है।

उस समय वो अपने बेटे से मिलने बेंगलुरु गए हुए थे।

'पापा, आज आप नाश्ते में क्या खाएँगे?' अरुणोदय की पत्नी नताशा ने विकास से पूछा।

'आज कुछ लाइट ही खाएँगे, कल डिनर कुछ हैवी हो गया था,' विकास ने अपना फ़ोन स्क्रोल करते हुए जवाब दिया।

"चलो, मैं आज आपको बेंगलुरु की स्पेशल इडली खिलाती हूँ," नताशा किचन में चली गयी और इडली बनाने में जुट गयी।

विकास पूरी तरह अपने फ़ोन में खोए हुए थे और फिर अचानक झुंझला उठे, "ये ऑनलाइन पेमेंट सिस्टम भी बेंगलुरु की बरसात की तरह है, कब चलेगा, कुछ पता नहीं! देखो अब पता नहीं इसे क्या हो गया?"

अरुणोदय ने पापा की ओर देखा, "लाइए मैं देखता हूँ क्या समस्या है?"

अरुणोदय ने देखा कि पापा अमेज़न पर किसी चीज़ के लिए पेमेंट करना चाह रहे हैं लेकिन पेमेंट नहीं हो रहा है।

"ये क्या आप नताशा के लिए...।" अरुणोदय ने देखा और इससे पहले कि वह आगे कुछ बोले विकास ने उसे चुप रहने का इशारा किया। और फिर अरुणोदय से कहा, "पर पेमेंट नहीं हो पा रहा है!"

"आप चिंता न करें मैं अपने अकाउंट से कर देता हूँ।"

"नहीं, ये कल भी दिक्कत कर रहा था। मुझे लगता है अमेज़न ऐप में ही कुछ गड़बड़ है।"

अरुणोदय ने फिर एक बार कोशिश की पर ऑनलाइन पेमेंट फेल हो गया।

ओटीपी देखते हुए, अचानक अरुणोदय की नजर विकास जी के फोन पर आए कुछ मैसेज पर पड़ी और मैसेज स्क्रॉल करने लगा।

"पापा ये क्या है! आपने अपने अकाउंट से पिछले दस दिनों में हर दिन 10000 निकाले हैं?"

"क्या बात कर रहा है, मैं तो दस दिन से यहाँ हूँ, मैंने तो कोई पैसा नहीं निकाला!"

"यह स्कैम है, ये पैसे AEPS सिस्टम से निकल गए हैं। एक बार अपना अकाउंट चेक कीजिए।"

ये सुनकर विकास चौंक गए। साइबर क्राइम के अहसास भर से वो थोड़ा परेशान हो गए।

"मैं चेक करता हूँ।"

उन्होंने अकाउंट चेक किया तो उनके होश उड़ गए। उनके अकाउंट में कुल 523 रुपये बचे थे। और खाते से करीब 78000/- रुपये निकल चुके थे।

"ये कैसे हो सकता है, अब क्या करें?"

अरुणोदय भी परेशान था। अरुणोदय को पता था कि इस तरह के साइबर क्राइम के लिए होम मिनिस्ट्री का एक हेल्पलाइन नंबर है। उसने हेल्पलाइन नंबर 1930 पर कॉल किया और धोखा-धड़ी की जानकारी दी। उससे कहा गया कि एक शिकायत www.cybercrime.gov.in पर भी कर दीजिए। अरुणोदय ने तुरंत एक शिकायत वहाँ भी कर दी।

अब बारी थी बैंक को सूचित करने की। उसने एक कम्पलेन बैंक मैनेजर को की और उन्हें धोखाधड़ी की जानकारी दी।

विकास जी नोएडा वापस लौट आए। उन्होंने अपने एक मित्र जनरल मंजीत सिंह को भी इस फ्रॉड के बारे में बताया। फिर जनरल मंजीत सिंह ने इस केस के बारे में मुझे बताया। मैंने जनरल मंजीत को भरोसा दिया कि मैं इस केस की जाँच में मदद करूँगा।

हमारी प्रारंभिक जाँच में पता चला कि विकास के अकाउंट से पैसे आधार इनेबल पेमेंट सिस्टम से निकले हैं। असल में पैसा निकालने की पूरी प्रणाली को सुगम बनाने के लिए सरकार ने आधार इनेबल पेमेंट सिस्टम ज़ारी किया है। यह हैंड हेल्ड टर्मिनल होते है। इसमें आप अँगूठा लगाकर पैसे निकाल सकते हैं। आपको सिर्फ अपना आधार नंबर बताना होता है और अंगूठा लगाना होता है। इस पूरी प्रक्रिया में कोई ओटीपी नहीं आता।

“आपने लास्ट टाइम पैसे निकालने के लिए कब AEPS सिस्टम का उपयोग किया था?” मैंने विकास से पूछा।

विकास जी ने कहा, “पर मैंने तो कभी AEPS सिस्टम का इस्तेमाल ही नहीं किया!”

अब चौंकने की बारी हमारी थी, क्योंकि AEPS सिस्टम से फिंगर प्रिंट के बिना पैसे निकल ही नहीं सकते। तो फिर विकास के पैसे निकले कैसे, वो भी करीब 8 बार!

मतलब था कि किसी ने फिंगर प्रिंट ऑथेंटिकेशन को बाईपास करने का कोई तरीका निकाला होगा या फिर विकास जी का फिंगर प्रिंट क्लोन हुआ है।

RBI ने करीब 118 बैंकों को AEPS सिस्टम लागू करने के लिए ऑथराइज़ किया है। हमें पता चला कि विकास जी का पैसा MyBankPay नाम के पेमेंट सिस्टम से निकाला गया है। पुलिस ने NCPI से पेमेंट लॉग की जानकारी माँगी तो हमें POS टर्मिनल की ID और वेंडर डिटेल भी मिल गए। पेमेंट लॉग से ये साफ जाहिर था कि आधार सर्वर पर प्रॉपर ऑथेंटिकेशन हुआ है। मतलब बायोमेट्रिक ऑथेंटिकेशन बाईपास नहीं हुआ था।

अब प्रश्न यह था कि विकास जी का फिंगर प्रिंट अपराधियों ने कैसे इस्तेमाल किया?

इस बीच बैंक से जानकारी मिली कि विकास जी को पूरा पैसा रिफंड मिल रहा है। क्योंकि इस धोखाधड़ी में विकास जी की कोई गलती नहीं है। यह विकास जी के लिए राहत भरी ख़बर थी। पर हमारी परेशानी तो ये थी कि अगर विकास जी के साथ ऐसा हो सकता है तो फिर किसी के साथ भी हो सकता है।

एक बात साफ़ थी कि अपराधी के पास विकास जी का आधार कार्ड भी था और फिंगर प्रिंट भी।

बल्कि शायद उसे ये भी पता था कि विकास जी ट्रैवल कर रहे हैं और SMS को इग्नोर करेंगे और बैंक अकाउंट भी चेक नहीं करेंगे।

इंस्पेक्टर मुकेश ने कहा कि हो सकता है अपराधी विकास जी के फिंगर प्रिंट लेने के लिए कभी उनके घर आया हो। हमने विकास से यह जानने की कोशिश की, कि क्या इस बीच उनके घर कोई विक्रेता, कूरियर वाला, प्लम्बर या कोई बीमा एजेंट आदि आया था?

हमने उनके द्वारा बताए हर नाम को जाँच के घेरे में ले लिया पर कोई सुराग हाथ नहीं लग रहा था।

फिर मैंने गूगल पर सर्च करना शुरू किया कि फिंगर प्रिंट की क्लोनिंग कैसे-कैसे हो सकती है? धीरे-धीरे जानकारियाँ मिलनी शुरू हुई। हमें पता चला कि फिंगर प्रिंट क्लोन करना कोई मुश्किल काम नहीं है। कोई भी, बटर पेपर, फोटोप्लॉयमर, पॉली स्टैम्पर मशीन और अल्ट्रा वॉयलेट लाइट के इस्तेमाल से किसी का भी फिंगर प्रिंट एक रबर स्टाम्प या फिंगर ग्लव्स की तरह बनाया जा सकता है। यह सिर्फ़ चौंकाने वाली बात नहीं थी बल्कि यह पूरे बायोमेट्रिक ऑथेंटिकेशन सिस्टम के लिए ख़तरे की घंटी थी।

पैसे राजस्थान से निकाले गए थे। और बैंक के जिस कर्मचारी के POS टर्मिनल से पैसे निकले थे उससे तुरंत पूछताछ शुरू कर दी। उसने बताया कि अगर उसके पास असली आधार कार्ड के साथ वास्तविक व्यक्ति होता है तभी वह पेमेंट करता है। तो इस मामले में भी उसने पूरी तरह तफतीस करने के बाद ही पैसा दिया होगा। मतलब उसने हमेंशा की तरह आधार कार्ड पर फोटो मिलान किया होगा और उसके बाद POS टर्मिनल पर फिंगर प्रिंट वेरीफाई करके ही पैसा दिया होगा।

इससे साफ़ था कि क्रिमिनल के पास विकास का एक फर्जी आधार कार्ड था किसी तरह क्रिमिनल ने आधार कार्ड पर अपनी फोटो लगाई होगी। अब अगर अपराधियों ने इतना शोफेस्टिकेटेड सिस्टम बना लिया था तो यह भी ज़ाहिर था कि ये सब कुछ उन्होंने सिर्फ़ विकास को लूटने के लिए नहीं किया होगा।

इस बाबत हमने साइबर सेल से पूछताछ की। कुछ ही समय में हमारे पास ऐसे मामलों की झड़ी लग गई। हमने इन सभी मामलों की मैपिंग शुरू की तो पता चला कि ऐसे मामले देश के करीब हर कोने में दोबारा से शुरू हो गये है। मतलब कि साइबर क्रिमिनल्स का यह गैंग बहुत संगठित था।

हमने अपने डेटाबेस से ऐसे विक्टिम्स की लिस्ट निकाली जो नोएडा और उसके आस-पास के क्षेत्र के थे। और हमें ऐसे करीब 12 लोग मिले। ये सब करीब एक ही उम्र के थे और सबकी एक-जैसी कहानी थी।

जब हमें विकास की विज़िटर लिस्ट से कोई ख़ास जानकारी नहीं मिली तो हमने दूसरे पीड़ितों की विज़िटर लिस्ट से विकास की विज़िटर लिस्ट का मिलान करना शुरू किया। हमने सोचा कि कोई एक कॉमन व्यक्ति ज़रूर होगा। पर काफ़ी प्रयास के बाद भी हमें इसमें कोई सुराग नहीं मिला। मतलब अपराधी अब भी हमसे बहुत दूर था। हम लगभग हार मान चुके थे, क्योंकि मोडस ओपेरेंडी तो हमारे सामने था पर उसका एक सिरा गायब था- क्रिमिनल के पास फिंगर प्रिंट कैसे पहुँचा?

मैंने एक बार फिर सभी पीड़ितों के डेटा को देखना शुरू किया। मेरी कोशिश यही थी कि कुछ तो कॉमन मिले; ऐज ग्रुप, एजुकेशन, लाइफ़ स्टाइल, लोकेशन पैटर्न, sms लॉग आदि का विश्लेषण कर रहा था तभी मैंने कुछ नोटिस किया।

लगभग सभी पीड़ितों के अकाउंट में पिछले तीन महीने में या तो कोई बड़ी रकम आयी थी या फिर अकाउंट से बाहर हो गई थी। ये कोई बहुत असामान्य बात तो नहीं थी पर यह सब में कॉमन तो था।

पीड़ितों से उनकी गोपनीयता की ज़िम्मेदारी लेते हुए मैंने इस बारे में उनसे बात करनी शुरू की और तभी सब कुछ धीरे-धीरे खुलना शुरू हो गया। सारे विक्टिम्स ने पिछले तीन महीने में किसी प्रॉपर्टी को या तो बेचा था या खरीदा था। और इस पूरी प्रक्रिया में एक जगह थी जहाँ फिंगर प्रिंट यूज़ होता था और वह जगह थी- रजिस्ट्री विभाग। जहाँ रियल एस्टेट प्रॉपर्टी की रजिस्ट्री होती है। यह एक बड़ा ब्रेकथ्रू था। हमने रजिस्ट्री विभाग में जाकर पूछ-ताछ शुरू की, कि क्या वहाँ से कोई फिंगर प्रिंटर चोरी हुआ है।

इस पूछताछ से सीधे-सीधे तो कोई जानकारी नहीं मिली। लोग अचानक हुई इस जाँच से डरे हुए भी थे। लेकिन फिर नाम गुप्त रखने की शर्त पर एक अधिकारी ने बताया कि कुछ लोगों ने उससे संपर्क किया था। वो लोग कुछ पुरानी रजिस्ट्री की कॉपी माँग रहे थे। लेकिन हमने देने से मना कर दिया। उस ऑफिसर ने उनका हुलिया और कुछ फोन नंबर भी दिये। अब यह बात

तो तय थी कि उसने विक्टिम्स के फिंगरप्रिंट रजिस्ट्री की कॉपी से निकाला होगा पर उन्हें रजिस्ट्री की कॉपी मिली कहाँ से?

हमने रजिस्ट्री ऑफिस की वेबसाइट स्कैन की। हमें कुछ कमियाँ तो मिलीं पर जब हमने एक्सेस लॉग चेक किया तो ये क्लियर हो गया कि कहीं से भी कोई अवैध एक्सेस नहीं हुई है। अब हमारा संदेह रजिस्ट्री कार्यालय में काम करने वाले लोगों पर था। हमने रजिस्ट्री ऑफ़िस में काम करने वाले हर शख़्स के नंबर पर एक व्हाट्सएप भेजा, 'क्या आप हमें किसी व्यक्ति की रजिस्ट्री की कॉपी निकालने में मदद कर सकते हैं?'

ज्यादातर लोगों ने इसका जबाब ही नहीं दिया, दो लोगों के जवाब आए पर उन लोगों ने भी इसे अवैध बताया और हमसे ये ना करने की सलाह दी, और वहाँ भी बात नहीं बनी। मतलब अब ये तय था कि ये कॉपियाँ कहीं और से निकल रही थीं। इंस्पेक्टर मुकेश ने कुछ लोगों को रजिस्ट्री ऑफिस के आस-पास तैनात कर दिया और करीब 4 दिन बाद एक खुशखबरी आयी। एक पुलिस ऑफिसर को कोई व्यक्ति ऐसा मिला जो रजिस्ट्रियों की कॉपी देने के लिए राजी था बल्कि उसने ये भी बताया कि ये काम वो पहले भी कर चुका है। वह एक बुकबाइंडर था, जो रजिस्ट्री ऑफिस में काम करता था। बुकबाइंडर पकड़ा गया और उसके ज़रिए हम उस गैंग तक भी पहुँच गए, जो लोग इस पूरे काम को अंजाम दे रहे थे। उसमें हर तरह के लोग थे। एक इंजीनियर था, जो फिंगर प्रिंट क्लोन करने में मदद करता था। एक दूसरा व्यक्ति फर्जी आधार कार्ड बनाता था। एक तीसरा व्यक्ति अपनी पिक्चर्स पर फर्जी आधार बनवाकर POS से पैसा निकालता था और एक अगला व्यक्ति इस पैसे को बाहर मूव करता था। हमें उसके घर से एक ही व्यक्ति की फोटो के साथ करीब 200 से ज्यादा आधार कार्ड मिले।

अब मामला एकदम साफ था- क्रिमिनल रजिस्ट्री ऑफिस से लोगों के आधार कार्ड नंबर और फिंगर प्रिंट लेकर फिंगर प्रिंट का क्लोन और नकली आधार कार्ड तैयार कर लेते थे। इसके बाद पैसे निकालना कोई मुश्किल काम नहीं था।

9 डीप फेक ऑडियो कॉल

जसप्रीत आज छुट्टी पर था और घर पर ही आराम कर रहा था। उसने अभी-अभी न्यूज पेपर पढ़ने के लिए उठाया था कि उसे एक कॉल आया।

एचआर: नमस्कार, क्या मेरी बात जसप्रीत से हो रही है?

जसप्रीत: जी मैं ही हूँ। आप कौन?

एचआर: हेलो मिस्टर जसप्रीत, मेरा नाम लीज़ा है और मैं ABCD कंसल्टेंट्स से बोल रही हूँ। आप कैसे हैं? आपने हमारी कंपनी में लीडिंग पोजीशन के लिए जॉब अप्लीकेशन दिया था, मुझे उसी संबंध में आपसे बात करनी थी। हम जिस तरह के व्यक्ति की तलाश कर रहे हैं, उसमें आपका अनुभव परफ़ेक्ट है। क्या आप वर्तमान में भूमिका के बारे में बात करने के लिए उपलब्ध हैं?

जसप्रीत : हाँ, बिल्कुल। मैं इस अवसर के बारे में और अधिक जानने के लिए उत्साहित हूँ।

एचआर: अद्भुत! एबीसीडी इंडस्ट्रीज की भूमिका में अत्याधुनिक सॉफ्टवेयर समाधान विकसित करना और पेशेवरों की एक प्रतिभाशाली टीम के साथ सहयोग करना शामिल है। हम जो खोज रहे हैं, आपकी पृष्ठभूमि उससे

अच्छी तरह मेल खाती है। क्या आप मुझे अपने अनुभव और प्रमुख कौशलों के बारे में संक्षेप में बता सकते हैं?

जसप्रीत : निश्चित रूप से मेरे पास सॉफ्टवेयर डेवलपमेंट में 12 वर्षों से अधिक का अनुभव है, जिसमें फुल-स्टैक वेब डेवलपमेंट में विशेषज्ञता, कई प्रोग्रामिंग भाषाओं में दक्षता और डेटाबेस प्रबंधन पर मजबूत पकड़ है। मैंने तीव्र कार्यप्रणाली और क्रॉस-फंक्शनल टीमों से जुड़ी विभिन्न परियोजनाओं पर भी काम किया है।

एचआर: यह प्रभावशाली है, मिस्टर जसप्रीत। ऐसा लगता है कि आपका अनुभव इस भूमिका के लिए बिल्कुल उपयुक्त है। हमारी टीम विशेष रूप से त्वरित कार्यप्रणाली के साथ आपके अनुभव में रुचि रखती थी, क्योंकि हम यहाँ सहयोगात्मक विकास पर जोर देते हैं। ऐसे माहौल में काम करने में आप कितने सहज हैं?

जसप्रीत : मैं इन चीजों के साथ बहुत सहज हूँ। वास्तव में, मैं उन्हें गुणवत्तापूर्ण सॉफ़्टवेयर प्रदान करने और टीम वर्क को बढ़ावा देने के लिए अत्यधिक प्रभावी मानता हूँ। मैं स्पष्ट संचार, अनुकूलनशीलता और निरंतर सुधार में विश्वास करता हूँ, जो त्वरित विकास के सभी प्रमुख पहलू हैं।

एचआर: यह सुनकर बहुत अच्छा लगा। हमारी टीम उन सिद्धांतों को भी महत्त्व देती है। मिस्टर जसप्रीत, यदि आप एबीसी इंडस्ट्रीज में शामिल होते, तो आप एक नए मोबाइल ऐप डेवलपमेंट से जुड़े प्रोजेक्ट पर काम कर रहे होते। क्या आप मोबाइल ऐप डेवलपमेंट के साथ अपना कोई अनुभव साझा कर सकते हैं?

जसप्रीत : बिल्कुल, जबकि मैंने मुख्य रूप से वेब डेवलपमेंट पर ध्यान केंद्रित किया है, मेरे पास प्रतिक्रियाशील वेब एप्लिकेशन बनाने का अनुभव है जो विभिन्न उपकरणों के लिए अच्छी तरह से अनुकूलित होते हैं। मैंने अपनी व्यक्तिगत परियोजनाओं के दौरान रिएक्ट नेटिव जैसे फ्रेमवर्क का उपयोग करके मोबाइल ऐप डेवलपमेंट में भी हाथ आजमाया है। मुझे विश्वास है कि मैं मोबाइल ऐप डेवलपमेंट परियोजनाओं को शीघ्रता से अपना सकता हूँ और प्रभावी ढंग से योगदान कर सकता हूँ।

एचआर: यह कौशल का एक मूल्यवान संयोजन है, मिस्टर जसप्रीत। हम आपके लचीलेपन की सराहना करते हैं। अगले चरण के रूप में, क्या आप हमारी विकास टीम के साथ साक्षात्कार के लिए उपलब्ध होंगे? इस साक्षात्कार में भूमिका से संबंधित तकनीकी परिद्दश्यों और समस्या-समाधान चुनौतियों पर चर्चा शामिल होगी।

जसप्रीत : बिल्कुल, मैं साक्षात्कार के लिए आगे बढ़ने के लिए तैयार हूँ। एचआर : यह सुनकर बहुत अच्छा लगा। मैं हमारी टीम के साथ समन्वय करूँगा और अगले सप्ताह के लिए तकनीकी साक्षात्कार निर्धारित करूँगा। आपको साक्षात्कार प्रारूप और समीक्षा के लिए किसी भी तकनीकी विषय सहित सभी आवश्यक जानकारी वाला एक ईमेल प्राप्त होगा। यदि इस बीच आपके कोई प्रश्न हों, तो बेझिझक संपर्क करें।

जसप्रीत : बहुत-बहुत धन्यवाद, लिसा।मैं एबीसी इंडस्ट्रीज से जुड़ने और आपकी टीम में योगदान करने के अवसर को लेकर उत्साहित हूँ।

एचआर: आपका स्वागत है, मिस्टर जसप्रीत। हम आपके संभावित योगदान को लेकर भी उत्साहित हैं।

जसप्रीत : धन्यवाद, लिसा।

इंटरव्यू करीब 15 मिनट तक चला था और जसप्रीत खुश था, जब काफ़ी समय से नौकरी बदलने के बारे में सोच रहा था और उसे उम्मीद थी कि यहाँ बेहतर वेतन मिल सकता है।

जसप्रीत ने अपने पापा सुरिंदर जी को फोन करके बता दिया और जानकारी दी।

अगले हफ्ते टेक्निकल इंटरव्यू के लिए दिल्ली जाना है।

सुरिंदर जी, जसप्रीत के पापा हैं, वो चंडीगढ़ में रहते हैं।

सुरिंदर जी आज अपने गाँव आए हैं, कि उनको अचानक फोन आ गया।

फ़ोन अनजान नंबर से था

पापा मैं जसप्रीत बोल रहा हूँ।

एक समस्या हो गई है,

सुरिंदर जी, जसप्रीत की आवाज़ पहचान गए थे उन्होंने कहा, “क्या हुआ बेटा” जसप्रीत काफ़ी घबराया हुआ था।

पापा, मैं आपको एक अकाउंट नंबर भेज रहा हूँ, हमें 2.5 लाख ट्रांसफर करा दीजिए।

2.5 लाख, पर अचानक इतने पैसे, क्यों चाहिए? सुरिंदर जी अब और घबरा गए।

पर हुआ क्या, पापा, मैं आपको सब कुछ नहीं बता सकता, बस आप कर दो, बहुत जरूरी है, कुछ पुलिस केस हो गया है और हाँ, मेरा फोन पुलिस ने रख लिया है।

इससे पहले कि सुरिंदर जी कुछ और पूछें फोन से किसी और की आवाज आई।

आपका बेटा दिल्ली जाने वाली बस में ड्रग्स के साथ पकड़ा गया है।

पहली गलती है, ले देकर खत्म कर देते हैं वरना गिरफ्तारी हो जाएगी और इसकी जिंदगी ख़राब हो जाएगी।

बात कराओ, मेरी बात कराओ.. सुरिंदर जी ने गुस्से में कहा।

देखिए मामला संवेदनशील है, मैं बात नहीं करा सकता, अगर 15 मिनट में पैसे नहीं आए, तो फिर मैं कुछ नहीं कर पाऊँगा।

सुरिंदर जी को कुछ समझ नहीं आ रहा था कि क्या करें, बेटा दिल्ली इंटरव्यू देने गया था और अगर पुलिस ने रोक लिया तो वह इंटरव्यू भी नहीं दे पाएगा और बड़ी मुश्किल से इंटरव्यू अरेंज हुआ है।

उन्होंने ज्यादा सोच विचार नहीं किया, 2.5 लाख रुपये दिए गए अकाउंट में ट्रांसफर कर दिए गए।

जिस नंबर से फोन आया था, सुरिंदर जी उस पर लगातार कॉल किए जा रहे थे। महत्त्व उन्हें लगा कि अब उनका बेटा छोड़ दिया जाएगा पर अचानक उस एक नंबर से फिर फोन आया।

सुरिंदर जी, मैटर मैनेज नहीं हो पा रहा है, वो जसप्रीत के कॉलेज का एक और लड़का पुष्कर भी उसके साथ था, पुष्कर के पिता से संपर्क नहीं हो पा रहा है। आप 2.5 लाख का सोना ट्रांसफर कर दीजिए, नही तो पुष्कर को जेल भेजना पड़ेगा।

क्या कह रहे हैं...ये पुष्कर कौन है..मैं जानता भी नहीं।

आप एक बार जसप्रीत से बात कर लीजिये।

उसके बाद जसप्रीत की आवाज़ आई।

“पापा आप, 2.5 लाख और डाल दीजिए, मैं पुष्कर के पापा से बात कर लूँगा। सुरिंदर जी इतना ही कह पाये, “पर बेटा..पर बेटा...”

“पापा ये लोग...आप समझो...मैं बुरी तरह से फँस गया हूँ।”

इससे पहले कि सुरिंदर जी कुछ और कह पाएं.. फोन कट गया।

सुरिंदर जी बुरी तरह परेशान थे, उन्होंने अपने एक दो दोस्तों को फोन लगाकर भी पूछा, लेकिन कोई भी इस मामले में ज्यादा सलाह दे नहीं पाया।

सुरिंदर जी ने 2.5 लाख रुपये का गोल्ड ट्रांसफर करवा दिया।

अभी पैसे ट्रांसफर किए ही थे और वो अपने बेटे के साथ जसप्रीत को फोन लगाना चाह ही रहे थे कि उन्हें जसप्रीत का ही फोन आ गया।

पापा इंटरव्यू हो गया?

इंटरव्यू हो गया मतलब, वो पुलिस ने छोड़ दिया तुझे?

पुलिस कौन पुलिस, आप क्या बोल रहे हैं?

क्या! अभी थोड़ी देर पहले तो बात हुई थी।

थोड़ी देर पहले किससे बात हुई?

तुझसे? तुझे पुलिस ने पकड़ लिया था ना, 5 लाख ट्रांसफर किये न उन्हें अभी।

अरे पापा पर मेरा फोन तो बंद था, मैं तो इंटरव्यू देने वाला था ना।

सुरिंदर जी को कुछ समझ नहीं आ रहा था, "क्या बोल रहा है, अभी थोड़ी देर पहले तूने मुझसे बात की थी।"

जसप्रीत ने कहा, "पर मैं कैसे बात कर सकता हूँ पापा, मेरा फोन तो बंद था"

सुरिंदर जी अब बुरी तरह परेशान हो चुके थे, "पर फोन बंद क्यों था?"

जसप्रीत ने कहा, "जिसने मेरा इंटरव्यू लिया था, इंटरव्यू में मुझसे अपना फोन एयरप्लेन मोड में रखने के लिए कहा गया था।"

सुरिंदर जी को समझ आ गया कि कुछ तो गड़बड़ हो गई है, पर कैसे...कैसे उनको जसप्रीत की आवाज में कॉल आया, और कैसे उन्हें इस पर भरोसा हो गया।

वो जसप्रीत को सिर्फ इतना ही कह पाए, "तू तुरंत घर आ जा"

सुरिंदर जी ने पुलिस में शिकायत कर दी, पुलिस के लिए भी ये पहला ऐसा मामला था, सुरिंदर जी से बात कर हमें यही समझ आया, कि जो आवाज उन्होंने सुनी थी वो बिल्कुल जसप्रीत की ही आवाज थी।

मामला समझ कर मेरा भी यही रिएक्शन था, "एआई क्लोन आवाज का उपयोग हो रहा है।"

सुरिंदर जी ने चौंकते हुए कहा, "ये क्या होता है?"

आज कल आर्टिफिशियल इंटेलिजेंस टेक्नोलॉजी में इतना सुधार हो चुका है कि कोई भी आपकी आवाज की कॉपी तैयार कर सकता है।

एक मशीन के द्वारा हूबहू आपकी ही आवाज में कुछ भी कहा जा सकता है और वो भी पूरे इमोशंस के साथ।

सुरिंदर जी का चौंकना स्वाभाविक था, एक जाँचकर्ता के रूप में हम लोग भी बहुत परेशान थे, हमें दिख रहा था कि अपराधियों के हाथ में साइबर अपराध करने के लिए एक और हथियार मिल गया है, और अब ऐसे केसों की बढ़ने की बहुत संभावना थी।

मामले की जाँच शुरू हुई, जिस नंबर से सुरिंदर जी को कॉल आया था, उनका एक वर्चुअल नंबर था और उनको सिर्फ व्हाट्सएप कॉल आया था। वर्चुअल नंबर लगते तो भारतीय नंबरों की तरह ही है पर ये इंटरनेट से प्राप्त होते हैं और इनसे संबंधित जानकारी टेलीकॉम ऑपरेटरों से नहीं मिल पाती।

जिस खाते में पैसे गए, उसकी केवाईसी और लेन-देन विवरण भी माँगे गए। हमारे खाते से उपहार कार्ड ख़रीदे गए, कुछ रोबक्स गेम्स सिक्के ख़रीदे गए सोने के कुछ क्रिप्टो सिक्के।

जाँच अभी मनी ट्रेल को लेके ही चल रही थी लेकिन एक चीज थी जो मेरे दिमाग में खटक रही थी।

किसी की आवाज को क्लोन करने के लिए, ओरिजिनल वॉयस सैंपल की जरूरत पड़ती है, जसप्रीत की आवाज क्लोन हुई थी तो क्रिमिनल ने जसप्रीत की आवाज का सैंपल कहीं से कलेक्ट किया होगा।

जसप्रीत का न कोई यूट्यूब चैनल, न पॉड कास्ट चैनल, न ही वो रील वैगरह बनाता था, तो फिर इतनी पर्याप्त अवधि की वॉयस रिकॉर्डिंग क्रिमिनल को कैसे मिली।

सुरिंदर जी से बात करते हुए जब एसीपी विनीत जी ने उनसे पूछा, आपने जब किसी अनजान नंबर से जसप्रीत की आवाज पर कॉल रिसीव की तो आपने जसप्रीत के नंबर पर कॉल करके चेक क्यों नहीं किया।

पहले तो मैंने सोचा कि, क्यों जसप्रीत ने मुझसे कहा कि उसका फोन पुलिस के पास है।

पर जब मैंने पैसे ट्रांसफर कर दिये तब उसके फोन पर काफ़ी कॉल किये गये पर उसका फोन स्विच ऑफ आ रहा था।

उसका फोन स्विच ऑफ क्यों था?

क्योंकि वो इंटरव्यू दे रहा था?

इंटरव्यू दो, पर इंटरव्यू में भी कोई फोन स्विच ऑफ क्यों करेगा, जब हमने जसप्रीत से इस बारे में बात की तो मामला खुलना शुरू हुआ।

जसप्रीत ने कहा कि इंटरव्यू में उससे फोन को एयरप्लेन मोड में रखने के लिए कहा था।

मैंने पूछा, "ये इंटरव्यू कहा हुआ था?"

स्काइप बराबर?

क्या? तुम्हारा इंटरव्यू स्काइप पर हुआ तो तुम दिल्ली क्यों आये थे?

सर, मैं दिल्ली आया था पर इस बीच एचआर का कॉल आया कि इंटरव्यू के लिए नहीं जाना है , क्योंकि वह जरूरी यात्रा कर रहे हैं। इंटरव्यू स्काइप कॉल के जरिए होगा।

अब इंटरव्यू पर मुझे शक होने लगा था।

इसके तुरंत बाद ही जसप्रीत द्वारा दिए गए सारे विवरण पर कंपनी की जाँच पड़ताल शुरू हो गई और थोड़ी ही देर में साफ हो गया कि ये कंपनी अस्तित्व में ही नहीं है और ये सब सिर्फ जसप्रीत को ट्रैप करने के लिए रचा गया था।

मैंने जसप्रीत से पूछा, "तुम्हारी एचआर से आखिरी बात कब हुई?"

जसप्रीत ने कहा, "पहले तो हर दिन 10 :10 मिनट तक बात करती थी और अब फोन बंद आ रहा है।"

हे भगवान, मतलब एचआर द्वारा डिस्कशन के बहाने जसप्रीत की आवाज के सैंपल कलेक्ट किए गए और उसके बाद जसप्रीत की आवाज क्लोन कर ये कांड किया गया।

अब हमारे पास 3 मोबाइल नंबर, 1 स्काइप आईडी, कंपनी की वेबसाइट और एक ईमेल आईडी है।

इन्ही सब के साथ एपी कवायद शुरू हुई, क्रिमिनल तक पहुँचने की पर एक प्रयास के साथ हम ब्लॉक हुए जा रहे थे।

एआई वॉयस क्लोनिंग एक नई तकनीक है, और इसमें जो सेवा प्रदाता हैं वो अभी सीमित हैं। और ये अपराधियों की आवाज क्लोन कर लेंगे।

बस यही एक विचार हमारे काम आया, जब हमने एक अनुरोध किया और सभी लोकप्रिय एआई कंपनियों को वॉयस क्लोनिंग सेवा की पेशकश की,

हमने जसप्रीत की आवाज़ प्रोफ़ाइल भी उन्हें भेजी की अगर किसी ने उनके सिस्टम से जसप्रीत की आवाज क्लोन की हो।

जसप्रीत की आवाज काम आ गई और उसकी प्रोफाइलिंग प्लेटफॉर्म पर मैच कर गई मतलब जसप्रीत की आवाज उस प्लेटफॉर्म पर पहले से ही मौजूद थी।

हमारे प्लेटफ़ॉर्म ने हमें उपयोगकर्ताओं के विवरण और उनके भुगतान विवरण भी साझा कर दिए हैं।

अब हमारे पास अपराधी का असली आईपी, असली बैंक खाता और असली ईमेल आईडी था। रियल आईपी हमने टेलीकॉम ऑपरेटर को भेजा और हमें उनका वर्तमान मोबाइल नंबर मिल गया।

अपराधियों की लोकेशन पुणे में थी, एक टीम पुणे रवाना हुई और ये गैंग पकड़ा गया।

अपराधियों के पास से काफ़ी सारा कैश, चुराए गए कार्ड और वॉयस क्लोनिंग सॉफ्टवेयर वापस आ गए, इनकी कोशिश थी कि सारे लोगों की आवाज क्लोन कर कोई बड़ा कांड किया जाए।

ये गैंग तो पकड़ा गया पर आपके साथ कहीं कुछ ऐसा न हो जाए इसके लिए याद रखें।

यदि आपके किसी जान-पहचान वाले की आवाज से आपको कोई भुगतान अनुरोध आ जाए, तो उस पर भरोसा न करें, पहले उसके साथ के और लोगों को फोन कर स्थिति का आंकलन करें और जल्दीबाज़ी में कोई निर्णय न लें

ध्यान रखें क्रिमिनल आपके जानने वाले की आवाज में आपको कॉल कर के आपसे अपने फोन पर कुछ इंस्टाल करने के लिए भी कह सकते हैं, ऐसी गलती न करें।

और अपने आस-पास भी लोगों को बताएँ कि आवाज क्लोन कर कोई आपका भरोसा जीत कर आपको लूटने की कोशिश कर सकता है। ध्यान रखें, साइबर वर्ल्ड में जानकारी ही बचाव है। सावधान रहें, सुरक्षित रहें।

10 फोन कहाँ गया

वरुण अपनी पत्नी आशी के साथ वेकेशन पर वियतनाम गए हुए थे।

हनोई की गलियाँ घूमते हुए वो स्थानीय संस्कृति की ख़ूबसूरती की सराहना कर रहे थे।

तभी आशी ने एक बड़ा बौद्ध मंदिर देखकर वरुण से कहा, "वाह, क्या खूबसूरती है, मेरे फोन से फोटो ठीक नहीं आती, अपने फोन से एक फोटो लो न"।

वरुण ने जैसे ही फोन निकालने के लिए पॉकेट में हाथ डाला, वह चौंक गया।

फ़ोन पॉकेट में था ही नहीं। वरुण ने तुरंत अपनी जैकेट, शर्ट हर जगह चेक किया, उसने घबरा कर अपने हैंड बैग में भी चेक किया।

क्या हुआ? आशी ने पूछा, क्या एप्पल फोन नहीं मिल रहा है!

अभी थोड़ी देर पहले तो तुम्हारे पास ही था, तुमने तो फोटो भी खींची थी। वरुण काफ़ी परेशान हो गया था।

आजकल फ़ोन सिर्फ़ फ़ोन नहीं होते। इसमें हमारी तमाम निजी जानकारियाँ भी होती हैं। फ़ोन चोरी होते ही, हमारा सारा डेटा, बैंक डिटेल्स, और निजी तस्वीरें, चैट, सब कुछ किसी अंजान के पास ज़ब्त हो जाते हैं। ऐसे में वो जैसे चाहे उसका इस्तेमाल करे।

वरुण का परेशान होना जायज़ था। अंजान देश में, वह कहाँ जाए, किससे मदद ले? उसे कुछ समझ नहीं आ रहा था।

आशी ने आस-पास लोगों से पूछा, किसी ने शायद फोन देखा हो पर एक तो भाषा की समस्या, ऊपर से व्यस्त सड़क, किसी से कोई मदद नहीं मिली।

थक-हारकर उन्होंने निर्णय लिया कि पुलिस में शिकायत दर्ज करानी चाहिए।

आशी ने तुरंत एक टैक्सी रोकी। आशी और वरुण एक पुलिस स्टेशन पहुँच गए। वहाँ भी सब कुछ आसान नहीं था, काफ़ी मशक्कत के बाद वो समझाने में कामयाब हुए कि उनका फोन चोरी हो गया है, उन्हें इसका पता लगाने के लिए पुलिस की मदद की जरूरत है।

वरुण ने पुलिस को एक शिकायत भी लिखकर दे दी।

पुलिस अधिकारी ने पूछा, "आपका आईक्लाउड आईडी क्या है?"

वरुण अपनी आईक्लाउड आईडी बताने ही वाला था कि आशी ने टोका,

"आपको आईक्लाउड आईडी क्यों चाहिए, हमने आईएमईआई नंबर और सिम नंबर दिया है न?"

"नहीं नहीं, हमें आपकी आईक्लाउड आईडी और पासवर्ड चाहिए", ऑफिसर ने जोर देते हुए कहा।

ऑफिसर का आईक्लाउड आईडी माँगना आशी को कुछ अजीब लगा।

वहीं अधिकारी ने आईक्लाउड आईडी दिए बिना मदद करने से इंकार कर दिया।

दोनों मन मसोसकर पुलिस स्टेशन से बाहर आ गए। वरुण ने कहा, "पुलिस ही तो थी, उन्हें i CloudID, पासवर्ड बता देते, हो सकता है वो फोन ढूँढ ही देते।"

और अगर वो उसका मिसयूज करते तो, और फोन ढूँढने के लिए उसे आईक्लाउड आईडी, पासवर्ड चाहिए ही क्यों।

फ़ोन करो उस फोन पर, मेरा बहुत सारा पर्सनल डाटा है और मुझे टेंशन है कि कहीं वो गलत हाथों में न चला जाए।

"मैंने सुना है कि फोन को रिमोटली ट्रैक भी कर सकते हैं और फॉर्मेट भी कर सकते हैं", आशी ने कहा।

वरुण ने आशी के फोन से आईक्लाउड पर लॉगिन कर फोन ट्रैक करने की कोशिश की, फोन की लास्ट लोकेशन आ रही थी पर फोन अब स्विच ऑफ हो गया था।

"ट्रिप की सारी फोटोज़ तो नहीं चली जाएंगी?", आशी ने कहा।

"हाँ, पर, मुझे टेंशन अपने एकॉउन्ट की है, कहीं पैसे न निकल जाएं"

"पहले सिम कार्ड ब्लॉक करा देते हैं ताकि कोई ओटीपी न आ पाए," आशी ने कहा। आशी ने तुरंत इंडिया फोन कर सिम कार्ड ब्लॉक करने के लिए अपने भाई श्रेय को बोला।

वरुण ने भी श्रेय से अपने डेटा सुरक्षा को लेकर चिंता ज़ाहिर की।

श्रेय ने मामले की जानकारी मुझे दी। इस तरह मामला मुझ तक पहुँचा।

जब तक वरुण का फोन मुझ तक पहुँचा, तब तक 4 घंटे हो चुके थे और फोन चार घंटे से बंद था।

मैंने वरुण को अपने आईक्लाउड में जाकर डेटा फॉर्मेट कर देने के लिए कहा, ताकि उसका डेटा मिस न हो सके। फोन फॉर्मेट का कमाँड ट्रिगर हो गया। पर फोन तभी फॉर्मेट हो सकता था जब स्विच ऑन हो और ऑनलाइन आए। इसलिए वरुण अभी भी टेंशन में था।

मैंने वरुण को सलाह दी कि टेंशन न ले, फोन जैसे ही ऑन होगा डेटा फॉर्मेट हो जाएगा। वो अब चैन की नींद सो सकता है।

पर रात में सोते समय, वरुण और आशी की नींद तब उड़ गई, जब उनको एक नंबर से कॉल आयी। आशी ने कॉल उठाया ही था कि कॉल डिस्कनेक्ट हो गयी।

वो नंबर वियतनाम का था, और उससे बार-बार कॉल आ जा रही थी।

आशी उसे जैसे ही उठाती, फोन डिस्कनेक्ट हो जाता था।

उन्हें लगा कि ये कौन है जो उन्हें रात को परेशान कर रहा है।

आशी अभी इसी उधेड़बुन में थी कि तभी उसे एक नंबर से मैसेज आया।

आपका फ़ोन मेरे पास है।

उसने वरुण को पूरा मामला बताया। दोनों काफ़ी परेशान थे। उन्हें समझ नहीं आ रहा था कि मैसेज करने वाले पर भरोसा करें कि नहीं।

उन्होंने सोचा कि इसे कैसे पता है कि हमारा फोन चोरी हुआ है पर चौंका देने वाली बात ये थी कि इसके पास आशी का नंबर कैसे आया। इसका मतलब कहीं आईफोन अनलॉक तो नहीं हो गया!

अगर फोन अनलॉक हो गया है तो फिर उसके पास डेटा का भी एक्सेस है।

वरुण ने तुरंत लैपटॉप ऑन कर आईक्लाउड पर चेक किया तो हमारे पास अभी भी डेटा डिलीट करने का अनुरोध लंबित था, मतलब फोन अभी फॉर्मेट नहीं हुआ था।

वरुण ने रात में ही मुझे फोन लगाया और बताया कि आशी के नंबर पर फोन आ रहा है, लेकिन सामने वाले से बात नहीं हो पा रही है। उसके बाद आशी के नंबर पर ये मैसेज आया है: *आपका फ़ोन मेरे पास है।*

अब चौंकने की बारी मेरी थी। यह बात मेरी समझ में नहीं आ रही थी कि फोन अनलॉक किये बिना आशी का नंबर क्रिमिनल के पास कैसे पहुँचा गया।

मैंने वरुण से पूछा कि कहीं आशी का नंबर तुम्हारे फोन के इमरजेंसी डायलिंग नंबर में लिस्टेड तो नहीं था।

वरुण ने याद करते हुए कहा, हाँ, हाँ, था, आशी का नंबर मेरे इमरजेंसी डायलिंग लिस्ट में था।

वरुण ने तब चैन की साँस ली, जब मैंने बताया कि तुम्हारा फोन अनलॉक नहीं किया गया है, कोई भी इमरजेंसी डायलिंग नंबर पढ़ सकता है। अपराधी ने वहाँ से आशी का नंबर निकाला और अब तुमसे संपर्क कर रहा है।

कल सुबह तुम पुलिस स्टेशन जाकर इस नंबर के बारे में बताओ। वह इस नंबर की मदद से फोन इस्तेमाल करने वाले को पकड़ सकते हैं। पर ये व्यक्ति हमसे बात क्यों नहीं कर रहा है। जैसे ही हम फोन करते हैं वो काट देता है।

वरुण ने वह नंबर मुझे भी दिया, मैंने एक रिप्लाई मैसेज भेजा, "अगर तुम मेरा फोन वापस दोगे तो मैं तुम्हें 200 डॉलर दूँगा।"

हालाँकि इसके बाद भी वहाँ से कोई जवाब नहीं आया।

अगले दिन जब वरुण और आशी वापस पुलिस स्टेशन पहुँचे और इस बारे में बताया तो मैं हैरान हो गया।

वरुण ने मुझे बताया कि पुलिस अधिकारी ने बिना आईक्लाउड आईडी और पासवर्ड के कुछ भी मदद करने से मना कर दिया।

उसने कहा, मुझे शक है कि स्थानीय पुलिस चोरों को जानती है और उनसे मिली हुई है। हमसे आईक्लाउड आईडी पासवर्ड मिलते ही वो चोरों को शेयर कर देगा और हमारा फोन कभी वापिस नहीं मिलेगा।

वरुण और आशी फिर निराश होकर वापस आ गए। कुछ देर बाद मुझे वरुण का मैसेज आया-

"यार उसमें मेरा ई क्रिप्टो वॉलेट भी है और उसमें करीब 15000 डॉलर की क्रिप्टोकरेंसी है और हमारे पास कोई टू फैक्टर ऑथेंटिकेशन भी नहीं है।"

मैसेज पढ़ते ही मैं सोचने लगा कि एक फोन चोरी की घटना किसी के जीवन में अचानक कितनी परेशानी ला सकती है। पहले डेटा की चिंता, अब क्रिप्टो वॉलेट की।

अभी मैं यही सोच रहा था कि आशी का फोन आया। उसने बताया कि मुझे एक मैसेज आया है- आईक्लाउड रिकवरी और फोन ट्रैकिंग के लिए।

मैं क्लिक कर दूँ क्या? मतलब अपराधी ने फ़ोन में नया सिम डाल दिया है और अब फ़ोन में नेटवर्क है।

मैंने तुरंत आशी को रोका, बिल्कुल नहीं, गलती से भी उस लिंक पर क्लिक मत करना। वो तुम्हें ये फ़िशिंग लिंक भेज रहा है। ताकि तुम उस पर क्लिक करके अपना पासवर्ड डाल दो।

क्रिमिनल बहुत स्मार्ट था।

वरुण किसी भी तरह फोन का डेटा फॉर्मेट करना चाह रहा था और बार-बार आईक्लाउड लॉगिन पर चेक कर रहा था।

तभी मेरे दिमाग में एक आइडिया आया, मैंने आशी को बोला कि वो फ़िशिंग लिंक मुझे भेज दे।

मैंने वो फिशिंग लिंक एनालिसिस किया और उसकी होस्टिंग डिटेल्स निकाली, वो लिंक चीन के एक सर्वर पर होस्ट किया गया था।

हमें ये पता था कि अगर हम अपराधी को पहचान लें और उसके घर का पता भी निकाल लें, तब भी हम विदेशी धरती पर ज्यादा कुछ नहीं कर सकते।

पर फोन का फॉर्मेट होना बहुत ज़रूरी था।

मैंने उस लिंक पर लॉगिन किया और एक गलत पासवर्ड डाल दिया, कमाल की बात ये थी कि उस फ़िशिंग लिंक ने लॉगिन सफल दिखाया क्यों कि वो सिर्फ पासवर्ड जानता था।

क्रिमिनल को पासवर्ड मिल गया था लेकिन उसे इस्तेमाल नहीं किया जा सका क्योंकि वो गलत पासवर्ड था।

उसने भी आईक्लाउड से लॉगिन करने की कोशिश की और इसके लिए उसने फोन ऑन कर दिया।

फोन के नेटवर्क में आने से फॉर्मेट का प्रोसेस शुरू हो गया था।

हम यहाँ iCloud पर देख रहे थे कि फॉर्मेटिंग शुरू हो गई है।

वरुण को अब ये डर था कि फॉर्मेट होने से पहले कहीं फोन इस बीच बंद न हो जाए।

कुछ ही देर में वरुण का फोन फॉर्मैट हो चुका था। उसने जब *"आपका डेटा पूरी तरह डिलीट हो चुका है"* मैसेज देखा तो चैन की सांस ली।

अब कम से कम डेटा को लेकर कोई चिंता नहीं थी।

इस बीच आशी का मुझे फोन आया, "भैया क्या फोन वापस मिलने का अब भी कोई मौका है?"

उसकी उम्मीद ने मुझे और सोचने पर मजबूर किया। इसके बाद मेरे दिमाग में एक आइडिया आया। मैंने सर्वर के लिंक का विश्लेषण करना शुरू किया। थोड़े प्रयास के बाद सर्वर के अंदर मुझे एक रास्ता मिल गया और उसको यूज़ करते हुए मुख्य सर्वर में एंटर करने में सफल हुआ।

एडमिन एक्सेस मिलते ही जब मैंने सर्वर एक्सप्लोर किया तो मैं चौंक गया। उस सर्वर में क्रिमिनल ने बहुत सारा डेटा रखा हुआ था। मैंने जाकर उस सर्वर के क्रेडेंशियल्स बदल दिए जिससे अब वह डेटा क्रिमिनल खुद भी एक्सेस नहीं कर सकता था।

इसके बाद मैंने आशी से ***"तुम्हारा डेटा हमारे पास है,"*** ये मैसेज क्रिमिनल को भेजने को कहा।

सर्वर चेक करते ही क्रिमिनल को मामला समझ आ गया। अब वह आशी के मैसेज का जवाब देने लगा था। वह अपना डाटा वापस पाने के लिए भीख माँग रहा था।

पर आशी अपनी बात पर अड़ी रही।

अगले दिन आशी और वरुण को वापस लौटना था। क्रिमिनल अब न मैसेज कर रहा था और न ही फोन पिक कर रहा था।

होटल से चेक आउट करते वक्त, जैसे ही वरुण ने रिसेप्सनिस्ट को थैंक्स बोला रिसेप्शनिस्ट ने वरुण को एक पैकेट दिया, "सर, कल कोई आपके लिए यह पैकेट छोड़ गया था।"

आशी और वरुण ने वो पैकेट खोला तो खुशी से उनकी आँखों में चमक उठीं।

पैकेट में उनका फ़ोन था।

11 शॉपिफाई

सुदीप गुप्ता जी शिकागो, यूएसए में रहते हैं और वहाँ उनकी वाइन शॉप की रिटेल चेन हैं। उन्होंने एक शुक्रवार को ऑफिस से निकलते वक्त अपने स्टाफ को आदेश दिया था।

“ये लॉन्ग वीकेंड है, इस बार ट्रैफिक ज्यादा रहेगा, ध्यान रखना, डिलीवरी प्रक्रिया ठीक होनी चाहिए।”

सुदीप जी कुछ दोस्तों के साथ वीकेंड पर ट्रैवल कर रहे थे। उनके साथ गए राजीव कालरा जी का बार-बार ऑफिस से फोन आ रहा था तो सुदीप जी ने उन्हें झिड़कते हुए कहा,

“क्या यार छुट्टी में भी फोन पर लगे हो, अभी तो ब्रेक पर हो छोड़ो।”

राजीव कालरा जी ने उनसे कहा, “अरे यार हम आपकी तरह ऑनलाइन बिजनेस नहीं करते न भाई, आप का अच्छा है, कोई डिस्टर्बेंस नहीं और आपका बिजनेस भी चला रहा है।”

सुदीप जी ने मुस्कुराते हुए कहा, “अरे नहीं भाई इतना भी फ्री नहीं रहता। लेकिन अभी खासतौर पर बोल के आया हूँ कि मुझे कोई डिस्टर्बेंस नहीं चाहिए।”

एक अच्छे वीकेंड की छुट्टियों के बाद सुदीप जी, सोमवार शाम को जब घर वापस लौटे तो उनका मूड बहुत अच्छा था। बड़े दिनों के बाद इस तरह का ब्रेक लिया था जो बहुत ही तरोताज़ा कर देने वाला था।

अभी वो घर पहुँचे ही थे कि उनके ऑफिस से ज़ोया का फोन आया।

"सर, आप घर पहुँच गये क्या?"

"हाँ-हाँ अभी पहुँच रहा हूँ, क्यों क्या हुआ? सब ठीक है न"

"सब कुछ अच्छा है सर, करीब 20% अतिरिक्त ऑर्डर, सभी समय पर डिलीवर भी हो गया, पर एक छोटी-सी समस्या है।"

"क्यों क्या हुआ, क्या समस्या है?"

सर, मुझे बैंक से एक स्टेटमेंट की ईमेल आयी है?

"हाँ, फिर?"

"उसमें पिछले 3 दिनों का कोई पेमेंट नहीं दिख रहा है, क्या आप बैंक एकॉउन्ट चेक कर सकते हैं?"

ये थोड़ा अजीब था, सुदीप जी को थोड़ी टेंशन हो गयी थी।

उन्होंने बैंक अकाउंट लॉगिन किया तो उनके होश उड़ गए।

उन्होंने तुरंत ज़ोया को फोन करके पूछा, पिछले 3 दिन में कितने ऑर्डर आए थे, आपने कहा था 20% बढ़ा है।

जी सर, फिर यहाँ कोई पेमेंट क्यों नहीं शो कर रहा है। सुदीप जी के अकाउंट में कोई पेमेंट नहीं था। उन्होंने घबराकर अपने बैंक रिलेशनशिप ऑफिसर को फोन किया। थोड़ी देर में बैंक रिलेशनशिप ऑफिसर का भी फोन आया और उसने भी कन्फर्म कर दिया कि अकाउंट से कोई पेमेंट हुआ ही नहीं है।

अब बारी थी शॉपिफाई की सेटिंग्स चेक करने की।

सुदीप जी अपने बिजनेस के लिए शॉपिफाई का ऑनलाइन बैकएंड यूज़ करते हैं। शॉपिफाई एक कंपनी है, जो एक प्लेटफॉर्म ऑफर करती है।

जिसपर कोई भी बिजनेसमैन अपना बिजनेस ऑनलाइन ला सकता है। यह ऑनलाइन मार्केटिंग ग्राहक प्रबंधन से लेकर भुगतान बिलिंग तक सब कुछ आसान बनाता है। जब सुदीप जी ने शॉपिफाई के बैकएंड सिस्टम में जाकर चेक किया तो उनके सिस्टम में सेल्स ग्राफ खुल गया और ऑर्डर की लिस्टिंग भी।

ऑर्डर तो सही ही आये हैं, पर पैसा कहाँ गया?

उन्होंने शॉपिफाई में दिया गया अपना बैंक अकाउंट डिटेल भी चेक किया, जिसे देखकर उनके होश उड़ गए।

शॉपिफाई सिस्टम में जो बैंक अकाउंट दिख रहा था वो उनका था ही नहीं।

"ये कौन-सा एकॉउन्ट है और ये कैसे बदल सकता है?"

उन्होंने तुरंत शॉपिफाई के हेल्पलाइन नंबर पर कॉल किया और जानकारी दी। उन्होंने कहा, किसी ने उनके बैकएंड सिस्टम में बैंक खाते का विवरण बदल दिया है। इस वजह से उनकी बिक्री का जो भी भुगतान आया है, वह सब उस खाते में चला गया है। वह भी पिछले 3 दिनों का, जिसकी कुल कीमत करीब 60 लाख है।

शॉपिफाई ने अपने बैंक अकाउंट को लॉक कर दिया ताकि सोमवार को आए हुए ऑर्डर का पेमेंट डिस्बर्स न हो सके, पर शुक्रवार, शनिवार, रविवार को जो पेमेंट आएगा वो अकाउंट में जा चुका है।

सुदीप जी ने अकाउंट डिटेल्स बदल दी। पर उनका नुकसान तो हो ही चुका था।

सुदीप जी ने इस विषय में अपने भाई गौरव से बात की, जो इंडिया में रहते हैं। सुदीप के भाई ने उन्हें मुझसे संपर्क करने की सलाह दी, जिसके बाद सुदीप मुझ तक पहुँचे।

जब प्रारंभिक जाँच में ही कई चौंका देने वाली जानकारियाँ सामने आयीं।

सुदीप जी का शॉपिफाई अकाउंट टू फैक्टर ऑथेंटिकेटेड नहीं था, और उनके शॉपिफाई का पासवर्ड उनके कई कर्मचारियों को पता था।

अपराधी को पासवर्ड पता था। उसी पासवर्ड से, उसने लॉगिन किया और लिंक किए गए बैंक खाते का विवरण बदल दिया।

जाहिर सी बात है, अपराधी को अंदाज़ा था कि बैंक खाता बदल गया है। यह खबर सोमवार तक तो खुल ही जाएगी।

उसने लॉन्ग वीकेंड का फायदा उठाते हुए शुक्रवार को अकाउंट डिटेल्स चेंज कर दिया। उसे आइडिया था कि कंपनी को वीकेंड पर सबसे ज़्यादा ऑर्डर आते हैं।

शायद उसे ये भी पता था कि सुदीप जी वीकेंड ट्रैवल कर रहे हैं।

यूएसए पुलिस को शिकायत कर दी गई थी। पर पुलिस की गति काफ़ी धीमी थी। अभी तक हमने बैंक खाते का विवरण बदल दिया था, लेकिन मालिक को पता नहीं लग पाया।

सुदीप जी को डर है कि अगर कोई इनसाइडर है तो वह उन्हें और भी ज्यादा नुकसान पहुँचा सकता है। जैसे कि उनके ग्राहकों के विवरण लीक कर सकता है या उनके ग्राहकों को कंपनी के नाम से ईमेल कर सकता है।

ऐसे में उनका ये जानना बहुत जरूरी था कि क्रिमिनल है कौन।

हमने शॉपिफाई को एक ईमेल लिखकर वो आईपी एड्रेस लॉग्स माँगे, जहाँ से ये सर्वर एक्सेस कर बैंक अकाउंट डिटेल्स बदले गए थे।

शॉपिफाई ने उस समय कोई जवाब नहीं दिया, उनका सपोर्ट भी काफ़ी धीमा था।

इस बीच हमें पुलिस से जानकारी मिली कि जिस बैंक खाते में पैसे ट्रांसफर हुए हैं, वह सैन एंटोनियो में मिस्टर रिचर्ड जॉनसन का है। आगे की पड़ताल में हमें पता चला कि रिचर्ड जॉनसन अब इस दुनिया में ही नहीं हैं। उनकी पिछले

हफ़्ते ही मौत हुई थी। उनके अकाउंट में आए हुए पैसे से कुछ बिटकॉइन गोल्ड, गिफ्ट कार्ड खरीदे गए थे।

अब पता करना था कि मिस्टर रिचर्ड का बैंक अकाउंट एक्सेस किसके पास था।

मैंने एक बार खुद शॉपिफाई का प्रोसेस चेक किया। क्या सिर्फ पासवर्ड पता होने से कोई बैंक एकॉउन्ट बदल सकता है? जैसे ही मैंने बैंक अकाउंट चेंज करने वाले ऑप्शन पर क्लिक किया तो मैं चौंक गया।

शॉपिफाई ने मुझे एक ओटीपी डालने को कहा। ये ओटीपी सुदीप जी के व्यक्तिगत ईमेल पर भेजा गया था।

मतलब सुदीप जी के व्यक्तिगत ईमेल पर आये हुए ओटीपी बिना मुख्य बैंक आकॉउन्ट चेंज ही नहीं जा सकता था।

इसका मतलब था कि क्रिमिनल ने सुदीप जी का ईमेल आईडी भी हैक कर रखा था।

शॉपिफाई ने सुदीप जी को फोन किया और बताया कि ये सही है कि आपका शॉपिफाई लॉगिन दो फैक्टर प्रमाणित नहीं था। लेकिन आपके शॉपिफाई की सेटिंग्स के मुताबिक बिना ओटीपी के आपके बैंक आकॉउन्ट में बदलाव नहीं किया जा सकता। लेकिन जब क्रिमिनल ने बैंक डिटेल में बदलाव किया, तब तक आप वापस नहीं आये थे।

उन्होंने पूछा, आपको कोई ओटीपी आया था?

सुदीप जी ने अपना ईमेल आईडी चेक किया और शुक्रवार की सुबह के सभी ईमेल चेक किए, लेकिन उन्हें शॉपिफाई से भेजा गया कोई ओटीपी नहीं मिला था।

मतलब क्रिमिनल ने ओटीपी पढ़कर तुरंत डिलीट भी कर दिया।

मैंने सुदीप जी से पूछा कि आपका ईमेल में डबल अथेंटीकेशन प्रूफ़ है या नहीं?

उन्होंने कहा, "नहीं"। फिर मैंने पूछा कि आपकी पर्सनल ईमेल आईडी का पासवर्ड किसको पता है?

उन्होंने कहाँ सिर्फ मुझे।

मतलब क्रिमिनल ने न सिर्फ सुदीप जी के शॉपिफाई का पासवर्ड हैक किया बल्कि उनका पर्सनल ईमेल आईडी का पासवर्ड भी हैक किया। तब जा ककर उसने इस काम को अंजाम दिया था।

यह सब बिना प्लानिंग के नहीं हो सकता।

जब मैंने सुदीप जी के जीमेल पर आई हुई सारी ईमेल चेक की, तो मुझे पिछले दो महीने से आई हुई कई सारी फ़िशिंग ईमेल मिल मिलीं। उनमें से किसी भी ईमेल पर क्लिक करते ही उनका पासवर्ड हैक हो सकता था।

सुदीप जी की काफ़ी सारी ईमेल हमने इग्नोर कर दी, पर एक ईमेल थी जो उन्होंने क्लिक कर दी थी। क्योंकि यह ईमेल रीड सेक्शन में था। साथ ही उन्होंने फ़िशिंग लिंक पर लॉगिन भी कर दिया था।

इससे साफ था कि सुदीप जी का पर्सनल ईमेल भी हैक हुआ था। इसके बाद हमने उनके पर्सनल ईमेल का पासवर्ड बदलवाया और 2 फैक्टर ऑथेंटिकेशन इनेबल करने को कहा। पर्सनल ईमेल जीमेल पर था और जीमेल में एक फीचर होता है, जिससे आप चेक कर सकते हैं। यह बताता है कि आपका ईमेल और कहाँ से लॉगइन हुआ।

लैपटॉप पर अपना ईमेल खोलें और इनबॉक्स सेक्शन के सबसे नीचे दाएं कोने पर आपको एक 'डिटेल' विकल्प दिखेगा। आप यदि इसपर क्लिक करेंगे तो आपके सामने एक आईपी एड्रेस का लॉग खुलेगा। यह बताता है कि आपका जीमेल आपके इस सिस्टम के अलावा और कहाँ-कहाँ से लॉगिन हुआ है।

जब हमने सुदीप जी के ईमेल का लॉग देखा तो हमने उसमें एक आईपी एड्रेस देखा। यह असामान्य था और लॉगिन शुक्रवार की सुबह ही हुआ था।

ये हमारे लिए बड़ा ब्रेकथ्रू था। हमारे पास क्रिमिनल का आईपी एड्रेस था और उसकी लोकेशन बोस्टन में कहीं थी।

मैंने सुदीप जी से पूछा कि आपके कर्मचारी में से किसी का बोस्टन से कनेक्शन हैं क्या, जो हाल ही में बोस्टन गया हो?

सुदीप जी ने तुरंत पड़ताल शुरू कर दी।

अब हम कनेक्ट करना था सैन एंटोनियो, बोस्टन और शिकागो को। कौन है जिसके तार तीन जगह से जुड़े हो सकते हैं।

मैंने सुदीप जी से उनके सभी वर्तमान और पूर्व कर्मचारियों के फेसबुक विवरण मागें और ऑनलाइन गतिविधियों का अन्वेषण करना शुरू कर दिया।

एक-एक कर सारी पोस्ट फॉलो करते हुए मेरी नज़र आख़िरकार एक पोस्ट पर जाकर अटक गयी।

#बोहनन के प्राइम स्टेक और सीफ़ूड। सैन एंटोनियो में डिनर।

जॉर्ज निकल्सन। यह एक पूर्व कर्मचारी था और शराबी था।

इनको कई बार चेतावनी देकर एक माह पहले ही नौकरी से निकाल दिया गया था।

जॉर्ज के पास शॉपिफाई का पासवर्ड था। जाँच में पता चला कि उसने अपने एक इंजीनियर दोस्त की मदद ली, और सुदीप जी का पर्सनल ईमेल हैक करवाया और कंपनी की तीन दिन की सेल अपने नाम कर ली।

जॉर्ज पकड़ा गया। सुदीप जी के पैसे भी वापस आ जाएंगे। पर आपके साथ कहीं ऐसा न हो इसके लिए आपको कुछ चीजों को याद रखना है।

अपने ईमेल या सोशल मीडिया अकाउंट में 2 फैक्टर ऑथेंटिकेशन जरूर इनेबल करें। अपना पासवर्ड कभी किसी से शेयर न करें।

12 - डायलिंग अ कॉल

पल्लवी अपने ऑफिस में एक मीटिंग में थी। बार-बार कोई उसे कॉल कर रहा था।

वह कॉल पिक नहीं कर सकती थी, इसलिए उसने अपने फोन को साइलेन्ट मोड पर कर दिया।

मीटिंग के बाद उसने उस नंबर पर कॉल बैक किया।

फोन उठते ही दूसरी ओर से एक लड़की की आवाज़ आई। उसने कहा-

हेलो पल्लवी, मैं स्वाती, एयरटेल से बोल रही हूँ। दरअसल हम ये कॉल एक वेरिफिकेशन के लिए कर रहे हैं।

वेरिफिकेशन, किस चीज़ का वेरिफिकेशन? पल्लवी ने पूछा।

इसपर स्वाती ने कहा, आप तो जानते हैं कि साइबर क्राइम देश में कितना बढ़ गया है , इसके चलते एयरटेल ने नई गाइडलाइंस जारी की हैं। दरअसल, हमने पाया कि ये साइबर अपराधी दूसरों के आईडी पर सिम इश्यू करा लेते हैं, ऐसे में हर सिम का वेरिफिकेशन अनिवार्य कर दिया गया है।

आप कितने सिम इस्तेमाल करती हैं?

पल्लवी ने कहा, कितने मतलब? मैं तो एक ही सिम इस्तेमाल करती हूँ।

पर हमारे रिकॉर्ड में दिखा रहा है कि आपके आधार कार्ड से लिंक करीब 3 सिम कार्ड लिए गए हैं।

पल्लवी ने चौंकते हुए कहा, 3 सिम कार्ड?, पर मैंने तो कभी कोई दूसरा सिम कार्ड लिया ही नहीं।

देखिये, ये जो दूसरे सिम कार्ड आपके आधार कार्ड पर लिये गये हैं, ये निश्चित रूप से किसी अपराधी के पास होंगे। ये लोग दूसरे के नाम से सिम लेकर अपराधों को अंजान देते हैं, और बाद में निर्दोष लोग फँस जाते हैं।

हमारे कस्टमर ऐसे मामलों में न फँसें, उसी के लिए ये वेरिफिकेशन कॉल है। स्वाती ने आगे कहा, आपको अभी एयरटेल से एक SMS आएगा, उस में दिए गए नंबर को डायल कर दीजिएगा और उसके बाद आपके नाम पर लिए गए दूसरे सिम कार्ड ब्लॉक करा दिए जाएँगे।

पल्लवी अब तक थोड़ा परेशान हो चुकी थी। उसने हाँ कर दिया और SMS का इंतजार करने लगी।

थोड़े ही देर में एक SMS आया और उसमें दिए गए नंबर पर पल्लवी ने कॉल कर दिया।

**62*9913001235#

इसके बाद पल्लवी ने स्वाती को कॉल किया और पूछा कि उसके नाम से लिए गए बाकी दोनों सिम कार्ड हट गए या नहीं?

स्वाती ने कहा, कि अब कोई समस्या नहीं है। पल्लवी के नाम पर सिर्फ एक ही सिम कार्ड दिख रहा है और इसके बाद उसने पल्लवी को एक वेबसाइट का लिंक भेजा और कहा कि आप चाहे तो खुद जाँच कर सकती है।

https://tafcop.sancharsathi.gov.in/telecomUser/

पल्लवी ने चेक करने के लिए वेबसाइट पर अपना नंबर डाला, जिसके बाद वेबसाइट पर उन्हें अपने नाम से सिर्फ एक ही सिम कार्ड दिखाई दिया। पल्लवी अब संतुष्ट थी।

करीब दो दिन बाद पल्लवी को एक ईमेल आयी। ईमेल करने वाले ने आपने आपको पल्लवी का शुभचिंतक बताया। साथ ही उसे उसके दोस्त सुमित से दूर रहने की सलाह दी।

पल्लवी को समझ नहीं आ रहा था कि ये कौन है। वह थोड़ा डर गयी थी कि कोई छुपकर क्यों ईमेल लिख रहा है। यदि कोई शुभचिंतक है तो सामने आकर बात क्यों नहीं करता।

पल्लवी सुमित को पसंद करती थी और दोनों में अच्छी दोस्ती थी। पर यह मेल जिस तरह से लिखा गया था, उससे लग रहा था कि कोई पल्लवी को सावधान करना चाहता है।

पल्लवी ने मेल इग्नोर कर दिया।

अगले दिन पल्लवी को फिर एक मेल आई:

तुम कल फिर सुमित के साथ थी, शाम 8 बजे, कनॉट प्लेस में? मैंने तुम्हें चेतावनी दी थी। अभी भी मौका है। वरना तुम बहुत बुरा फँसोगी।

इस बार पल्लवी बहुत डर गई थी। क्योंकि दोनों मिले थे ये बात सिर्फ सुमित और पल्लवी ही जानते थे।

ये कौन था जो पल्लवी को सुमित से मिलने से रोक रहा था?

पल्लवी ने सुमित को मेल के बारे में जानकारी दी। हालाँकि सुमित ने उसे विश्वास दिलाया कि उसने ये बात किसी को नहीं बताई।

पल्लवी ने अपनी दोस्त आरती से इस बारे में बात की।

आरती ने भी पल्लवी का मेल देखा और उसे लगा कि ये कोई ऑफिस का लड़का भी हो सकता है, जो नहीं चाहता कि पल्लवी, सुमित से दोस्ती रखे।

उसने पल्लवी से पूछा, तुम्हें ऑफिस में किसी पे शक है?

पल्लवी की समझ में कुछ नहीं आ रहा था।

उसने काफ़ी सोचा पर वो कुछ भी निष्कर्ष नहीं निकाल सकी।

आरती ने कहा, "तुम्हें इन मेल्स के बारे में पुलिस को बताना चाहिए?"

पल्लवी ने कहा, "पुलिस क्या करेगी, वो कहेगी इसमें अपराध क्या है।"

कोई तुम्हें डरा रहा है, यह अपने आप में एक अपराध है।

पर पल्लवी शायद पुलिस में शिकायत करने के लिए मानसिक तौर पर तैयार नहीं थी।

अगले दिन फिर ईमेल आया:

पुलिस इस मामले में मुझे कुछ नहीं कर पाएगी, देखो मैं तुम्हारा शुभचिंतक हूँ। सुमित का प्लान तुम्हें ड्रिंक में ड्रग देने का है, होशियार रहना।

पल्लवी ने चौंकते हुए कहा, "पुलिस में जाने की बात कैसे लीक हुई, ये तो सिर्फ आरती को पता थी।"

उसने घबराकर सुमित को फ़ोन किया और कहा, "अब हम कुछ दिन तक न मिलेंगे न बात करेंगे, मैं बहुत डरी हुई हूँ।"

सुमित ने कहा, "अरे हम ये सब पुलिस को बता देते हैं, कोई है जो तुम्हें स्टॉक कर रहा है और हो सकता है तुम्हारे आस-पास का ही हो।"

हालाँकि पल्लवी ऐसा नहीं चलती थी, उसने अगले 6 दिन तक न सुमित से बात की और न ही मिली।

सातवें दिन सुमित का ही फोन आया, कोई और मेल आया क्या?

पिछले 6 दिनों से कोई मेल नहीं आया था।

सुमित ने कहा, "लगता है, सब ठीक हो गया"

उस दिन जब पल्लवी और सुमित फिल्म देखने गए, तो थोड़ा निश्चिंत थे। फिल्म शुरू होने में समय था, इसलिए पल्लवी थिएटर में कुछ ज़रूरी मेल चेक करने लगी, तभी ब्लैक मेलिंग वाला एक और मेल नज़र आया।

उसने मेल खोला तो वह मेल देखकर चौंक गयी। क्योंकि मेल में उसकी और सुमित की उसी थिएटर की तस्वीर थी।

पल्लवी ने जब मेल पढ़ा तो वह बुरी तरह डर गई थी। उसने चारों ओर देखा कि कौन है जो उसे देख रहा है। उसे लगा कि शायद सब उसे ही देख रहे हैं।

वह सुमित को लेकर थिएटर से बाहर आ गई। सुमित ने पूछा क्या हुआ तो उसने ईमेल सुमित दिखा दिया।

अगर तुम अभी भी नहीं मानी तो अंजाम बुरा होगा। मुझे तुम्हारे घर से ऑफिस जाने का रास्ता पता है तुम ऑफिस स्कूटी से जाती हो। ऐसे में अगर एक बाइक वाला बगल से आकर आपके ऊपर कुछ फेंक दे तो?

पल्लवी की तो साँसें अटक गयी थीं।

सुमित भी घबरा गया था। वह कोई रिस्क नहीं लेना चाहता था। इसलिए सुमित, पल्लवी को लेकर पुलिस स्टेशन पहुँच गया और धारा 354D में स्टॉकिंग की रिपोर्ट दर्ज करवा दी।

पुलिस ने जब ईमेल देखा तो पता चला कि सारे ईमेल प्रोटोनमेल आईडी से आए थे, जो एक पर्टेक्टिड ईमेल सर्वर है। अक्सर अपराधी इसका फ़ायदा उठाते हैं।

जब केस मुझ तक पहुँचा तब तक इस घटना को शुरू हुए करीब 20 दिन हो चुके थे।

ईमेल का आना अब भी जारी था।

ईमेल को देख कर यही लग रहा था कि पल्लवी के बारे में उसे सब कुछ पता था। वह कोई भी शख्स हो सकता था। हमने पल्लवी के द्वारा दिए गए सभी संदिग्ध नामों की जाँच शुरू की पर कुछ भी पता नहीं चल पा रहा था।

न किसी संदिग्ध की लोकेशन हमें धमकी मिल रही थी और ना ही किसी ने प्रोटोनमेल सर्वर एक्सेस किया था।

इसका मतलब था कि ये जो भी था, संदिग्ध सूची से बाहर था।

पर उसको पल्लवी के बारे में ये सब जानकारी मिलती कहाँ से हैं।

क्रिमिनल ने ईमेल तभी किया था जब पल्लवी ने सुमित से संपर्क किया था। इससे हमें लग रहा था कि या तो सुमित का फोन हैक हो गया था या पल्लवी का।

हमने दोनों के फोन को स्कैन किए तो पता लगा कि सुमित का फोन हैक नहीं किया गया है। जब पल्लवी का फोन को स्कैन किया गया तो मामला खुल गया। पल्लवी का व्हाट्सएप किसी और डिवाइस से भी लॉगइन था और वह दूसरा डिवाइस भी नोएडा से ही था।

ये जानकर पल्लवी चौंक गयी।

अब हमें समझ आ गया था कि आरोपी पल्लवी और सुमित की हर मुलाकात के बारे में कैसे जानता था।

ये जानने के बाद पल्लवी अपने फोन से उस डिवाइस को रिमूव करने ही वाली थी कि मैंने उसे ऐसा करने से रोक लिया।

मैंने ऐसा इसलिए किया, क्योंकि इसी के ज़रिए हम क्रिमिनल तक पहुँच सकते थे।

अभी अपराधी को पता नहीं है कि हमें उसके बारे में पता है। हम उसे जाल में फँसा सकते हैं।

मैंने पल्लवी को समझते हुए कहा, "देखो वो जो कोई भी है, वह ये नहीं चाहता कि तुम सुमित के साथ रहो। उसे सिर्फ उन्ही मैसेज में दिलचस्पी है, जो तुम सुमित को करती हो। तो अब हम सुमित को मैसेज करेंगे।"

पल्लवी ने पूछा, "पर हम उसे क्या मैसेज भेजेंगे?"

मैं बताता हूँ, पहले हम तुम्हारा फोन पूरी तरह चेक कर लें। ये जानने के लिए कि क्या उसने सिर्फ़ तुम्हारा व्हाट्सएप हैक किया है या फिर तुम्हारे फोन की बाकी डिटेल भी उसे पता है। क्या वह आपके फोन से आपकी बातें सुन सकता है या कैमरा ऑन कर सकता है?

पल्लवी ने चौंकते हुए कहा, "क्या ये सब संभव है?"

हाँ, बिल्कुल संभव है, इसलिए फोन की पूरी जाँच जरूरी है।

हमारी जाँच में ये क्लियर हो गया कि फोन का सिर्फ व्हाट्सएप ही हैक किया गया है और उसका कारण है पल्लवी के फोन पर कंडीशनल कॉल फॉरवर्डिंग। असल में यदि आप अपने फोन से एक कोड डायल कर दें तो आपके फोन पर इनकमिंग कॉल्स फॉरवर्ड होने लगती हैं। जब आप पहुँच से बाहर हो जाते हैं या व्यस्त हो जाते हैं तो कॉल फॉरवर्ड होने लगती है।

पल्लवी ने किसी कॉल सेंटर एक्जीक्यूटिव पर भरोसा किया और वह नंबर डायल कर दिया, जिसकी कॉल एक दूसरे नंबर पर फॉरवर्ड हो रही थी।

अपराधी ने दूसरे नंबर से पल्लवी के फोन पर व्हाट्सएप ओटीपी फॉरवर्ड किया।

हमारे पास वह दूसरा नंबर भी था, जहाँ से ओटीपी फॉरवर्ड हुआ था। हमने उस नंबर के केवाईसी विवरण निकलवाने के लिए भी बोल दिया था।

पर हमारे पास एक और रास्ता था, जिससे वह पकड़ा जा सकता था।

मैंने तुरंत एक वेब लिंक तैयार किया और पल्लवी को SMS कर दिया।

पल्लवी ने वह लिंक सुमित को भेजा। लिंक के साथ उसे ये मैसेज भी सेंड करने को कहा:

ये हमारी कुछ निजी तस्वीरें हैं और मैं नहीं चाहती कि ये किसी के हाथ में पहुँचे क्योंकि मैं इनको लिंक पर बैकअप कर रही हूँ और अपने फोन से डिलीट कर रही हूँ।

अब बारी थी कि अपराधी इस लिंक पर क्लिक करे।

हालाँकि किसी को पता नहीं था कि इस लिंक पर क्लिक करने से क्या होने वाला है।

दरअसल, पल्लवी को जैसे मेल आए थे, उससे मुझे अंदाज़ा हो गया था कि आपराधी किसी भी हाल में पल्लवी और सुमित की निजी तस्वीरें देखना चाहेगा।

यह एक 'सी क्रिमिनल लिंक' था। लिंक पर क्लिक करते ही उससे एक अनुमति माँगी जाएगी।

उसने उस मैसेज को इग्नोर कर लिंक पर क्लिक किया और थोड़ी ही देर में हमारे सामने अपराधी की सेल्फी आ गई।

हमारे लिंक ने क्रिमिनल का कैमरा ऑन करके एक फोटो खींच कर हमें भेज दिया। अब हमारे सामने अपराधी की लोकेशन और उसकी तस्वीर थी।

उसकी फोटो देखकर सुमित चौंक गया।

"दिव्या? वह कैसे हो सकती है?"

दिव्या, सुमित की दोस्त थी और पल्लवी और सुमित की नजदीकियों से खुश नहीं थी। वह चाहती थी कि पल्लवी सुमित की जिंदगी से खुद ही दूर चली जाए और इस तरह पल्लवी का व्हाट्सएप हैक करके उसे डराने की कोशिश कर रही थी।

13 ऑनलाइन एग्ज़ाम स्कैम

भारत के पूर्वी राज्य सिक्किम में एक खूबसूरत शहर है- गंगटोक। यहाँ की एसपी थीं सुश्री नीति; अपने नाम की तरह नीतियों पर चलने वाली। वह अपने ऑफिस में ही थीं, जब उनका फोन बजा।

कॉल इन्स्पेक्टर गुरुंग का था, जो तब ताडोंग इलाके के एसएचओ थे।

उन्होंने फोन के दूसरी ओर से लगभग चिल्लाते हुए कहा, "मैम, यहाँ एक कॉलेज में सरकारी एग्ज़ाम चल रहा है। एक लड़के ने पथराव शुरू कर दिया। अभी वह पुलिस से भी भिड़ गया है। मै'म, आप यहाँ जल्दी आ जाइये।"

नीति को कुछ समझ नहीं आ रहा था। फोन के उस पार बहुत शोर था। उन्हें लगा यह सामान्य-सा मामला है, इसलिए उन्होंने इन्स्पेक्टर गुरुंग से कहा, "जो लड़का पथराव कर रहा है, उसे अरेस्ट कर लो। पहले शांति से एग्ज़ाम पूरा होने दो, हम इस मामले को बाद में देखते हैं।"

उधर से इन्स्पेक्टर गुरुंग एक बार फिर चिल्लाते हुए बोले, "मै'म, ये लड़का कुछ और भी बोल रहा है। कह रहा है कि वीडियो बनाते समय कुछ टीचर्स ने इसे मारा, इसलिए इसने पत्थर फेंके।"

एसपी नीति ने पूछा, "वीडियो रिकॉर्ड कर रहा था? कैसा वीडियो?"

"...और ये एग्ज़ाम के बीच वीडियो रिकॉर्ड कर ही क्यों रहा था?" उन्होंने आगे पूछा।

इंस्पेक्टर ने एक बार फिर समझाया, "मैम, मामला थोड़ा टेक्निकल लग रहा है, आप ही समझ सकती हैं। यहाँ दिक्कत बढ़ रही है, आप आ जाएं प्लीज़!"

"ठीक है, मैं जल्दी ही वहाँ पहुँचती हूँ। तब तक आप मामला शांत करवाने की कोशिश करें।" एसपी नीति ने टेबल से अपना ज़रूरी सामान उठाते हुए कहा, और फोन काट दिया।

कुछ देर बाद एसपी नीति घटना स्थल पर पहुँच गईं। मामला वाकई गंभीर था। 100-150 लोगों की भीड़ ने कॉलेज को घेर रखा था। पथराव करने वाला लड़का पुलिस की हिरासत में था, उसके कपड़े फटे हुए थे।

एसपी नीति ने लड़के से पूछा, "क्या हुआ तुम्हारे साथ? क्या नाम है तुम्हारा?"

लड़के ने अपना नाम तेज़ुंग बताया।

उसने कहना शुरू किया, "मैडम सेंटर के अंदर कुछ गड़बड़ है। मुझे जैसे ही इस बात का पता चला मैं छुपकर वीडियो बनाने लगा। इतने में एक टीचर ने मुझे देख लिया। सबने मिलकर मुझे खूब पीटा और मेरे कपड़े भी फाड़ दिए।"

एसपी नीति ने पूछा, "तुम्हें कैसे पता कि सेंटर में गड़बड़ है?"

लड़के ने फिर बताया, "मैडम, मेरी बहन अंदर एग्ज़ाम दे रही थी। कुछ देर बाद वो एग्ज़ाम पूरा किए बिना ही बाहर आ गयी। उसने मुझे बताया की सेंटर के अंदर लोग बस कंप्युटर के सामने बैठे हैं। उनके कंप्युटर अपने आप ही सारे जवाब मार्क कर दे रहे हैं। तभी मैंने वीडियो बनाने का सोचा।"

एसपी नीति को मामला गंभीर लगा। उन्होंने एक बार फिर पूछा, "अंदर ऑनलाइन परीक्षा चल रही है?"

"हाँ मैम, ऑनलाइन परीक्षा ही हो रही है।"

मामला समझने के बाद, एसपी नीति, अपनी टीम के साथ एग्ज़ाम सेंटर के अंदर पहुँच गईं। जहाँ, जाँच के इरादे से वह एक कमरे में दाखिल हो गईं। उन्होंने एक नज़र कमरे में मौजूद परीक्षार्थियों पर डाली, जिन्हें देखकर उन्हें कुछ अजीब लगा।

वहाँ बैठे आधे से ज़्यादा परीक्षार्थी उन्हे सिक्किम से बाहर के लग रहे थे। देखने पर वे यूपी या हरियाण के लग रहे थे।

वह धीरे-धीरे टहलती हुई एक छात्र के पास पहुँचीं और उसका कंधा थपथपाते हुए पूछा, "कहाँ से हो?"

छात्र पुलिस को देखकर घबरा गया। वह अपनी जगह पर खड़ा हुआ और उसने लार गटकते हुए जवाब दिया, "पानीपत से मैम।"

नीति मैडम उसे बैठने का इशारा करके एग्ज़ाम कोऑर्डिनेटर की ओर मुड़ गईं। उन्होंने उससे एग्ज़ाम दे रहे सभी परीक्षार्थियों की लिस्ट माँगी। लिस्ट देखते ही उन्हें समझ आ गया कि हंगामा करने वाला लड़का झूँठ नहीं बोल रहा था।

दरअसल, लिस्ट के अनुसार एग्ज़ाम देने वाले कई छात्र हरियाणा से थे। यह शक पैदा करने वाली बात थी। भला हरियाणा के इतने सारे छात्र, गंगटोक को ही अपना परीक्षा केंद्र क्यों चुनेंगे। हालाँकि बिना किसी सुबूत के आगे कारवाई करना मुश्किल था।

वहीं क्लास रूम में सभी अपना एग्ज़ाम खुद दे रहे थे। किसी का भी कंप्युटर अपने आप चलता नहीं दिख रहा था।

एग्ज़ाम देने वालों में एक कन्डीडेट ऐब्सेन्ट था। एसपी मैडम उसकी जगह पर बैठ गईं और एग्ज़ाम देने लगीं।

हालाँकि उन्हें कुछ भी शक करने जैसा नहीं मिला।

मामले को देखते हुए एसपी मैडम ने पथराव करने वाला लड़के तेजुङ की शिकायत पर एफआईआर लिख ली। साथ ही परीक्षा के बाद सारे कंप्युटर जब्त करवाकर, जाँच करने का आदेश दे दिया।

जाँच के लिए दिल्ली से एक फॉरेंसिक टीम बुलाई गयी, जिससे इंडियन एविडेंस ऐक्ट के तहत कारवाई की जा सके और सुबूत जुटाए जा सकें।

इसके लिए सारे कंप्युटर्स क्लोन (डिवाइस में मौजूद सभी चीज़ों को सुरक्षित करना) किए गए। साथ ही सभी की हैश वैल्यू निकाली गई। चेन ऑफ कस्टडी बरकरार रखते हुए सारे कंप्युटर्स को मालखाने में पहुँचा दिया गया।

वहीं क्लोन डिस्क पर साइबर टीम ने जाँच शुरू कर दी। क्योंकि सिस्टम बहुत ज़्यादा थे और डाटा भी काफ़ी था इसलिए जाँच में समय लग रहा था।

उस दिन मैं एक पुलिस ट्रेनिंग के लिए सिक्किम गया हुआ था। जहाँ ऑडियंस में कुछ पुलिस अधिकारी थे, जो इस मामले की जाँच में शामिल थे।

इनमें से एक अधिकारी मुझसे मिलने आया और मामले को लेकर कई सवाल पूछे। इसके बाद उसने एसपी नीति को मेरे बारे में बताया।

अगले दिन मुझे एसपी नीति का फोन आया। उन्होंने कहा कि वह मुझसे मिलना चाहती हैं।

...क्योंकि अगले दिन भी मेरी ट्रेनिंग थी, इसलिए मैंने उन्हें ट्रेनिंग में ही बुला लिया। साथ ही उनसे रिक्वेस्ट की कि ट्रेनिंग पूरी होने के बाद हम इस केस पर चर्चा करते हैं।

अगले दिन वो मुझसे मिलने आईं। हमने केस पर बात की।

पहले उन्होंने मुझे केस की वर्तमान स्थिति बताई।

उन्होंने मुझे बताया कि शक था कि सिस्टम के अंदर हमें कोई तो स्पाइवेर सॉफ्टवेयर मिलेगा। जो सिस्टम को रिमोटली कंट्रोल करने में मदद कर रहा होगा। मगर फॉरेंसिक टीम को ऐसा कोई भी सॉफ्टवेयर नहीं मिला। हमने सिस्टम लॉग्स भी चेक किए, सर्वर लॉग्स की भी एनालिसिस की गई, लेकिन कुछ हाथ नहीं लगा।

उन्होंने मुझे समझाते हुए कहा, "दरअसल, एग्ज़ाम की प्रक्रिया कुछ इस तरह है। एग्ज़ाम सेंटर का चयन एक सरकारी संस्थान द्वारा किया जाता है। इसके बाद एग्ज़ाम सेंटर का पूरा काम एक निजी संस्थान को दे दिया जाता

है। जो अपनी टीम के साथ सेंटर पर आकर एक ऑफलाइन सर्वर सेटअप करते हैं। यह सर्वर केवल एग्ज़ाम सेंटर के टर्मिनल से जुड़ा होता है। इस दौरान कोई भी कंप्यूटर इंटरनेट से नहीं जुड़ा होता है।"

"हर टर्मिनल में एक क्लाइंट ऐप्लीकेशन होता है। जो छात्र के लॉगिन करते ही सर्वर से जुड़ जाता है। सर्वर केवल एग्ज़ाम सेंटर में ही होता है। एग्ज़ाम से ठीक पहले सर्वर को इंटरनेट से जोड़ा जाता है, पेपर डाउनलोड करने के लिए। एक बार पेपर डाउनलोड हो गया, तो इंटरनेट बंद कर दिया जाता है। इसके बाद तीन घंटे बाद ही इंटरनेट चालू किया जाता है। एग्ज़ाम खत्म होने के बाद सर्वर को फिर से इंटरनेट से कनेक्ट किया जाता है। इससे छात्र जो भी उत्तर जमा करते हैं, वो दिल्ली के एक सर्वर पर अपलोड हो जाता है। इसके साथ ही एग्ज़ाम सेंटर अपने काम से मुक्त हो जाता है।"

सब कुछ ठीक लग रहा था। हमें समझ नहीं आ रहा था कि आखिर हम लोग मिस क्या कर रहे हैं।

"अगर टर्मिनल इंटरनेट से कनेक्ट नहीं था, तो कोई कैसे रिमोटली एग्ज़ाम दे सकता है।"

ये सोचकर ही मेरा दिमाग घूम रहा था।

मैंने एसपी मैडम से पूछा, "क्या ये मुमकिन है कि कॉलेज के बाहर से कोई वाईफाई हॉटस्पॉट इनेबल किया गया हो, जिससे टर्मिनल इंटरनेट से कनेक्ट हो गए हों।"

मैडम ने कहा, "अगर कोई टर्मिनल इनरनेट से कनेक्ट था, तो उसका लॉग तो होगा ही। हमें किसी भी टर्मिनल में ऐसा कोई लॉग नहीं मिला।"

उन्होंने आगे कहा, "हम पहले ही इस जाँच में एक महीना गवां चुके हैं।" अब दो दिन बाद उसी सेंटर पर अगला एग्ज़ाम है। मैं चाहती थी कि उससे पहले हम ये केस सॉल्व कर लें, जिससे ये लोग फ़र्ज़ी तरीके से लोगों को पास न करवा सकें।

मैंने मैडम से पूछा, “आप इतने विश्वास से कैसे कह सकतीं हैं कि सेंटर में कुछ गड़बड़ हुई है।”

इस पर मैडम ने मुझे बताया, “मैंने इस सेंटर पर हुए पिछले एग्ज़ाम के रिजल्ट्स निकलवाए थे और जो कुछ हमें मिला वो शक पैदा करता है।”

उन्होंने बताया, “इस सेंटर पर हुई परीक्षाओं में सबसे ज़्यादा छात्र पास होकर, सिलेक्ट हुए हैं। वहीं हरियाणा के एक ही गाँव से 17 लोगों ने परीक्षा पास की। इतना सब संयोग नहीं हो सकता। ज़ाहिर है, अपराधी बहुत स्मार्ट है, जिससे हम उसे पकड़ नहीं पा रहे हैं।”

इसके बाद हम दोनों थोड़ी देर खामोश बैठे रहे। दोनों ही अपनी-अपनी तरह से सोंच रहे थे।

थोड़ा सोचने के बाद मैंने मैडम से कहा, “आपने अभी कहा कि अगला एग्ज़ाम दो दिन बाद है।”

“हम्म...”

“क्या ऐसा हो सकता है कि हम एग्ज़ाम के समय सेंटर पर जा सकें?”

“हाँ, क्यों नहीं, पर हम वहाँ जाकर करेंगे क्या?”

“हम वहाँ जाकर, वाईफाई स्कैनर से ये पता कर सकते है कि सेंटर के आसपास कोई वाईफाई सिग्नल है क्या, या कोई हॉटस्पॉट तो ऐक्टिव नहीं है।”

“ठीक है, फिर मिलते है दो दिन बाद,” मैडम ने अपनी जगह से उठते हुए कहा।

दो दिन बाद

इलाके के जितने भी संदिग्ध सेंटर थे, उन सभी के लिए अलग-अलग टीम बनाई गई। हर टीम मेम्बर के फोन में वाईफाई एनालाइज़र ऐप इंस्टॉल किया गया। इसके बाद सभी को एग्ज़ाम के समय सेंटर पर भेजा गया, जिससे वो वाईफाई सिग्नल या ऐक्टिव हॉटस्पॉट का पता लगा सकें।

हमें यकीन था कि कोई न कोई सबूत तो हमें ज़रूर मिलेगा। हालाँकि इस बार भी हमारे हाथ निराशा ही लगी। हमारी टीम को न कोई वाईफाई सिग्नल मिला और न ही किसी ऐक्टिव हॉटस्पॉट का पता चला।

बड़ी अजीब बात थी!

क्योंकि बार-बार कंप्यूटर जब्त नहीं किए जा सकते थे, इसलिए पिछली बार क्लोन किए गए डाटा पर ही मैंने जाँच शुरू की।

एक एप्लिकेशन जो परीक्षा के लिए बेहद ज़रूरी थी। जो ऑफलाइन सर्वर और परीक्षा टर्मिनल के बीच संचार स्थापित करती थी। मैंने उसकी रिवर्स इंजीनियरिंग कर, एनालाइज़ करना शुरू किया। बाइनरी एनालिसिस में मैंने देखा कि ये एप्लिकेशन एक वीपीएन (वर्चुअल प्राइवेट नेटवर्क) टनल बनाती है।

यहाँ मुझे एक एपीआई कॉल दिखाई दी। ये कॉल सिस्टम में एक इनिशियलाइज़ेशन के समय कई प्रोसेस शुरू करती है। इसमे हर एक प्रोसेस का एक लॉजिक था, पर एक उदाहरण ऐसा था, जिसने मुझे चौंका दिया।

ये एक रिमोट एक्सेस टूल था। थोड़ा और खंगालने के बाद हमें पता चला कि बाहर से कोई एप्लिकेशन इंस्टॉल नहीं की गई है, बल्कि एग्ज़ाम सॉफ्टवेयर खुद ही ये सुविधा दे रहा था कि कोई बाहर से परीक्षा टर्मिनल को कंट्रोल कर सके।

इसके बाद मुझे पूरी बात समझ आ गई। मैं चीटिंग के इस तरीके को देखकर हैरान रह गया।

इस सबसे मुझे पता चला कि आरोपी एग्ज़ाम करवाने वाली कंपनी नहीं, बल्कि एग्ज़ाम सॉफ्टवेयर बनाने वाली कंपनी थी।

इस जानकारी के बाद जाँच का दायरा बढ़ा दिया गया।

साथ ही एग्ज़ाम सॉफ्टवेयर बनाने वाली कंपनी के अधिकारियों को तलब किया गया। हालाँकि अधिकारियों ने एग्ज़ाम सॉफ्टवेयर में ऐसे किसी फीचर के होने से इंकार किया।

इससे हमें समझ आया कि सॉफ्टवेयर डेवलपमेंट टीम से कोई अंदर का आदमी इसमे शामिल है। उसने ही सॉफ्टवेयर में ये फीचर डाला और अब बाहर से सिस्टम कंट्रोल कर रहा है।

ये पता चलते ही ताबड़तोड़ पड़ताल शुरू हो गई। पड़ताल में सबसे पहले एग्ज़ाम देने आए छात्रों के बीच एक कॉमन लिंक ढूँढा गया। इससे हमें उन लोगों के नंबर मिले, जिन्होंने पैसे लेकर एग्ज़ाम पास करवाने का ठेका लिया था।

हालाँकि इस सबके बाद भी चीज़ें आसान नहीं हुईं। ऐसा इसलिए क्योंकि जिनके नंबर हमें मिले उनमे ऐसा कोई भी नहीं था, जिसका सॉफ्टवेयर बनाने वाली कंपनी के किसी बंदे से कोई संपर्क हो।

इसके बाद हमने सिक्किम और हरियाणा के संदिग्ध लोगों के फोन जाँच के लिए भेजे। जाँच में पता चला कि उनके फोन में एक कॉमन ऐप है। उस ऐप का नाम है 'zangi app'। ये एक चाइनीज़ चैट कम्यूनिकेशन ऐप थी, जो गुमनाम चैट प्रवॉइड करती थी।

इस ऐप का इस्तेमाल कर जब हम किसी से बात करते हैं, तो इसमे हमारी पहचान पूरी तरह छुपी रहती है।

ये इस केस में हमारे लिए बड़ी उपलब्धि थी। इसके बाद हमने जब सॉफ्टवेयर डेवलपमेंट टीम के लोगों के फोन की जाँच की, तो दो लोगों के फोन में हमें zangi app मिला।

इनमें एक सॉफ्टवेयर का आर्किटेक्ट था, जो कई सालों से कंपनी में काम कर रहा था। और दूसरा सॉफ्टवेयर डेवलपर था।

दोनों के फोन के zangi app के हैंडल्स, हमारे हरियाणा के संदिग्धों के zangi app के हैंडल्स से मेल खा रहे थे।

इसके बाद सारा मामला सामने आ गया। मामले से जुड़े सभी अपराधियों को पकड़ लिया गया।

14 - गुमनाम धमकी

मैं एक काम के सिलसिले में जयपुर गया था। वहाँ मेरी मुलाकात साइबर सेल के कुछ लोगों से हुई।

बातों-ही-बातों में, मैंने इंस्पेक्टर चौहान से पूछा, "...और, चौहान साहब, आजकल हर दिन कितने मामले आ रहे हैं?"

चौहान ने हालात बयां करते हुए कहा, "अरे सर पूछिए मत, केस लगातार आ रहें हैं और स्टाफ लिमिटेड है।"

मैंने जिज्ञासावश पूछा, "कोई खास मामला?"

इंस्पेक्टर चौहान के हाथ में एक फाइल थी, उन्होंने उसमें से कुछ पेपर निकाले और मुझे थमाते हुए बोले, "ये पढ़कर देखिए, सर!"

शिकायत किसी कॉलेज के मुख्य सुरक्षा अधिकारी राजपाल ने दर्ज करवाई थी।

शिकायत के मुताबिक, "कोई व्यक्ति कॉलेज की लड़कियों को ईमेल भेजकर ब्लैकमेल कर रहा है। ईमेल प्रोटोनमेल (यह एक नि:शुल्क और सुरक्षित ईमेल सेवा) से भेजे गए थे, जिसमे लड़कियों की प्राइवेट तस्वीरें भेजी गई थीं।"

इंस्पेक्टर चौहान ने बताया कि घटना के बाद से ही कॉलेज की लड़कियाँ काफ़ी डरी हुई हैं।

कॉलेज प्रशासन ने पुलिस से निवेदन किया है कि अपराधी को पकड़कर, मामले का जल्द से जल्द निवारण किया जाए।

मैंने शिकायत के साथ अटैच कुछ ईमेल पढ़े, जिन्हें भेजकर लड़कियों को ब्लैकमेल किया गया था। ईमेल के मुताबिक अपराधी ने निजी तस्वीरें वायरल करने की धमकी देकर, बिटकॉइन में पैसे माँगे थे। वहीं कई बार तस्वीरें लौटाने के बदले और निजी तस्वीरें माँगी थीं।

शिकायत के मुताबिक, मामला करीब छह महीने से चल रहा था। पहले कॉलेज ने इंटरनल जाँचकर पता करने की कोशिश की पर, मामला बढ़ने पर शिकायत दर्ज करवाई गई।

मैंने बिटकॉइन एड्रेस को बिटकॉइन लेज़र पर चेक किया, जिससे पता चला कि किसी भी बिटकॉइन वॉलेट में कोई पैसा नहीं आया था।

प्रोटोनमेल आईडी भी बार-बार बदला जा रहा था, जिसे ट्रैक करना मुश्किल था। हालाँकि एक चीज़ थी जो हमारी मदद कर सकती थी- लड़कियों को भेजे गए ईमेल!

धमकी भरा हर ईमेल करीब 20 से 30 लाइनों का था। आरोपी कुछ खास लड़कियों को ही टारगेट कर रहा था। ईमेल पढ़ने पर मुझे समझ आ रहा था कि जो भी इन लड़कियों को ब्लैकमेल कर रहा है, वो लड़कियों के बारे में बहुत कुछ जानता है। बल्कि उसे हर लड़की के बारे में कुछ न कुछ खास पता था। जो लड़कियों को डराने के लिए काफ़ी था। उस पर लड़कियों की कैज़ुअल पोज़ में खींची गई तस्वीरें।

भेजी गई तस्वीरों का रेसोल्यूशन अच्छा नहीं था। देखने पर लग रहा था कि उसमें भी एडिटिंग की गई है। कहीं बैकग्राउंड बदला गया था तो कहीं क्रॉप कर दिया गया था।

मैंने इंस्पेक्टर चौहान से पूछा, "लड़कियों से पता चला कि ये तस्वीरें कब खींची गईं हैं?"

इंस्पेक्टर चौहान ने बताया, "कॉलेज के मुख्य सुरक्षा अधिकारी राजपाल के अनुसार, लड़कियाँ आपस में कई बार एक दूसरे के मोबाइल से ऐसी तस्वीरें खींच लेती हैं। जहाँ से ये लीक हो जाती हैं। राजपाल का कहना है कि लड़कियों को ऐसा कुछ भी करने से मना किया था, पर आजकल के बच्चे सुनते किसकी हैं।"

मैंने इंस्पेक्टर चौहान से पूछा, "क्या किसी लड़की ने दबाब में आकर, ब्लैकमेलर के साथ अपनी और भी पर्सनल वीडियो या तस्वीरें साझा की हैं?"

इंस्पेक्टर चौहान के मुताबिक ऐसा कभी नहीं हुआ।

मामला देखने में उलझा हुआ लग रहा था। या तो हम कुछ मिस कर रहे थे या हमें जानकारी पूरी नहीं थी।

केस को और अच्छे से समझने के लिए मैंने राजपाल से रीक्वेस्ट की कि मामले से जुड़ी सभी तस्वीरों की ओरिजनल कॉपी मुझे भेजें।

राजपाल ने जल्दी ही भेजने की बात कही।

जो भी जानकारी हमें मिली थी, उससे इतना तो तय था कि आरोपी कॉलेज का या उसके आसपास का ही है। कोई कर्मचारी, छात्र या पास का कोई दुकानदार।

मैंने अपनी ठोड़ी पर उंगली फेरते हुए कहा,"उसे इन सभी लड़कियों की इतनी पर्सनल डिटेल्स कैसे पता है?"

इतने में इंस्पेक्टर चौहान बोल पड़े, "सर हो सकता है आरोपी ने इन सभी लड़कियों के फोन हैक कर लिए हों?"

मैंने केस पर सोचते हुए, बिना चौहान की ओर देखते हुए पूछा, "इस कॉलेज की फीस कितनी है, चौहान साहब?"

इंस्पेक्टर चौहान ने हैरानी से पूछा, “कॉलेज की फीस का, इस केस से क्या संबंध है सर?”

मैंने उन्हें समझाते हुए कहा, “अरे चौहान साहब सरकारी कॉलेज है, तो इसकी फीस बहुत ज़्यादा तो होगी नहीं,”

“सर आप कहना क्या चाहते हैं? मैं कुछ समझा नहीं!”

“मैं बस ये सोच रहा हूँ कि क्या इस कॉलेज की लड़कियाँ बिटकॉइन में पैसे दे सकती हैं?”

“सर, मेरे हिसाब से तो बिल्कुल नहीं। मुझे नहीं लगता कि कॉलेज में पढ़ने वाली किसी भी लड़की के घरवाले बिटकॉइन खरीद सकते हैं। एक-एक बिटकॉइन तो लाखों में आता है।”

“आप समझ गए चौहान साहब,” मैंने ज़रा मज़ाकिया लहज़े में कहा, मैं सोच रहा था कि आरोपी बेवकूफ है क्या? जब उसे पता है कि ये लड़कियाँ बिटकॉइन में पैसे दे ही नहीं सकतीं तो वो इतनी सारी लड़कियों का फोन क्यों हैक करेगा भला?

“वो पैसों के लिए ये काम कर ही नहीं रहा है, उसका मकसद कुछ और है।” मैंने कहा

इंस्पेक्टर ने कहा, “वो लड़कियों से उनकी निजी तस्वीरें और वीडियो भी तो माँग रहा है।”

“हाँ, पर किसी ने दी नहीं है, और फोन हैक करने वाली बात भी मुझे कुछ जच नहीं रही है। अगर फोन हैक किया होता तो सारे पैसे उड़ा लेता। इससे साफ है कि उसका मकसद पैसे नहीं बल्कि कुछ और भी है।”

तभी इंस्पेक्टर चौहान बोले, “पर क्राइम तो हो ही रहा है सर,”

जी चौहान साहब, क्राइम तो ही रहा है, पर ये हो क्यों रहा है। इसका मकसद समझ नहीं आ रहा है, और जब तक मकसद न समझ आए, आरोपी तक पहुँचना थोड़ा मुश्किल हो जाता है।

मैंने चौहान साहब की ओर देखते हुए कहा, "अब लगता है हमें रिवर्स ट्रैपिंग तकनीक अपनानी पड़ेगी।"

चौहान साहब मुझे ज़रा अजीब नज़रों से देख रहे थे। उन्हें शायद समझ नहीं आया, मैंने जो भी कहा।

तभी मैंने उनकी ओर देखते हुए फिर कहा, "आप एक काम कीजिए उस सुरक्षा अधिकारी से दो चीजें और माँग लीजिए।"

"वो क्या सर?" इंस्पेक्टर चौहान ने जिज्ञासु होते हुए पूछा

"पहली चीज़, संदिग्ध लोगों की एक लिस्ट और दूसरी चीज़, पीड़ित लड़कियों से बात करने की अनुमति।"

मैंने आगे कहा, "लड़कियों में कुछ तो कॉमन है। आरोपी की पहचान उसी से होगी।"

चार दिन बाद

मैं जयपुर से नोएडा लौट आया था। काम में व्यस्त था, इसलिए इस बीच मेरी इंस्पेक्टर चौहान से केस के सिलसिले में कोई बात नहीं हुई थी।

समय मिलते ही मैंने इंस्पेक्टर चौहान को फोन लगाया, और पूछा "कहिए चौहान साहब, कैसा चल रहा है उधर सब?"

"बस जैसे-तैसे चल रहा है सर," इंस्पेक्टर चौहान ने ज़रा बुझे अंदाज़ में जवाब दिया।

"...और केस की क्या अपडेट है? संदिग्ध लोगों की सूची आयी क्या?" मैंने मुद्दे की बात पर आते हुए पूछा।

"जी सर, करीब 40 नाम भेजे हैं राजपाल जी ने, और लड़कियों के एग्ज़ाम चल रहे हैं, तो उनसे तो एग्ज़ाम के बाद ही बात हो पाएगी।"

"40 संदिग्ध कैसे हो सकते हैं? पूरे स्टाफ के नाम भेज दिये हैं क्या?" मैंने ज़रा भौहें सिकोड़ते हुए कहा।

"अरे सर, सिक्योरिटी गार्ड, प्लंबर और दूसरे कर्मचारी, जिनका भी एक्सेस है गर्ल्स हॉस्टल में सबके नाम दे दिए हैं।" इंस्पेक्टर चौहान ने समझाते हुए कहा।

"अच्छा, और उन तस्वीरों का क्या?"

"तस्वीरें आ गईं हैं सर, मैंने एक सिक्योर ड्राइव में रखी हैं। अभी शेयर करता हूँ आपको," चौहान साहब ने मुझे आश्वस्त किया।

इसके बाद मैंने फोन रख दिया।

इंस्पेक्टर चौहान से बात करने के बाद, करीब घंटे भर का समय बीत गया। केस के सभी पन्ने, मैं अपने दिमाग में पलट-पलट कर देख रहा था। कुछ भी ठीक से समझ नहीं आ रहा था। कॉलेज का नाम मेरे दिमाग में घूम-घूम कर सामने आ रहा था।

कुछ सोचते हुए मैंने उस कॉलेज का नाम गूगल पर डालकर, सर्च का बटन दबा दिया।

हमारा दिमाग कभी हमें गलत सलाह नहीं देता। उसमें जितना कुछ स्टोर होता है, कभी न कभी काम आ ही जाता है।

शुरुआती रिज़ल्ट में ही एक चौंका देने वाली बात सामने आयी। एक न्यूज़ पोर्टल पर उसी कॉलेज की एक खबर थी। खबर के मुताबिक एक साल पहले उस कॉलेज में एक लड़की ने आत्महत्या कर ली थी।

मैंने खबर पढ़ी, तो पता चला कि कोई उस लड़की को ईमेल पर ब्लैकमेल कर रहा था, जिससे परेशान होकर उसने आत्महत्या कर ली थी।

इसका मतलब लड़कियों के साथ ये घटना पिछले एक साल से हो रही थी। फिर राजपाल ने ये क्यों कहा कि मामला छह महीने पुराना है?

मेरे दिमाग में कई सवाल उठने लगे।

मैंने तुरंत इंस्पेक्टर चौहान को फोन लगाया और उन्हें पूरी बात समझाई। साथ ही उन्हें राजपाल का स्पष्टीकरण लेने को कहा।

मैंने इंस्पेक्टर चौहान से ये भी कहा कि अगर राजपाल कोई ईमेल छुपा रहा है, तो वो भी उससे निकलवाए।

अधूरी जानकारी, आरोपी के हक में काम करती है।

अगले दिन

इंस्पेक्टर चौहान ने बताया कि राजपाल का कहना है कि दोनों केस अलग है। राजपाल ने बताया कि एक साल पहले जो मामला हुआ था, उसमे लड़की को उसका एक्स बॉयफ्रेंड परेशान कर रहा था। वहीं अभी वाला मामला उससे बिल्कुल अलग है। इसी लिए उसने दोनों मामलों को अलग रखना ही ठीक समझा।

पूरी बात सुनने के बाद मैंने कहा, "क्या मुझे उस ईमेल की कॉपी मिल सकती है, जो एक साल पहले उस लड़की को भेजा गया था। साथ ही वो ईमेल आईडी भी, जिससे लड़की को मेल आया था।"

इधर, इंस्पेक्टर चौहान ने मुझे जो ओरिजनल तस्वीरें भेजी थीं, एक-एक कर मैं सभी तस्वीरों की जाँच करने लगा। इनमे एक तस्वीर थी जो मुझे खटक रही थी।

दरअसल, उस तस्वीर का रेसोल्यूशन बहुत कम था, 2mp, जबकि आजकल के मोबाइल कैमरों का रेसोल्यूशन बहुत अच्छा होता है।

थोड़ी और रिसर्च करने के बाद मुझे समझ आया कि ये तस्वीरें सीसीटीवी कैमरे की थीं।

अब मुझे मामला कुछ-कुछ समझ आ रहा था। मैंने फौरन इंस्पेक्टर चौहान को फोन लगाया और उनसे राजपाल को तलब करने को कहा।

पूछताछ में राजपाल ने बताया कि पिछले साल लड़की की आत्महत्या के बाद कॉलेज में सीसीटीवी कैमरे लगवाए गए थे।

इंस्पेक्टर ने उसे बताया कि ब्लैकमेलिंग वाली तस्वीरों में से एक तस्वीर सीसीटीवी कैमरे की है।

इस पर राजपाल ने कहा, “सर, हमारे कॉलेज के सीसीटीवी की रिकॉर्डिंग लीक हो ही नहीं सकती।”

इस पर इंस्पेक्टर ने ज़रा सख्ती से कहा, “लीक हुई है या नहीं वो हम पता कर लेंगे। हमें बस इतना बताओ कि कॉलेज का सीसीटीवी कौन मैनेज करता है?”

राजपाल के शब्द लड़खड़ा रहे थे, वो घबरा रहा था। उसने घबराहट छुपाने की नाकाम कोशिश करते हुए कहा, “सर, सीसीटीवी प्रकाश देखता है, मगर वो दो हफ्ते से गायब है।”

उसने बात बनाते हुए आगे कहा, “जब से पुलिस में शिकायत दर्ज हुई है, तब से कॉलेज ही नहीं आ रहा है। जब आने को कहो, तो कोई न कोई बहाना बना देता है। आप...आप चिंता न करें सर, मैं...मैं आज ही उसकी खबर लेता हूँ और फौरन कॉलेज आने को कहता हूँ। आते ही आपके हवाले कर दूँगा उसे।”

राजपाल के जाते ही, इंस्पेक्टर चौहान ने मुझे पूरी बात फोन पर कह सुनाई। चौहान साहब अब ज़रा रीलैक्स मोड में आ गए थे। उन्हें लगा कि समझो केस सॉल्व हो गया। उन्होंने सोचा एक बार सीसीटीवी वाला प्रकाश मिल जाए, तो बाकी सवालों के जवाब तो हम निकलवा ही लेंगे।

हालाँकि मेरे दिमाग को अभी भी कोई कड़ी मिसिंग लग रही थी।

मैंने इंस्पेक्टर को फोन कर कहा, “चौहान साहब, वो ज़रा संदिग्ध लोगों की लिस्ट तो भेजिए मुझे।”

लिस्ट देखने के बाद मुझे पता चला कि प्रकाश का नाम लिस्ट में था ही नहीं।

क्योंकि फोन मेरे हाथ में ही था, तो एक बार फिर मैंने इंस्पेक्टर को फोन लगा दिया। फोन उठते ही मैंने कहा, "अगर प्रकाश दो हफ्ते से लापता है, तो उसका नाम संदिग्ध सूची में क्यों नहीं है? जबकि अन्य सभी लोगों के नाम हैं।"

ये सुनते ही इंस्पेक्टर का भी माथा ठनका।

मुझे अब मामला कुछ-कुछ समझ आने लगा था।

मैंने कहा, "चौहान साहब, उठिए, वो सीसीटीवी वाला प्रकाश आपको अभी कॉलेज में ही मिलेगा। देर हुई तो भगा दिया जाएगा।"

इंस्पेक्टर चौहान फौरन हरकत में आ गए।

कॉलेज पहुँचते ही इंस्पेक्टर चौहान ने सबसे पहले तो लपक कर सुरक्षा अधिकारी राजपाल को पकड़ा। इसके बाद प्रकाश भी उन्हें कॉलेज में ही मिल गया।

पुलिस ने दोनों को पकड़कर हिरासत में ले लिया।

इसके बाद लेडी ऑफिसर की मदद से कॉलेज की लड़कियों से बात की गई। लड़कियाँ डरी हुई थीं, इसलिए बात करने को तैयार नहीं थीं। हालाँकि ऑफिसर के ये बताने पर कि राजपाल और प्रकाश को पकड़ लिया गया है, वो बात करने के लिए तैयार हो गईं।

लड़कियों के अनुसार मामला पिछले डेढ़ साल से चल रहा था। उनका कहना था कि जब से सुरक्षा अधिकारी राजपाल कॉलेज में आया था, तब से इस तरह के मामले सामने आने लगे।

राजपाल अक्सर लड़कियों को उनके कपड़ों को लेकर टोंका-टाकी किया करता था। साथ ही बेवजह ही डाँट दिया करता था।

वहीं कॉलेज के सारे गार्ड सिर्फ राजपाल की ही सुनते थे। ये लोग बाथरूम की खिड़की और दरवाजों की दराजों से छुप-छुपकर लड़कियों की निजी तस्वीरें लिया करते थे।

लड़कियों ने बताया कि ब्लैकमेलर तस्वीरें भेजकर, उनसे यूपीआई अकाउंट में पैसे माँगता था। साथ ही उन्हें अनजान नंबर से फोन कर अनजान लोगों के साथ डेट पर जाने के लिए फोर्स किया जाता।

आत्महत्या करने वाली लड़की को भी राजपाल ने इसी तरह परेशान किया था। उससे तंग आकर उसने अपनी जान दे दी।

पीड़ित लड़कियों ने बताया कि उन्हें राजपाल पर शक तब हुआ, जब उसने गार्ड के खिलाफ कोई करवाई न कर उसे कॉलेज में ही दूसरी जगह तैनात कर दिया।

लड़कियों ने बताया कि राजपाल के राजनीतिक कनेक्शन थे, इसलिए उन्हें डर लगता था। हालाँकि कई बार प्रिन्सपल से शिकायत करने पर राजपाल को मजबूरन शिकायत दर्ज करवानी पड़ी।

चतुर राजपाल ने पुलिस अधिकारियों को जो ईमेल दिया था वे ब्लैकमेलिंग ईमेल नहीं थे।

पुलिस ने राजपाल का मोबाइल और लैपटॉप जब्त कर लिया। मोबाइल और लैपटॉप से लड़कियों की अन्य तस्वीरें भी मिलीं। वहीं प्रोटोन मेल अकाउंट की डिटेल्स के साथ और भी कई सुबूत मिले।

राजपाल और प्रकाश तो पकड़े गए। दोनों को उनके किये की सज़ा भी मिल जाएगी।

ऐसी घटना किसी के भी साथ हो सकती है, इसलिए लड़कियों को मेरी एक सलाह है: अपने फोन में 'हिडन कैमरा डिटेक्टर' और 'फाइन्ड हिडन स्पाइ कैमरा' जैसे ऐप हमेंशा इंस्टॉल रखें। अगर कहीं आपको शक हो कि आपके आस-पास कोई हिडन कैमरा है, तो आप इन ऐप की मदद से उस एरिया को स्कैन कर मुसीबत में पड़ने से बच सकती हैं।

15 - ब्लूड

“कुशल, खाना खा लो आकर, नहीं तो ठंडा हो जाएगा,” माँ ने भीतर से आवाज़ दी।

“मैं 10 मिनट में आता हूँ,” कुशल ने बाहर से चिल्लाते हुए जवाब दिया।

इसके बाद वह फोन चलाता हुआ, घर के बाहर से ही कहीं चला गया।

जब कुशल खाना लेने नहीं आया तो माँ ने बाहर आकर देखा। कुशल उन्हें कहीं नज़र नहीं आया।

माँ कुछ बड़बड़ाती हुई वापस घर के अंदर आ गईं।

कुशल शाम के करीब 8 बजे घर से निकला था और अब रात के 11 बजने वाले थे। अभी तक उसका कोई अता-पता नहीं था।

माँ परेशान थी, वो इधर-उधर चक्कर काटती हुई अपने बेटे का इंतज़ार करने लगीं। उनका मन नहीं लग रहा था। वहीं घड़ी की बढ़ती सुइयाँ उनके मन में हलचल पैदा कर रही थीं।

कुछ मिनट और इंतज़ार करने के बाद कुशल की माँ, उसके पापा सुखबीर जी के पास गईं, जो टीवी पर न्यूज़ देख रहे थे।

सुखबीर जी पेशे से सुनार हैं। वह आगरा के पास एक कस्बे में परिवार के साथ रहते हैं। उनके दो बेटे हैं, विपुल और कुशल। विपुल शादीशुदा है, जबकि कुशल केवल 22 साल का है। दोनों ही अपने पिता का कारोबार में हाथ बटाते हैं।

कुशल की माँ ने धीरे से कहा, उनके चेहरे पर घबराहट साफ झलक रही थी, "देखिए न कितनी देर हो गई है, कुशल अभी तक घर नहीं आया है। 10 मिनट का कहकर गया था, पर अब तो तीन घंटे से भी ज़्यादा हो गया है।"

सुखबीर जी ने पूछा, "फोन लगाया क्या? इतनी देर तो कभी नहीं हुई।"

"जी, फोन लगाया था, बंद आ रहा है। पता नहीं कहाँ है मेरा बेटा।" माँ ने चिंता जताते हुए कहा।

पत्नी को परेशान देखकर सुखबीर जी ने कहा, "अरे क्यों बेकार परेशान हो रही हो, बैठा होगा किसी दोस्त के यहाँ, फोन बंद हो गया होगा, होश ही नहीं होगा। आ जाएगा!"

इस पर माँ ने कहा, "मैंने उसके सारे दोस्तों को फोन कर लिया है, वो किसी के साथ नहीं है।"

सुखबीर जी ने एक बार फिर समझाते हुए कहा, "अरे बेकार चिंता कर रही हो, इतना लापरवाह नहीं है कुशल, आ जाएगा। चलो मैं आस-पास देखकर आता हूँ।"

सुखबीर जी बाइक लेकर घर से निकल गए। उन्होंने घर के आस-पास लोगों से पूछताछ की, पर किसी ने कुशल को नहीं देखा था।

रात काफ़ी हो चुकी थी, सड़क पर लोग अब इक्का-दुक्का ही नज़र आ रहे थे। सुखबीर जी ये सोचकर घर की ओर बढ़ गए कि अब तक तो उनका बेटा घर आ ही गया होगा।

हालाँकि घर पहुँचकर जब उन्हें पता चला कि कुशल अभी तक घर नहीं लौटा, तो उन्हें भी बेटे की चिंता होने लगी।

सुखबीर जी बिना समय गवाए, बेटे विपुल के साथ पुलिस स्टेशन पहुँच गए। जहाँ उन्होंने कुशल की गुमशुदगी की रिपोर्ट दर्ज करवाई।

पुलिस को भी लग रहा था कि कुशल दोस्तों के साथ कहीं चला गया होगा। सुबह तक लौट आएगा।

हालाँकि इंसानियत के नाते उन्होंने बीट ऑफिसर को आस-पास के एरिया में पूछताछ करने के लिए भेज दिया।

अगले दिन, सुबह 9 बजे

कुशल का अभी तक कुछ पता नहीं चला था। पुलिस ने कुशल के फोन की आखिरी लोकेशन और कॉल डिटेल्स निकलवा ली थी।

लोकेशन के मुताबिक कुशल रात 8:15 तक घर के पास ही था। उसके बाद से उसका फोन बंद आ रहा था। कॉल डिटेल्स से भी कोई खास जानकारी नहीं मिली।

पुलिस के मुताबिक कुशल ने शायद व्हाट्सएप पर किसी से बात की हो, और उसके बाद घर से निकल गया होगा।

कुशल की माँ का कहना था कि घर से निकलने से पहले कुशल फोन पर किसी से बात कर रहा था। पुलिस को अब फोन पर बात करने वाले की तलाश थी। पुलिस आगे की कार्रवाई में जुट गयी।

इसी बीच एक बीट ऑफिसर ने पुलिस को रेलवे क्रॉसिंग के पास एक 20-25 साल के लड़के की बॉडी मिलने की सूचना दी।

पोस्टमार्टम रिपोर्ट और घरवालों की पहचान के बाद ये तय हो गया कि बॉडी कुशल की ही है। पोस्टमार्टम रिपोर्ट के अनुसार कुशल की मौत रात 8:30 से पहले हुई थी।

कुशल की मौत कैसे हुई, पुलिस के लिए ये एक बड़ा सवाल था। वहीं क्राइम सीन से कुशल का फोन भी गायब था।

पुलिस ने पड़ताल आगे बढ़ाते हुए कुशल के दोस्तों से पूछताछ शुरू की। ये जानने के लिए कि कहीं उसकी किसी से कोई दुश्मनी तो नहीं थी या कभी उसकी किसी से कोई कहा-सुनी हुई हो। हालाँकि दोस्तों से पूछताछ के बाद भी कोई खास बात सामने नहीं आई। बस सबका ये कहना था कि उसके दोस्त बहुत थे।

कई लड़कियाँ भी उसकी दोस्त थीं।

पुलिस को शक था कि शायद कोई लड़की का चक्कर हो, जिसके चलते कुशल की मौत हुई हो, इसलिए उन्होंने लड़कियों से भी पूछताछ की। लड़कियों से बात के बाद भी पुलिस को ऐसा कुछ नहीं मिला जो शक पैदा करता हो।

प्राप्त जानकारी के आधार पर पुलिस ने करीब 12 संदिग्ध लोगों की एक सूची बनाई। इनमे वे लोग शामिल थे जिन्होंने कभी कुशल से उधार ले रखा था, जिनकी कभी कुशल से कहा-सुनी हुई थी और वो लड़कियाँ जो कभी कुशल की गर्लफ्रेंड थीं।

हैरानी की बात थी कि सभी संदिग्धों की लोकेशन कुशल की मौत वाले दिन उसी एरिया में थी, जहाँ कुशल की लास्ट लोकेशन डिटेक्ट हुई थी।

जाँच करीब छह महीने से चल रही थी, पुलिस हर तरह से मौत का कारण और उसके पीछे कौन है, ये पता लगाने की कोशिश कर रही थी। हालाँकि उनके हाथ कोई खास जानकारी नहीं लग रही थी।

आम तौर पर ऐसे मामलों में कोई न कोई सुराग ज़रूर मिल जाता है, क्योंकि ऐसे मामले ज़्यादा प्लान करके अंजाम नहीं दिए जाते। ज़्यादातर इसमे आपसी रंजिस या कोई आपसी दरार ही वजह रहती है।

इस बीच एसपी साहब का मुझे कॉल आया। इस मामले पर मेरा व्यू पॉइंट जानने के लिए। हम केस डिस्कस कर ही रहे थे कि तभी मेरे दिमाग में कुछ आया।

मैंने एसपी से पूछा, “क्या आपने मृतक का सिम कार्ड निकलवाया?”

"नहीं,"

"हाँ, तो निकलवाइये, मुझे यकीन है उससे आपको कोई न कोई सुराग ज़रूर मिलेगा।"

कुशल का सिम कार्ड इशू होने के बाद, पुलिस ने उसका जीमेल अकाउंट रिकवर किया। इससे पुलिस कुशल की गूगल ड्राइव तक पहुँची, जहाँ से कई जानकारियाँ हासिल हुईं।

ड्राइव में कुशल की कई पर्सनल तस्वीरें मिलीं, जिनमे वह अलग-अलग लड़कियों के साथ था। पुलिस ने अब एक अलग ऐंगल से जाँच शुरू कर दी थी। तस्वीरों की तारीख और लोकेशन निकलवा कर भी जाँच की गई।

तस्वीरों में दिखने वाली लड़कियों और कुशल के कॉमन फ्रेंड्स पर भी नज़र रखी गई। कुछ लड़कों को बुलाकर पूछताछ भी की गई, पर कुछ खास सामने नहीं आया।

इसी बीच कुशल के पिता ने मीडिया से परेशान होकर पुलिस को केस बंद करने को कह दिया। दरअसल, उन्हें डर था कि मीडिया पुलिस से मिली जानकारी के आधार पर उनके न रहे बेटे या परिवार का नाम न खराब कर दे।

मामला छोटे शहर के सर्राफा व्यापारी के बेटे का था, इसलिए मीडिया में ज़्यादा दिन तक टिका रहा।

इस सबसे पुलिस पर केस जल्दी निपटाने का दबाव बढ़ने लगा था।

जाँच में पुलिस को कुशल की मौत वाले दिन के उसके मूवमेंट की अपडेट मिल गई थी। उन्हें पता चला था कि कुशल घर से 8:01 बजे निकला था। जहाँ से वह सीधा रेलवे ट्रैक के पास वाले खंडहर तक गया। उसके बाद करीब 8:20 पर उसका फोन ऑफ हो गया।

इससे साफ था कि उसके साथ जो कुछ भी हुआ, इसी 20 मिनट में हुआ।

पुलिस ने रेलवे स्टेशन के एरिया के टॉवर की मदद से 8:20 से पहले और 8:20 के तुरंत बाद निकल जाने वाले लोगों के नंबर निकाले। साथ ही सभी

नंबरों को संदिग्ध सूची से मैच किया। हालाँकि इसके बाद भी कोई ठोस सुबूत नहीं मिला।

इसके बाद हमने एक बार फिर कुशल के गूगल डैश्बोर्ड की जाँच की। उसकी गूगल हिस्ट्री, पेमेंट मेथड्स और यूट्यूब हिस्ट्री को बारीकी से देखा गया, पर कोई भी जानकारी ऐसी नहीं थी जो किसी काम आ सके।

मुझे कुछ समझ नहीं आ रहा था कि आखिर हम सब कहाँ पर चूक रहे हैं। जाँच शुरू करते समय मामला इतना जटिल नहीं लग रहा था।

मैंने एक बार फिर खुद से कुशल के गूगल डैशबोर्ड का डेटा देखना चाहा। इस बीच मेरी नज़र एक पॉइंट पर आकर अटक गई। गूगल के मुताबिक कुशल ने अपने फोन में आज तक 376 एप्लीकेशन इंस्टॉल किये थे। इसके बाद मैंने इंस्टॉल एप्लीकेशन की एक लिस्ट तैयार की। इस लिस्ट से मैंने उन एप्लीकेशन के नाम अलग किये जो मुझे नए और अनुपयोगी लगे। ऐसे करीब 11 एप्लीकेशन थे। इनमे एक था 'ब्लूड एप्लीकेशन,' जो मुझे समझ नहीं आया कि किसलिए इस्तेमाल होता है। इसके लिए मैंने गूगल का सहारा लिया।

जहाँ से मुझे पता चला कि ब्लूड एक 'गे-डेटिंग एप्लीकेशन' है।

ये हमारे लिए एक बड़ा ब्रेकथ्रू था।

मैंने तुरंत ब्लूड ऐप इंस्टॉल किया और कुशल के नंबर से लॉगइन कर लिया। फॉर्गेट पासवर्ड कर मैंने कुशल के नंबर पर ओटीपी प्राप्त किया, जिसके बाद कुशल के ब्लूड अकाउंट में लॉगइन किया।

यहाँ मुझे उन लोगों की लिस्ट और चैट मिली जिनसे कुशल चैट करता था। इसमे मुझे रूपेश नाम के एक लड़के की चैट मिली, जिसे पढ़कर समझ आ रहा था कि आखरी बार कुशल रूपेश से ही मिला था।

रूपेश का पता लगाने के लिए ब्लूड के नोडल अधिकारी से संपर्क किया गया। हमें पता चला कि रूपेश भोपाल का रहने वाला है। उसे पकड़ने के लिए एक टीम भोपाल भेजी गई।

रूपेश के फोन से मिली जानकारी के मुताबिक दोनों रिलेशनशिप में थे। रूपेश, कुशल के साथ भावनात्मक रूप से जुड़ा था। इस बीच दोनों का कई बार झगड़ा भी हुआ। दोनों के बीच किसी तीसरे को लेकर झगड़ा होता रहता था। रूपेश को उस तीसरे से जलन होती थी, इसी सबके चलते उसने कुशल की हत्या कर दी।

पकड़े जाने पर रूपेश ने भी अपना जुर्म कुबूल कर लिया था। रूपेश और कुशल केवल ब्लूड ऐप से ही एक दूसरे से जुड़े थे। यही वजह थी जो हमें रूपेश तक पहुँचने में इतना समय लगा।

इस डिजिटल ज़माने में बच्चे अक्सर ऑनलाइन अजनबियों के संपर्क में आ जाते हैं। उनसे मिलकर रिलेशनशिप में आना भी आजकल आम-सी बात हो गई है। हालाँकि बच्चे ये नहीं समझते कि हल्की-सी लापरवाही उनके लिए कितनी भारी पड़ सकती है। पेरेंट्स होने के नाते हमें अपने बच्चों को डिजिटल फ्रॉड की जानकारी देनी चाहिए।

16 सम मिस्ड कॉल्स

मैं दिल्ली के कनॉट प्लेस पर एक मीटिंग अटेन्ड करने गया था। शाम के करीब 4:30 बज रहे थे, मीटिंग खत्म हुई और मैं पार्किंग की ओर जाने लगा। तभी मैंने नोटिस किया कि मेरे फोन में 6 मिस कॉल पड़ी हैं।

देखा तो पता चला, शिवांक की मिस कॉल थी। शिवांक एक न्यूज चैनल में रिपोर्टर है। उसकी 6 मिस कॉल, मतलब कोई ब्रेकिंग न्यूज़ है। मुझे लगा कि कोई साइबर अटैक से जुड़ी हुई ख़बर होगी।

मैंने शिवांक को कॉल बैक किया, उसने फोन उठाते ही बोलना शुरू किया, "सर, सिर्फ मिस कॉल से पैसे निकल सकते हैं क्या?"

मैंने भी उसी अंदाज में पूछा, "केस क्या है?"

शिवांक ने कहा, "सर, एक आदमी है, जो क्लेम कर रहा है कि उसे कई मिस कॉल आईं। उसके बाद उसके खाते से 75 लाख रुपये निकल गए। कोई ओटीपी नहीं, कोई एसएमएस अलर्ट भी नहीं आया।"

"अच्छा," कह कर मैं कुछ सोचने लगा।

तभी शिवांक की आवाज़ से मेरा ध्यान टूटा।

वह मुझसे पूछ रहा था, "क्या आप इस मामले पर, टीवी डिबेट में आ सकेंगे?"

मैंने हामी भरकर फोन रख दिया।

कुछ देर बाद मैं टीवी डिबेट में था। जहाँ मेरी मुलाकात पीड़ित शुक्ला जी से हुई। उन्होंने मुझे अपना फोन दिखाया और दावा किया कि न उन्हें कोई एसएमएस आया और न ही कोई ओटीपी।

हालाँकि मेरा मानना यही था कि जाँच के बिना कुछ भी कहना संभव नहीं है। मेरे अनुभव और समझ के हिसाब से मैं कह सकता हूँ कि सिर्फ मिस कॉल से पैसे नहीं निकल सकते।

साल 2019 में ऐसा ही एक मामला सामने आया था। उस मामले में हैकर सिर्फ व्हाट्सएप मिस्ड कॉल के ज़रिए फोन में एक मैलवेयर इंस्टॉल कर देता था। इसके बाद हैकर न सिर्फ यूज़र की सारी कॉल सुन लेता था, बल्कि व्हाट्सएप संदेश, और फोन में होने वाली सारी गतिविधियाँ भी देख सकता था। उस मैलवेयर का नाम था, 'पेगासस'।

यही वजह थी कि हमें शक था कि कहीं शुक्ल जी भी तो पेगासस के शिकार नहीं हो गए।

टीवी चैनलों पर यह खबर तेज़ी से फैलने लगी थी। वहीं पुलिस ने भी शुक्ल जी की शिकायत पर मामले की पड़ताल शुरू कर दी थी।

सबसे पहले शुक्ल जी के फोन को स्कैन किया गया। हालाँकि उसमें पेगासस या दूसरा कोई भी मैलवेयर नहीं मिला।

हमें शक था कि शुक्ल जी के फोन में कोई ऐप्लीकेशन इंस्टॉल किया गया होगा। जो फोन में आने वाले ओटीपी को पढ़कर किसी और तक पहुँचा रहा होगा। साथ ही वो ऐप, ओटीपी समेत अन्य एसएमएस डिलीट भी कर देता होगा।

वैसे इसकी जाँच करना कोई मुश्किल काम नहीं है।

कोई भी व्यक्ति अपने फोन की सेटिंग में जाकर, प्राइवेसी ऑप्शन सिलेक्ट कर, प्राइवेसी मैनेजर में जाएँगे, जहाँ कैमरा, माइक्रोफोन, एसएमएस, कॉन्टैक्ट्स इत्यादी के ऑप्शन दिखाई देंगे। यहाँ एसएमएस ऑप्शन पर क्लिक कर हमें वो एप्लीकेशन दिखेंगी, जिन्हें हमने एसएमएस का एक्सेस दिया होगा।

हमें शुक्ल जी के फोन में ऐसा कोई ऐप नहीं मिला जिसे एसएमएस का एक्सेस हो।

मैं सोच ही रहा था कि कहीं मिस कॉल से ही तो पैसे नहीं निकल गए। मैंने इन्वेस्टीगेशन ऑफिसर से इस बारे में बात करनी चाही। मैं जैसे ही उनके पास पहुँचा मुझे पता चला कि केस सॉल्व हो गया है।

मैंने चौंकते हुए पूछा, "कैसे?"

ऑफिसर ने बताया, "मेरी बैंक मैनेजर से बात हुई थी। उसने मुझे बताया कि शुक्ल जी का भाई प्रवीण बैंक में बैंक अकाउंट से लिंक मोबाइल नंबर बदलवाने के लिए ऐप्लीकेशन लेकर आया था। ऐप्लीकेशन में शुक्ल जी के साइन मैच नहीं हुए, इसलिए बैंक ने नंबर बदलने से मना कर दिया।"

ऑफिसर ने कहा कि हमें शक है कि पैसे शुक्ल जी के भाई ने ही निकाले हैं। इसलिए हमने उसे पूछताछ के लिए बुलाया है।

हालाँकि मुझे मामला कुछ और ही लग रहा था। शुक्ल जी का भाई अपराधी है, ये बात मुझे हज़म नहीं हो रही थी।

यही सब सोचते हुए, मैंने शुक्ल जी को फोन लगा दिया।

शुक्ल जी से बात करने पर पता चला कि उन्होंने ही अपने भाई को बैंक भेजा था। उनका कहना था कि वो ज़्यादातर ट्रैवल करते है, इसलिए कई बार समय पर ओटीपी नहीं बता पाते, जिससे उनके भाई को पेमेंट करने में दिक्कत आती है।

उन्होंने कहा कि पुलिस बेकार ही उनके भाई से पूछताछ कर समय बर्बाद कर रही है।

शुक्ल जी को सुनने के बाद मैं कन्फ्यूज़ हो गया। मुझे समझ नहीं आ रहा था कि कोई ओटीपी नहीं आया, भाई ने भी नहीं निकाले, तो आखिर पैसे निकले कैसे?

तभी मैंने सोचा कि कहीं बैंक सर्वर में तो कोई गड़बड़ नहीं।

एक दिन मैं दिल्ली में ही डीसीपी के साथ बैठकर, इस मामले पर चर्चा कर रहा था।

तभी डीसीपी साहब ने कहा, "हम लोग क्राइम होने के चार दिन बाद पड़ताल कर रहे हैं। ऐसा भी तो हो सकता है कि फोन में बीच में कोई एप्लिकेशन डिलीट कर दी गई हो।"

डीसीपी साहब की बात में दम था। हमने तुरंत ही शुक्ल जी का गूगल डैश्बोर्ड चेक किया। गूगल डैश्बोर्ड से हमें पता चला कि शुक्ल जी के फोन में गुरुवार दोपहर को एक ऐप इंस्टॉल किया गया था, जिसे रविवार शाम को अनइंस्टॉल कर दिया गया। ये एक वीडियो एडिटिंग ऐप था।

हमें शक था कि इसी ऐप के ज़रिए ओटीपी शेयर हुआ है।

इसके बाद हमने गूगल डैश्बोर्ड की मदद से ऐप इंस्टॉल होने और अनइंस्टॉल होने के समय की लोकेशन चेक की। हैरानी की बात थी कि दोनों ही लोकेशन शुक्ल जी के घर की थी।

मतलब किसी ने घर पर ही उनके फोन में ऐप इंस्टॉल की थी।

हमने शुक्ल जी से बात की और पता किया कि क्या उनके घर में गुरुवार और रविवार को कोई आया था। शुक्ल जी के अनुसार दोनों ही दिन वह परिवार के साथ ही थे।

हमें शक हुआ कि कहीं शुक्ल जी की पत्नी पारुल ने तो उनके फोन में ऐप इंस्टॉल नहीं किया। इसके बाद हमने पारुल जी के फोन की ऐक्टिविटी चेक

की तो पता चला कि ऐप इंस्टॉल के वक़्त पारुल जी अपने फोन में कोई सीरीयल देख रहीं थीं। इसका मतलब था कि पारुल जी ने पैसे नहीं निकाले।

“फिर कौन हो सकता है?” मैंने खुद से सवाल किया।

शुक्ल जी के घर में उनके साथ पत्नी और 11 साल का बेटा ऋतांश रहता है।

हमने एक आखरी प्रयास करने के लिए ऋतांश का आईपैड भी चेक करने का फैसला किया।

इसमे हमें ‘डिस्कॉर्ड’ नाम का एक ऐप्लीकेशन नज़र आया।

डिस्कॉर्ड व्हाट्सएप की तरह एक चैट ऐप है। इसमे एक फीचर का इस्तेमाल कर यूज़र अपनी पहचान पूरी तरह गुप्त रख सकता है, जिसे पता करना मुश्किल है।

डिस्कॉर्ड पर ऋतांश किसी लड़की से चैट करता था। उस लड़की ने ऋतांश से कहा कि वो एक लिंक के ज़रिए एक ऐप भेजेगी। ऋतांश अगर वो ऐप अपने पापा के फोन में इंस्टॉल कर देता है तो उसे 200 रोबक्स पॉइंट्स (गेमिंग करन्सी, जो रोब्लॉक्स गेम्स में ऐप खरीदने के लिए इस्तेमाल की जाती है) मिलेंगे। रोबक्स पॉइंट्स के लालच में आकर ऋतांश ने ऐप अपने पापा के फोन में पहले इंस्टॉल किया और बाद में उस लड़की के कहने पर ही अनइंस्टॉल भी कर दिया।

पैसे कैसे निकले ये तो हमारी समझ में आ चुका था। अब मुद्दा यह था कि क्रिमिनल तक कैसे पहुँचा जाए।

क्रिमिनल तक पहुँचने का हमारे पास एक ही तरीका था। हम उसके ही तरीके को अपना कर उस तक पहुँच सकते थे। इसके लिए हमने क्रिमिनल से ऋतांश बन कर बातें जारी रखीं। जल्दबाज़ी में काम बिगड़ सकता था, इसलिए हमने आराम-आराम से उससे बात की और उसका भरोसा जीतने की कोशिश की।

ऐसे ही तीन दिन बाद हमने उस लड़की को एक गेमिंग ऐप शेयर किया। उस ऐप के ज़रिए हम क्रिमिनल की लोकेशन, कान्टैक्ट लिस्ट के साथ बाकी डिटेल्स भी देख सकते थे।

हमने गेमिंग ऐप के नोडल ऑफिसर से पहले ही बात कर रखी थी। जैसे ही क्रिमिनल ने ऐप इंस्टॉल किया, हमें उसकी लोकेशन मिल गई।

क्रिमिनल पुणे में पकड़ा गया, जो 24 साल का एक लड़का था। हमें पता चला कि ये लड़का कुछ समय पहले शुक्ल जी की कंपनी में काम किया करता था।

बच्चों को फोन देते समय हमेशा सतर्क रहें। हमेशा ध्यान रखें कि बच्चा आपके फोन में क्या कर रहा है। कहीं वह कोई अंजान ऐप तो इंस्टॉल नहीं कर रहा है। कोशिश करें कि बैंक अकाउंट से लिंक फोन बच्चों को इस्तेमाल न करने दें।

17 कुछ ईमेल, 188 करोड़ गायब

बात 2023 की है। जून का महीना था। मैं मुंबई में एक कॉन्फ्रेंस अटेन्ड करने गया था। तभी मुझे व्हाट्सएप पर किसी का मैसेज आया।

मैसेज कुछ इस तरह था- “कैसे हैं अमित जी, एक वित्तीय मामले में आपकी मदद चाहिए थी।”

मुझे ट्रूकॉलर पर नाम दिखा सुरिंदर खन्ना। नाम पढ़कर न ही मुझे कुछ याद आया और न ही मुझे ऐसा लगा कि मैं ऐसे किसी शख़्स से पहले कभी मिला हूँ।

मेरा सेशन शुरू होने वाला था, इसलिए मैंने उस ओर ज़्यादा ध्यान नहीं दिया। वहीं कॉन्फ्रेंस के बाद का समय नेटवर्किंग और चर्चा में गुज़र गया।

करीब चार दिन बाद मुझे फिर उसी व्यक्ति का मैसेज आया। जो कुछ इस तरह था- “अमित जी क्या आप मेरे मामले पर गौर कर सकते हैं? आप व्यस्त लग रहे हैं।”

मैसेज देखते ही मुझे पिछला मैसेज याद आ गया।

मैंने पूरा मामला जानने के लिए तुरंत ही उस नंबर पर कॉल कर दी।

दूसरी ओर जैसे ही फोन उठा मैंने कहा, “माफ़ करें सर, आपका मैसेज ध्यान से उतर गया था। वैसे क्या मैं आपको जानता हूँ?”

“नहीं,” खन्ना ने कहा

उसने अपना परिचय देते हुए बताया, “मैं GBZD ग्रुप ऑफ कंपनीज़ का मालिक सुरिंदर खन्ना हूँ।”

परिचय सुनते ही मैं चौंक गया।

मैंने जो सुना, उसे एक बार फिर कन्फर्म करना चाहा, “क्या? आप कौन? मेरा मतलब है, मेरी बात GBZD समूह के सुरिंदर खन्ना से हो रही है?”

दूसरी ओर से मुझे हल्की हँसी की आवाज़ सुनाई दी। इसके बाद उन्होंने कहा, “हाँ, मैं सुरिंदर खन्ना ही हूँ।”

उन्होंने आगे कहा, “दरअसल, मुझे आपकी मदद की ज़रूरत है।”

मैंने तुरंत जवाब दिया, “अरे, आदेश करिए सर!”

उन्होंने मुद्दे की बात पर आते हुए कहा, “दरअसल, फरवरी और अप्रैल के बीच में हमारे ऑस्ट्रिया के बैंक अकाउंट से करीब 188 करोड़ रुपये निकल गए हैं।”

अमाउन्ट सुनकर मेरे होश उड़ गए। मैंने चौंकते हुए पूछा, “188 करोड़?”

खन्ना साहब ने आवाज़ में हल्की उदासी लाते हुए कहा, “हाँ,”

मैंने मामले को पूरी तरह समझने के लिए पूछा, “मगर खन्ना साहब, ये पैसे निकले कैसे?”

खन्ना साहब ने बताया, “दरअसल, कंपनी के सीईओ के ईमेल आईडी से बैंक अधिकारी को एक ईमेल गया था। ईमेल में एक अकाउंट में पैसे ट्रांसफर करने का अनुरोध किया गया था। क्योंकि हमारे बैंक के साथ अच्छे संबंध हैं, और ऐसे लेन-देन होते रहते हैं। यही वजह थी कि बैंक ने बिना कन्फर्म किये ही अकाउंट में पैसे ट्रांसफर कर दिए।”

मैंने पूछा, “और ये कितने लेन-देन में हुआ?”

“तीन महीने के दौरान करीब आठ लेन-देन में।”

“क्या आपने मामले की किसी और से जाँच करवाई है?”

“हमने एक इजरायली कंपनी से जाँच करवाई थी। जाँच में कंपनी ने बताया कि सीईओ सुमित का ईमेल आईडी हैक कर, ईमेल भेजा गया है।”

हमने कोर्ट में भी केस किया, पर कोर्ट का कहना है कि गलती हमारी ओर से हुई है। इसलिए मामले में बैंक की देनदारी नहीं बनती।

मैंने हैरानी जताते हुए पूछा, “हैक किया था? ईमेल अकाउंट टू फैक्टर ऑथेंटिकेटेड नहीं था क्या?”

खन्ना साहब के मुताबिक, ईमेल अकाउंट टू फैक्टर ऑथेंटिकेटेड नहीं था।

मेरे लिए ये हैरानी की बात थी। इतनी बड़ी कंपनी में इस तरह की लापरवाही।

खैर...

मैंने फिर कहा, “खन्ना साहब, वैसे ये बात मुझे कुछ हज़म नहीं हो रही है। आपके सीईओ का अकाउंट हैक हो गया, तीन महीने तक लेन-देन के ईमेल जाते रहे और उसे ख़बर तक नहीं हुई?”

खन्ना साहब ने सीधा सा जवाब देते हुए कहा, “जी... सीईओ सुमित तो यही कह रहा है।”

“सर, मुझे तो दाल में कुछ काला लग रहा है। क्रिमिनल एक बार बेवकूफ बना सकता है, चलो दूसरी बार भी माना जा सकता है कि पता नहीं चला। लेकिन तीन महीने में आठ ट्रैन्जैक्शन इसकी ख़बर कैसे सीईओ को नहीं हुई। ये बात हज़म करना मुश्किल है।”

मेरी बात खत्म होते ही खन्ना साहब ने कहा, “इसीलिए मैं चाहता हूँ कि आप मामले की जाँच करें। दरअसल, सीईओ के खिलाफ हमें कोई सुबूत नहीं मिला है, इसलिए हम पूरी तरह उसे दोषी करार नहीं दे सकते।”

खन्ना साहब का तर्क सही था।

मैंने बिना समय गँवाए उनसे पूछा, "सर, क्या आप मुझे इसराइली कंपनी की जाँच रिपोर्ट भेज सकते हैं?"

"जी, मैं अपने आईटी हेड विक्रम से आपको कनेक्ट करता हूँ। वह आपको रिपोर्ट भी भेज देगा और आपको जाँच के लिए जो भी डिटेल्स चाहिए होंगी, विक्रम उसमे आपकी मदद करेगा।"

"जी, बिल्कुल,"

कुछ देर बाद मुझे GBZD ग्रुप ऑफ कंपनीज़ से आईटी हेड विक्रम का कॉल आया। विक्रम ने मुझे इसराइली कंपनी की जाँच रिपोर्ट मेल कर दी थी। इसके बाद मैंने उससे सुमित का लैपटॉप और मोबाइल फोन भी जाँच के लिए माँगा। इस पर विक्रम ने मुझे बताया कि लैपटॉप तो किसी और को असाइन कर दिया गया है।

ये मेरे लिए दूसरा बड़ा झटका था। केस की इन्वेस्टीगेशन पूरी हुए बिना इतने बड़े सुबूत को कैसे, यूँ ही किसी को सौंप दिया जा सकता है।

मैंने विक्रम से कहा, "लैपटॉप से हमें बहुत कुछ पता चल सकता था, किसी और के पास जाने से तो सारे सुबूत मिट जाएँगे।"

इस पर विक्रम ने कहा, "सर, हमें ऑर्डर दिया गया था, इसलिए हमने ऐसा किया।"

ये बड़ी अजीब बात थी।

मैंने जाँच रिपोर्ट पढ़नी शुरू की। रिपोर्ट के मुताबिक सीईओ की मेल आईडी हैक हुई थी, जिसके बाद बैंक अधिकारी को आठ मेल भेजे गए थे। मेल के आधार पर ही बैंक ने आठ अलग-अलग अकाउंट में पैसे ट्रांसफर किये। ये बैंक अकाउंट नाइजीरिया, स्वीडन, रोमानिया जैसे अलग-अलग देशों के थे।

रिपोर्ट में कुछ खास नहीं था, इसमें वही सब लिखा था, जो खन्ना साहब ने मुझे फोन पर बताया था।

मेरे लिए सबसे बड़ी बात ये थी कि तीन महीने तक सीईओ को पता कैसे नहीं चला कि उसकी मेल आईडी से बैंक को मेल भेजे जा रहें हैं।

मैं केस को समझने में लगा था। तभी एक दिन खन्ना साहब का मुझे फोन आया।

उन्होंने कहा, "कोर्ट ने आगे की सुनवाई के लिए एक हफ्ते बाद की तारीख दी है। अच्छा रहेगा अगर उससे पहले हमें कुछ ऐसा मिल जाए, जिससे हम बैंक पर दबाव बना सकें।"

मैंने खन्ना साहब को आश्वस्त किया और परेशान ना होने की सलाह दी। साथ ही उन्हें आश्वासन देते हुए कहा कि मैं पूरी कोशिश करूँगा, अलगी तारीख तक कुछ ठोस सुबूत जुटाने की।

आगे की जाँच के लिए मैंने विक्रम से ईमेल सर्वर लॉग और सुमित के ईमेल का डंप भी माँगा।

मैंने लॉग और ईमेल डंप देखने शुरू किए। इस बीच मुझे कुछ ऐसा दिखा, जिसने मेरा ध्यान खींचा। मैंने उसे दोबारा देखा और मुझे कुछ गड़बड़ लगी।

मैंने बिना समय गवाए खन्ना साहब को फोन लगा दिया।

फोन उठते ही मैंने पूछा, "खन्ना साहब क्या आप इस वक़्त एक वेब मीटिंग जॉइन कर सकते हैं? दरअसल, मुझे आपको कुछ दिखाना है।"

क्योंकि मामला बड़ा और गंभीर था, इसलिए खन्ना साहब तुरंत वेब कॉल पर आ गए। मैंने स्क्रीन शेयर की और उन्हें भी वह मेल दिखाया जहाँ मुझे गड़बड़ लग रही थी।

मैंने समझाना शुरू किया, "खन्ना साहब आपके सीईओ का ईमेल आईडी सच में हैक हुआ था। हैक की पहली वजह थी कि वो मेल आईडी टू फैक्टर ऑथेंटिकेटेड नहीं था और दूसरा उसे लगातार फ़िशिंग मेल आ रहे थे।"

मैंने खन्ना साहब को वो फिशिंग मेल भी दिखाए, जिन पर क्लिक कर सुमित ने अपना पासवर्ड डाल दिया था।

इस पर खन्ना साहब ने पूछा, "हाँ, तो...?"

मैंने स्क्रीन पर मेल दिखाते हुए उन्हें फिर समझाया, "ये देखिये, सुमित की मेल आईडी से ये आठ ईमेल, इन तारीखों पर भेजे गए हैं। वहीं तीन महीने में मुख्य बैंक ने सुमित को हर हफ्ते बैंक स्टेटमेंट की ईमेल भेजी है। इसमे हैरानी की बात ये है कि भेजे गए ईमेल में आपका बैंक बैलेंस 40 मिलियन पाउंड दिखा रहा है। जबकि इस बीच आठ बार आपके अकाउंट से पैसे ट्रांसफर किये गए हैं। ये बात बैंक स्टेटमेंट में नहीं दिख रही है।"

मेरी बात पूरी तरह समझ आने के बाद खन्ना साहब ने बैंक स्टेटमेंट की ईमेल देखना शुरू किया।

मेल जाँचने के बाद खन्ना साहब बोले, "इसका मतलब बैंक के सर्वर में ही गड़बड़ है।"

मैंने कहा, "नहीं सर, मैंने सभी बैंक स्टेटमेंट वाली ईमेल का हेडर चेक किया, ये मेल बैंक की ईमेल आईडी से तो आई हैं, पर इसे बैंक ने नहीं भेजा।"

सुनते ही खन्ना साहब ने त्योरी चढ़ाते हुए पूछा, "अब इसका क्या मतलब है। अगर बैंक ने स्टेटमेंट वाली ईमेल नहीं भेजी तो क्या उनका भी ईमेल आईडी हैक हुआ है?"

"नहीं सर, बैंक का ईमेल आईडी हैक नहीं हुआ है, स्पूफ हुआ है।"

"अब ये स्पूफ क्या बला है?"

मैंने एक्स्पलेन किया, "दरअसल ईमेल सर्वर की एक भेद्यता की वजह से आपका ईमेल स्पूफ किया जा सकता है। मतलब यह है कि आपकी ईमेल आईडी से किसी को भी ईमेल भेजा जा सकता है। मैंने जब ईमेल का हेडर चेक किया तो पता लगा कि बैंक स्टेटमेंट वाली ईमेल यूएसए से आई हैं। जबकी बैंक का ईमेल सर्वर ऑस्ट्रिया में है। इसका मतलब है कि ये ईमेल नकली है।"

खन्ना साहब को धीरे-धीरे मामला समझ आने लगा था। उन्होंने कहा, "क्योंकि बैंक स्टेटमेंट की ईमेल आती रहीं, इसलिए सुमित को पता नहीं चला कि उसकी ईमेल आईडी हैक हुई है। उसे न ही इस बात की खबर हुई कि कंपनी के अकाउंट से पैसे निकल रहे हैं।"

"जी, खन्ना साहब आपने सही समझा।"

मैंने आगे कहा, "एक बात और, अब इस मामले में बैंक जिम्मेदार है। ऐसा इसलिए क्योंकि बैंक का ईमेल सर्वर DMARC (ईमेल सुरक्षा प्रोटोकाल) के अनुरूप नहीं था। यही कारण था, जिसकी वजह से साइबर क्रिमिनल उनके ईमेल को स्पूफ कर पाए।"

कोर्ट की सुनवाई से पहले हमें एक बड़ा सुबूत मिल गया था। मैंने स्पूफ मेल और केस की रिपोर्ट खन्ना साहब के वकील को भेज दी।

दो दिन बाद हुई कोर्ट की सुनवाई में मैं ऑनलाइन कोर्ट में मौजूद रहा।

मेरी रिपोर्ट के आधार पर जब बहस हुई तो जज ने मुझसे पूछा, ये ईमेल स्पूफिंग क्या होता है?

साथ ही जज ने मुझसे कहा, "क्या आप स्पूफिंग करके दिखा सकते हैं?"

जवाब में मैंने कहा, "जी सर, कोशिश कर सकता हूँ।"

मैंने ये भी कहा, "सर बैंक का बिज़नेस, विश्वास का बिज़नेस होता है। हम बैंक पर विश्वास करते हैं इसलिए अपनी मेहनत की कमाई बैंक के पास छोड़ देते हैं। अब अगर बैंक की ईमेल आईडी से कोई ईमेल आएगी तो हम तो उस पर विश्वास करेंगे ही।"

जज साहब ने अगली सुनवाई की तारीख दो दिन बाद की दी थी। तब तक हमें ईमेल स्पूफ करके दिखाना था।

मैं पहले ही बैंक की ईमेल स्पूफ करके खन्ना साहब और उनके वकील को भेज चुका था। यही वजह थी जो हम इस बात को लेकर कॉन्फिडेंट थे कि बैंक की ईमेल आईडी हैक की गई है।

अगली सुनवाई से पहले, हमने जज साहब को भी बैंक की आईडी से एक ईमेल भेज दी।

इसके बाद अगली सुनवाई पर जज ने कहा, "हमने देखा कि बैंक की ईमेल आईडी को स्पूफ कर ईमेल भेजा जा सकता है। बैंक का ईमेल सर्वर DMARC के अनुरूप नहीं है, जो एक बड़ा सुरक्षा मुद्दा है। इसलिए मामले में देयता बैंक की बनती है। कोर्ट बैंक को GBZD ग्रुप ऑफ कंपनीज़ को हुए नुकसान की भरपाई करने का आदेश देती है।"

कोर्ट के फैसले से खन्ना साहब संतुष्ट थे। लंबे समय बाद उन्होंने चैन की साँस ली।

हालाँकि साइबर एक्स्पर्ट्स का काम अभी खत्म नहीं हुआ था। हमारे लिए ये जानना बहुत ज़रूरी था कि आखिर क्रिमिनल है कौन? साथ ही कैसे वह इंटरनल डिटेल्स की जानकारी के साथ तीन महीने तक आराम से पैसे ट्रांसफर कराता रहा।

बैंक से, जो हमें मनी ट्रेल्स की डिटेल्स मिलीं, उसके हिसाब से अलग-अलग अकाउंट में होते हुए पैसे अलग-अलग देशों में रखे गए। जहाँ से कोई भी डिटेल्स निकालना आसान नहीं था।

इस बीच मैंने चेक किया कि ईमेल स्पूफ करने के लिए जिस यूएस के सर्वर का इस्तेमाल किया गया था, उसे किसने खरीदा है।

हमें उस होस्टिंग कंपनी से एक क्रेडिट कार्ड की डिटेल्स मिलीं। डिटेल्स के हिसाब से क्रेडिट कार्ड किसी भारतीय का था।

इस केस में ये हमारे लिए एक बड़ी उपलब्धि थी।

हालाँकि बाद में हमें पता चला की क्रेडिट कार्ड चोरी का था। कार्ड ओनर ने इस पर पहले ही शिकायत दर्ज करवा रखी है।

इससे तय था कि क्रिमिनल ने चोरी के क्रेडिट कार्ड से यूएसए सर्वर खरीदा था।

मैंने जब क्रेडिट कार्ड कम्प्लेन्ट की कॉपी पढ़ी तो पता चला कि कार्ड से सिर्फ सर्वर ही नहीं, बल्कि गिफ्ट कार्ड भी खरीदे गए थे।

इसके बाद हमने गिफ्ट कार्ड कंपनी से सारी डिटेल्स निकलवाई तो पता चला की गिफ्ट कार्ड से सिंगापुर में खरीदारी हुई है।

सिंगापुर में किसी लड़की ने गिफ्ट कार्ड से कपड़े खरीदे थे। हमारे पास उस लड़की का ईमेल आईडी आ गया था।

ईमेल आईडी और नाम को सर्च करते हुए हम उस लड़की की इंस्टाग्राम प्रोफाइल तक पहुँच गए।

लड़की का नाम तेरेवोंग था, जो पेशे से एक मॉडल थी। हालाँकि ये बात हज़म करना मुश्किल था कि कोई चोरी के गिफ्ट कार्ड से शॉपिंग क्यों करेगा। हमें आशंका थी कि ज़रूर इस लड़की को किसी ने ये गिफ्ट कार्ड उपहार स्वरूप दिए हैं। साथ ही ये भी मुमकिन हो सकता है कि लड़की को पता ही ना हो कि गिफ्ट कार्ड चोरी के क्रेडिट कार्ड से खरीदे गए हैं।

ये जानने के लिए हमने पता किया कि लड़की को इंस्टाग्राम पर कौन से भारतीय लोग फॉलो करते हैं। साथ ही उसके पोस्ट को लाइक और उन पर कमेंट करते हैं।

खोज करने पर हमें पता चला कि सुधांशु नाम के एक लड़के ने तेरेवोंग की लगभग हर फोटो को लाइक किया है और उस पर कमेंट भी किया है।

सुधांशु की प्रोफाइल से पता चला कि वो तो दिल्ली का रहने वाला है।

शक के आधार पर सुधांशु को हिरासत में लिया गया, जिसके बाद पूरे केस की सच्चाई सामने आई।

सुधांशु खन्ना साहब की कंपनी में आईटी टीम का हिस्सा था। उसे पता था कि सीईओ सुमित की ईमेल आईडी टू फैक्टर ऑथेंटिकेटेड नहीं है। आईटी टीम का हिस्सा होने के कारण उसे कई बार सीईओ का लैपटॉप एक्सेस करने का मौका मिला। इस बीच उसने जाना कि बैंक को एक ईमेल रिक्वेस्ट भेजकर भी पैसा ट्रांसफर किया जा सकता है।

इसके बाद उसने अपने कुछ दोस्तों के साथ मिलकर खन्ना साहब को ठगने का प्लान बनाया।

मामले का खुलासा होने के बाद पुलिस ने सुधांशु और उसके साथियों को हिरासत में ले लिया।

ऐसी घटना आपके या आपकी कंपनी के साथ न हो इसके लिए कुछ चीज़ों का ध्यान रखें। कंपनी के ईमेल सर्वर को DMARC के अनुरूप रखें। साथ ही कंपनी में इस्तेमाल होने वाली ज़रूरी ईमेल आईडी टू फैक्टर ऑथेंटिकेटेड होनी ही चाहिए।

कंपनी की सुरक्षा प्रक्रिया और टेक्नॉलजी का नियमित ऑडिट करवाएं। साथ ही कंपनी की आईटी सुरक्षा को अपग्रेड करते रहें।

18 मर्डर मिस्ट्री

बात 2023 की जनवरी की है। मैं 'डिजिटल फॉरेंसिक समिट' में शामिल होने हैदराबाद गया था। यहाँ दुनिया भर से एक्सपर्ट आए थे। ये दो दिन का ईवेंट था और मेरा सेशन पहले ही दिन था, इसलिए मेरे पास काफ़ी टाइम था।

मैंने यूं ही अपने कुछ ग्रुप्स में मैसेज डाल दिया, "मैं हैदराबाद में हूँ और अगर कोई शहर में है तो मिलना चाहूँगा।"

कुछ देर बाद मुझे एसीपी संजय का जवाब आया, "आप कहाँ ठहरें हैं? कब फ्री होंगे?"

मैंने बताया, "सर लंच पर मिलते हैं, मेरा सेशन सुबह का ही है, 11 बजे के बाद फ्री हो जाऊँगा।"

हालाँकि अगले दिन दर्शकों के साइबर सवालों के जवाब देने में 12 कब बज गये, पता ही नहीं चला। देर होती देख एसीपी संजय भी दर्शकों के पीछे आकर बैठ गए।

सेशन खत्म होने के बाद हम दोनों लंच के लिए बैठ गए। यहाँ हमने उन दिनों खबरों में रहे बड़े साइबर क्राइम पर चर्चा की। इस बीच एसीपी साहब ने बताया कि सोशल मीडिया रील्स और वीडियो के ज़रिए बच्चे बहुत से अपराधों को अंजाम दे रहे हैं।

उन्होंने कहा, "यह हमारे लिए चिंता का विषय है। ज़रूरत है कि ऐसे वीडियो पर रेग्युलेशन लगाया जाए जो बच्चों को भ्रमित कर रहें हैं।"

हम बात कर ही रहे थे, कि एसीपी साहब को एक फोन आया, और वो जाने के लिए उठ खड़े हुए।

जाते-जाते बताने लगे, "एक मर्डर केस की इन्वेस्टीगेशन चल रही है, उसी सिलसिले में ज़रूरी काम आ गया है, जिसके लिए जाना पड़ेगा।"

तभी मैंने भी कुर्सी से उठते हुए कहा, "साथ चलते हैं, गाड़ी में बातें भी हो जाएँगी। उधर से मैं वापस आ जाऊँगा।"

गाड़ी में बात करते हुए, एसीपी संजय ने बताया, "45 साल की एक महिला का शव उसके अपार्टमेंट में मिला। महिला का नाम प्रियंवदा था। देखने से तो आत्महत्या का मामला लग रहा है, पर मुझे ये हत्या लग रही है।"

"पर आपको ऐसा क्यों लग रहा है?" मैंने पूछा।

एसीपी साहब ने बताया, "कई कारण हैं। जैसे, एक दिन पहले उसके पति शिशिर ने पुलिस में शिकायत की कि उसकी पत्नी लापता है। उसके 20 घंटे बाद उसकी पत्नी का शव उसी के अपार्टमेंट में मिलता है। ये सोचने वाली बात है, अगर वो लापता थी, तो शव अपार्टमेंट में कैसे मिल सकता है।"

मैंने सवाल किया, "बॉडी सबसे पहले किसने देखी?"

"बिल्डिंग के सिक्योरिटी गार्ड ने।"

"रिपोर्ट कब फाइल हुई?"

"17 तारीख सुबह 11 बजे।"

एसीपी साहब ने बताया, "हमने सिक्योरिटी गार्ड और सोसायटी के लोगों के बयान दर्ज किये। साथ ही बिल्डिंग का सीसीटीवी फुटेज भी देखा, पर कुछ भी संदिग्ध नहीं दिखा।"

मैंने पूछा, "पति को कब पता चला कि उसकी पत्नी लापता है? मेरा मतलब है शिकायत वाले दिन या उसके पहले। क्या उसने शिकायत से पहले पत्नी को खोजा था?"

इस पर एसीपी साहब ने बताया, "पति शिशिर का कहना था कि जब वह सुबह सोकर उठा तो पत्नी घर में नहीं थी। उसने सोचा कि शायद वॉक पर गई होगी। उसका कहना था कि वॉक से वो 7 बजे तक वापस आ जाती थी, जब 7:30 बज गए तो उसने ढूँढना शुरू किया। पत्नी अपना फोन भी घर पर ही छोड़ गई थी। आमतौर पर वह ऐसा करती नहीं थी। इसके बाद पति ने उसके दोस्तों को फोन लगाया, पर कुछ पता नहीं चला। जब सुबह 10:30 तक पत्नी की कोई खबर नहीं मिली तो उसने पुलिस में रिपोर्ट दर्ज करवाई।"

क्योंकि महिला का फोन घर पर ही छूट गया था, इसलिए पुलिस ने भी मैनुअल सर्च किया।

मैंने फिर पूछा, "आपके पास उस महिला का फ़ोन और लैपटॉप हैं?"

"हाँ, हमने दोनों क्लोन करवा कर, रख लिए हैं।"

एसीपी साहब ने बताया कि, "फॉरेंसिक रिपोर्ट के मुताबिक महिला की मौत 17 तारीख की सुबह 7-8 के करीब हुई है। वहीं डॉक्टरों के मुताबिक उसके शरीर में कई फ्रैक्चर हैं, जिससे लग रहा है कि उसे ऊँचाई से गिराया गया था।"

केस पर बात हो ही रही थी, इसलिए मैं भी एसीपी साहब के कहने पर उनके साथ, उनके ऑफिस के अंदर चला गया। हम बैठे ही थे कि तभी एक जाँच अधिकारी अंदर आया।

उसने एसीपी साहब को जानकारी देते हुए कहा, "सर, हमारी जाँच में पता चला है कि प्रियंवदा ने करीब छह महीने पहले पुलिस में एक शिकायत दर्ज करवाई थी।"

"अच्छा, क्या शिकायत थी?" एसीपी साहब ने पूछा।

अधिकारी ने बताया, "सर ये शिकायत राजमुंदरी में दर्ज करवाई गई थी।"

उसने आगे बताया, "दरअसल, प्रियंवदा राजमुंदरी की रहने वाली थी। जहाँ उसने दो महिलाओं के खिलाफ शिकायत की थी। उसका मानना था कि दोनों औरतें मिलकर उसके परिवार पर काला जादू कर रही हैं, जिससे उसके परिवार की जान को खतरा है।"

"काला जादू, ये अजीब बात है।" मैंने एसीपी साहब को देखते हुए कहा एसीपी साहब ने अधिकारी से फिर पूछा, "शिकायत पर कोई कार्रवाई हुई क्या?"

"जी सर, दोनों महिलाओं के बयान दर्ज कर, उन्हें छोड़ दिया गया था। दरअसल, जाँच में कुछ भी साबित नहीं हुआ था।"

ये सब सुनने के बाद, मैंने एसीपी साहब से पूछा, "क्या मुझे प्रियंवदा का मोबाइल और लैपटॉप देखने के लिए मिल सकता है?"

जाँच अधिकारी ने बताया कि मोबाइल लॉक है और पासवर्ड उसके पति को भी नहीं पता है। वहीं लैपटॉप का पासवर्ड क्रैक हो गया है, जिसपर टीम काम कर रही है। उसने बताया कि अभी तक लैपटॉप से भी कुछ खास नहीं मिला है।

मैंने पूछा, "महिला की मौत के बाद लैपटॉप पर क्या कोई ऐक्टिविटी हुई है?"

इसपर अधिकारी ने बताया कि हमने लैपटॉप का ईवेंट व्यूअर चेक किया है।

(ईवेंट व्यूअर, एक सिस्टम एप्लीकेशन है, जो इवेंटव्यूअर रन करने पर खुल जाता है। इससे कोई भी अपने लैपटॉप के सारे लॉग चेक कर सकता है। साथ ही, सेटिंग >प्राइवसी >ऐक्टिविटी हिस्ट्री में जाकर भी लॉग चेक किये जा सकते हैं।)

मैंने एसीपी साहब से पूछकर लैपटॉप की ऐक्टिविटी हिस्ट्री चेक की।

लैपटॉप की एक्टिविटी लिस्ट एक्सप्लोर करते हुए हमें पता चला कि प्रियंवदा की मौत के बाद भी उसका लैपटॉप इस्तेमाल किया गया था।

सोचने वाली बात थी। प्रियंवदा के पति का कहना था कि उसे लैपटॉप का पासवर्ड नहीं पता है, तो फिर क्या वो झूठ बोल रहा था।

प्रियंवदा का मोबाइल भी अनलॉक नहीं हो रहा था, इसलिए हमने मोबाइल के सीडीआर और आईपीडीआर रिकॉर्ड निकाले। आईपीडीआर से हम मोबाइल में इंटरनेट पर की गई एक्टिविटीज़ देख सकते हैं।

वहीं सीडीआर से हमने देखा कि प्रियंवदा नॉर्मली किन लोगों से बात करती थी और आखिरी दिन उसने किससे बात की।

हालाँकि सीडीआर में हमें ज़्यादा रिकॉर्ड नहीं मिले। इससे पता चलता था कि प्रियंवदा ज्यादातर व्हाट्सएप पर बात करती होगी या फिर किसी वीओआईपी एप्लीकेशन की मदद से।

इसके बाद हमने प्रियंवदा के गूगल डैशबोर्ड से चेक किया कि उसके मोबाइल में कौन-कौन सी एप्लीकेशन थी। वहीं आईपीडीआर से हमें पता चला कि मौत के बाद भी मोबाइल का इस्तेमाल किया गया है। ये सारे सुबूत प्रियंवदा के पति को शक के घेरे में खड़ा कर रहे थे।

जाँच टीम ने मोबाइल और लैपटॉप का सारा डेटा रिकवर किया, जिससे काफ़ी कुछ काम का मिला।

रिकवर डाटा से हमें कई तस्वीरें और वीडियो मिलीं, वो वीडियोज़ शमशान और कब्रिस्तान की थीं।

वहीं ब्राउजर सर्च से हमें पता चला कि प्रियंवदा इंटरनेट पर काले जादू से संबंधित चीजें देखा करती थी। उसने ऐसी जानकारी देने वाली कई यूट्यूब चैनल्स को सबस्क्राइब भी कर रखा था। वह टेलीग्राम पर भी ऐसे कई ग्रुप्स की मेम्बर थी।

ये पता करने के लिए कि प्रियंवदा अपनी मौत से एक रात पहले यानी 16 तारीख को कहाँ थी। हमने गूगल डैशबोर्ड से प्रियंवदा की लोकेशन चेक की तो हमें पता चला कि प्रियंवदा उस रात एक कब्रिस्तान में थी। जहाँ से वह रात 2 बजे के करीब घर पहुँची।

इस मामले में पुलिस ने उन महिलाओं से भी पूछताछ की, जिनके खिलाफ़ प्रियंवदा ने छह महीने पहले शिकायत दर्ज करवाई थी। दोनों ने पुलिस को बताया कि लंबे समय से वो प्रियंवदा के संपर्क में नहीं थीं।

वहीं प्रियंवदा की ब्राउज़र हिस्ट्री से हमें पता चला कि एक स्मार्टवॉच को लॉगिन किया गया था।

मैंने जाँच अधिकारी से पूछा, "क्या प्रियंवदा स्मार्टवॉच पहनती थी?"

"जी सर, कुछ पहना हुआ तो था।"

"प्लीज़, उसे मेरे पास लेआइए,"

स्मार्टवॉच, लगातार हमारी लोकेशन और हृदय गति मापती रहती है।

स्मार्टवॉच से मिले डेटा से हमें पता चला कि प्रियंवदा की हृदय गति 17 तारीख की सुबह करीब 6:35 पर बंद हो गई थी। जबकि उसे रात दो बजे बैल्कनी से नीचे फेंका गया। क्योंकि घड़ी के मुताबिक रात दो बजे से पहले और रात दो बजे के बाद प्रियंवदा की ऊँचाई में अंतर था। दो बजे के बाद वाली पोज़ीशन और 6:35 मिनट की पोज़ीशन एक जैसी थी।

वहीं मौत की लोकेशन घर पर ही दिखा रहा था। इससे साफ हो गया कि शिशिर झूठ बोल रहा था।

इस सुबूत के आधार पर पुलिस ने शिशिर को हिरासत में लेकर पूछताछ की। जहाँ पुलिस के डर से शिशिर ने अपना जुर्म कुबूल कर लिया।

उसने पुलिस को बताया कि प्रियंवदा की मानसिक स्थिति ठीक नहीं थी। वह अक्सर जादू टोने वाले वीडियो देखती रहती थी और हर किसी पर शक किया करती थी। उसने बताया कि काले जादू के वीडियो देखकर वो इन सबका प्रयोग करती रहती थी। इसके चलते अक्सर घर से गायब रहती और देर रात घर लौटती थी। इस वजह से दोनों का आए दिन झगड़ा होता रहता था।

शिशिर ने बताया कि 16 तारीख को वो रात करीब 1 बजे घर पहुँची, जिसके बाद दोनों में झगड़ा हुआ। उसने कहा 17 तारीख को सुबह करीब पाँच बजे प्रियंवदा कहीं जाने के लिए तैयार हो रही थी। सुबह-सुबह उसे कहीं जाता देख शिशिर का मूड़ खराब हो गया, और इस बात को लेकर दोनों के बीच फिर से झगड़ा होने लगा। तभी गुस्से में शिशिर ने अपनी पत्नी को बाल्कनी से धक्का दे दिया, जिससे उसकी मौत हो गई। वहीं सुबह उसे ढूँढने का नाटक किया।

19 एलेक्सा और कृष की बातें

एक उम्र के बाद बच्चे अक्सर माँ-बाप से कटने लगते हैं। वैसे ये कहना भी गलत नहीं होगा कि बच्चे माँ-बाप से दूरी बना लेते हैं। इसकी भी एक निर्धारित उम्र होती है। लेकिन यही सब अगर उस उम्र से पहले या कहें बचपन में ही बच्चे माँ-बाप से दूर होने लगें, तो यकीन मानें यह चिंता का विषय है।

...और माँ-बाप होने के नाते हमें बच्चे पर ध्यान देने और उससे बात कर उसके मन को समझने की ज़रूरत है।

ये बात मुझे तब समझ आई, जब मैं खुद एक केस पर काम कर रहा था।

कहानी नोएडा के रहने वाले अरविंद सहगल के बेटे की है। अरविंद सरकारी बैंक में कर्मचारी हैं, और ज़्यादातर टूर पर ही रहते हैं। घर में पत्नी श्वेता के साथ 13 साल का बेटा कृष भी है।

कृष नोएडा के ही एक बड़े स्कूल में 7वीं कक्षा का छात्र था। कृष पढ़ने में बहुत होशियार था, और हमेंशा अच्छे नंबरों से पास होता था। हालाँकि इधर कुछ दिनों से उसकी परफॉरमेंस अच्छी नहीं जा रही थी। ये बात उसके माता-पिता को परेशान कर रही थी।

एक दिन जब वह स्कूल से लौटा, तो उसका चेहरा उतरा हुआ था। श्वेता जी ने जब उससे पूछा कि स्कूल कैसा रहा, तो वह 'बस ठीक है' बोल कर अपने कमरे में चला गया।

कुछ देर बाद जब श्वेता जी उसे खाने के लिए बुलाने आईं तो देखा वो अपना होम वर्क कर रहा है। उन्होंने कृष को रूम में ही खाना दे दिया। इसके बाद श्वेता जी मार्केट चली गईं।

घर लौटने पर उन्होंने कृष के रूम में झाँका तो कृष वहाँ नहीं था। हालाँकि उसकी वर्क शीट उसके रूम में टेबल पर ही रखी थी। होमवर्क पूरा सही था।

ये देखते ही श्वेता जी ने सोचा कि जब कृष अपना सारा होम वर्क सही कर रहा है, तो फिर स्कूल में उसके नंबर कम क्यों आ रहे हैं।

यही बात उन्होंने अपने पति से डिस्कस की, जिसके बाद अरविन्द जी ने इस बात को गंभीरता से लेते हुए, इस मामले को समझना चाहा। ऐसे ही एक दिन अचानक मुझे अरविंद जी का फोन आया। फोन उठाते ही उन्होंने मुझे बताया कि उन्हें मेरा नंबर हमारे कॉमन फ्रेंड रविकांत जी से मिला।

आगे उन्होंने मुझसे कहा, "अमित जी एक अजीब सी समस्या है, पर मुझे लगता है आप मामले में मेरी कुछ मदद कर सकते हैं।"

मैंने पूछा, "सर बताइये, मुझसे जो बन पड़ेगा मैं बिल्कुल मदद करूँगा।"

अरविंद जी ने कहना शुरू किया, "दरअसल, मेरा बेटा कृष पढ़ायी में बहुत अच्छा है। हमेशा ही अच्छा रहा है। लेकिन इधर दो बार स्कूल के एग्ज़ाम में उसके मार्क्स काफ़ी खराब आ रहे हैं।"

इस पर मैंने कहा, "सर बच्चा है, पढ़ाई से फोकस हट गया होगा। इसमे मुझे परेशान होने जैसी कोई बात नहीं लग रही है। अगर आपको इसमे कोई परेशानी लग रही है तो आप बच्चे की काउंसिलिंग करवा लिजीए।"

"अरे अमित जी आप समझे नहीं। मेरे बेटे का पढ़ाई से फोकस नहीं हटा है। दरअसल, जब वह होमवर्क करता है, तो सभी जवाब सही होते हैं। पता नहीं परीक्षा में क्यों उसके नंबर कम हो जाते हैं।"

मैंने फिर समझाते हुए कहा, "अरविन्द जी कभी-कभी बच्चे परीक्षा से डर जाते हैं। घर पर और क्लास में जो सवाल वो सही करके दिखा देते हैं। वही डर के कारण परीक्षा में गड़बड़ कर जाते हैं।"

अरविंद जी ने अपनी परेशानी बताते हुए कहा, "नहीं अमित जी ऐसा कुछ नहीं है, मैं अपने बेटे को जानता हूँ।"

"अच्छा, तो फिर आपके हिसाब से क्या समस्या है।" मैंने आखिर में पूछा।

अरविंद जी ने बताना शुरू किया, "दरअसल, कृष के स्कूल की कुछ टीचर्स उसके खिलाफ हैं। वो हमेशा कृष की शिक़ायत करती रहती हैं। मुझे लगता है कि ईगो प्रॉब्लम के चलते वो मेरे बेटे के नंबर काट लेतीं हैं।"

उन्होंने आगे बताया, "एक बार जब मैं मामले को लेकर स्कूल गया तो टीचर्स ने मुझ पर ही बच्चे पर ध्यान न देने का आरोप लगा दिया। इसपर मेरी भी उनसे बहस हो गई। स्कूल बहुत प्रतिष्ठित है और मैं नहीं चाहता कि हम कृष को दूसरे स्कूल में डालें।"

"तो आप मुझसे क्या चाहते हैं," मैंने पूछा।

अरविन्द जी ने थोड़ी विनती के अंदाज में कहा, "दरअसल मैंने सुना है कि आप हर साल स्कूल में बच्चों को साइबर सेफ्टी के लेसन देने जाते हैं। अगर आप प्रिन्सपल से इस बारे में बात करके देखें, तो शायद कुछ हो जाए।"

उन्होंने आगे बताया, "दरअसल मैंने बात की थी प्रिन्सपल से, पर उन्होंने टीचर का ही साइड लिया। मैं बहुत परेशान हूँ। मुझे लग रहा है कि मेरे बच्चे को जानबूझ कर परेशान किया जा रहा है।"

हालाँकि मेरे हिसाब से स्कूल के किसी टीचर को बच्चे से कोई परेशानी नहीं होगी। फिर भी मैंने अरविन्द जी से सवाल किया, "क्या स्कूल में कभी कोई

घटना हुई, जिससे आपको लग रहा हो कि उस वजह से टीचर बच्चे के खिलाफ़ हो गई है।"

इसपर अरविन्द जी ने बताया, "दरअसल, कुछ समय पहले कृष का कुछ बच्चों के साथ झगड़ा हो गया था। उनमें से एक बच्चे के पिता पुलिस में हैं, जिसकी वजह से गलती होने के बाद भी टीचर ने उसे कुछ नहीं कहा और मेरे कृष के पीछे पड़ गई।"

मुझे तो ये सब बस समझ का फेर लग रहा था। हालाँकि फिर भी मैंने उन्हें आश्वासन दिया कि मैं प्रिन्सपल से बात करके आपको बताता हूँ।

कुछ दिन बाद जब प्रिंसिपल से मेरी बात हुई, तो उन्होंने मुझे बताया कि स्कूल में हुए झगड़े में कृष ने आपत्तिजनक शब्दों का इस्तेमाल किया था, जो स्कूल की मर्यादा के खिलाफ़ है। इसलिए हमने पेनल्टी लगाकर मामला खत्म कर दिया। हालाँकि प्रिंसिपल ने इस वजह से बच्चे को नंबर कम देने की बात से इंकार किया।

उन्होंने कहा कि कृष ने परीक्षा में जैसा प्रदर्शन किया होगा उसको उसी हिसाब से नंबर मिले होंगे।

ये सुनने के बाद मैंने प्रिन्सपल से टीचर से इस विषय में बात करने की इजाज़त मांगी।

टीचर ने मुझे बताया कि कृष होम असाइनमेंट में तो अच्छा करता है, पर पता नहीं क्यों एग्मजाम में वो उतना अच्छा नहीं कर पाता। इसलिए उसके नंबर कम आते हैं।

इसके बाद मैंने अरविंदजी को कॉल कर सारी बात बता दी। हालाँकि अरविंद जी अभी भी ये माने को तैयार नहीं थे कि कमी बच्चे में हैं।

उन्होंने अपनी बात रखते हुए कहा, "अगर समस्या कृष में है तो वो सिर्फ फाइनल एग्ज़ाम में ही क्यों अच्छा परफ़ॉर्म नहीं कर पाता?"

उन्होंने बताते हुए कहा, "एक बार जब मैंने स्कूल जाकर फाइनल एग्ज़ाम की कॉपी देखनी चाही तो प्रिन्सपल ने स्कूल के नियमों के खिलाफ है, कह कर कॉपी दिखाने से मना कर दिया।"

मुझे अभी भी बात हज़म नहीं हो रही थी। किसी टीचर को बच्चे से क्या समस्या हो सकती है, वो क्यों किसी बच्चे को खराब नंबर देंगी।

थोड़ा सोचने के बाद मैंने अरविन्द जी से पूछा, "क्या कृष के पास कोई मोबाइल फोन है या टैबलेट है?"

अरविंद जी ने बताया, "नहीं कृष के पास कोई मोबाइल या टैबलेट नहीं है। जब ज़रूरत होती है तो वह हमारा ही मोबाइल इस्तेमाल करता है, हमारी निगरानी में। वहीं कभी-कभी हमारा लैपटॉप भी इस्तेमाल कर लेता है।"

इसके बाद मैंने अरविन्द जी से लैपटॉप दिखाने को कहा। मैंने लैपटॉप का एक्टिविटी लॉग और ब्राउज़र हिस्ट्री चेक की पर कुछ भी संदिग्ध नहीं मिला।

मैंने अरविंद जी और श्वेता जी का मोबाइल भी चेक किया। ये देखने के लिए कि कृष कौन से गेम खेलता है, या कोई सोशल मीडिया ऐप जिसे कृष इस्तेमाल करता हो। हालाँकि दोनों फोन में भी कुछ शक करने जैसा नहीं मिला।

वहीं श्वेता जी से बात करने पर पता चल कि इन दिनों कृष काफ़ी खामोश रहता है। सारा दिन अपने कमरे में रहकर काम किया करता है। श्वेता जी का कहना था कि वह न कुछ बोलता है और न ही कुछ बताता है।

उन्होंने कहा, "मुझे लग रहा था कि उसकी उम्र बढ़ रही है, शायद इसलिए उसके स्वभाव में परिवर्तन आ रहा है। मगर अब लगता है कि कृष हर वक़्त कुछ न कुछ सोचता रहता है और अपने एग्ज़ैम के मार्क्स को लेकर परेशान रहता है।"

मामला ऐसा नहीं था जिसके लिए बड़ी जाँच की जाए। देखकर लग रहा था कि बच्चे को बस थोड़े सपोर्ट की ज़रूरत है। मैंने अरविन्द जी को सलाह दी

कि कृष के लिए कोई ट्यूशन लगवा दें या खुद उसे पढ़ाएं। पढ़ाई में अलग से सपोर्ट मिलेगा तो वो अच्छा पर्फॉर्म करेगा और ठीक हो जाएगा।

एक दिन मैं सुबह-सुबह अपनी सोसाइटी में वॉक कर रहा था। तभी मुझे अरविन्द जी का फोन आया। पहले तो दोनों ने एक दूसरे का हाल जाना। उसके बाद अरविन्द जी ने कहना शुरू किया, "अमित जी कल से कृष की परीक्षा शुरू हो रही है, इसको लेकर वो काफ़ी परेशान है।"

अरविन्द जी बात कर रहे थे, तभी मुझे उनके पीछे भजन की आवाज़ सुनाई दी। मैंने उनकी बात काटते हुए पूछा, "सुबह-सुबह भजन सुन रहे हैं?"

इस पर अरविंद जी ने कहा, "अरे आजकल तो टेक्नोलॉजी की सहुलियत है। एलेक्सा को बोलो और वो कोई भी गाना या भजन चला देती है। एलेक्सा को मेरी पसंद भी पता है। अब तो दिन की शुरुआत ऐसे ही होती है।"

तभी मैंने अरविन्द जी से पूछा, "आपके घर में एलेक्सा है?"

"हाँ," अरविन्द जी ने कहा

तभी मैंने उनसे पूछा, "क्या मैं आपके घर आ सकता हूँ।"

"हाँ, क्यों नहीं,"

कुछ देर बाद मैं अरविन्द जी के घर पर था।

कृष स्कूल जा चुका था और घर पर सिर्फ अरविन्द और उसकी पत्नी थी।

मैंने बिना समय गवाएं, अरविन्द जी से अलेक्सा जाँच के लिए माँगी।"

मैंने उनसे पूछा, "अलेक्सा को स्टार्ट करने के लिए आपने एक ऐप्लीकेशन इंस्टॉल की होगी,"

"हाँ,"

"और वो ऐप्लीकेशन किसके फोन में है?"

इसके बाद अरविन्द जी ने अपनी पत्नी को आवाज़ लगाई, जिनके फोन में वो ऐप्लीकेशन थी।

मैंने ऐप्लीकेशन की सेटिंग में जाकर वॉयस लॉग चेक करने शुरू किये।

दरअसल, एलेक्सा डिवाइस को जो भी कमांड दिए जाते हैं और उससे जो भी बात की जाती है, उसे कोई भी ऐप्लीकेशन की सेटिंग में जाकर सुन सकता है।

मैंने अरविन्द और श्वेता जी के सामने सारी ऑडियो प्ले करनी शुरू की।

इसके बाद हमें पता चला कि कृष अपने होम वर्क के लिए एलेक्सा की हेल्प लेता था। साथ ही वह उससे बात भी करता था।

कृष की बातें सुनकर हमें पता चला कि उसे स्कूल में बच्चे बुली करते हैं, क्योंकि वह हकलाता था। उसने एलेक्सा से उन बच्चों से बदल लेने की बात कही। साथ ही उसने एलेक्सा से कई गालियों के मतलब भी पूछे।

कृष की सारी बातें सुनने के बाद हम सभी हैरान रह गए। एक 13 साल का बच्चा अंदर ही अंदर किस तरह घुट रहा था। वह खुद को कितना अकेला और बेसहारा महसूस कर रहा था।

अरविंद और श्वेता जी समझ गईं कि समस्या कहाँ आ रही है। अब वह दोनों कृष को पहले से ज़्यादा वक्त देने लगे। साथ ही उसके मन की बातें जानने के लिए उससे तरह-तरह से बातें भी करने लगे और अपने साथ बैठा कर उसका होम वर्क भी करवाते।

अरविंद और श्वेता ने कृष को तंग करने वाले बच्चों से भी बात की और उन्हें समझाया की वो जो कर रहे हैं वो गलत है।

टेक्नोलॉजी के इस ज़माने में बच्चे गलत काम में भी फँस सकते हैं। ऐसे में अपने बच्चे पर हमेंशा ध्यान रखे और उसके मन की व्यथा को जानने की कोशिश करें।

20 आईआरएस स्कैम

आईआरएस (इंटरनल रेवेन्यू सर्विस) स्कैम एक तरह से घोटाले का एक तरीका है, जो आईआरएस संग्रह अधिकारियों के रूप में अमेरिकी करदाताओं को लक्षित करता है।

इसी धोखाधड़ी का शिकार हुए कालरा साहब। वो 90 के दशक में भारत से अमेरिका शिफ्ट हो गए थे। कालरा साहब का परिवार अब अमेरिका में ही सेटेल्ड है। हालाँकि साल में एक बार कालरा साहब देश ज़रूर लौटते हैं। भारत में उन्होंने कुछ निवेश भी कर रखें हैं।

एक दिन कालरा साहब अमेरिका के अपने घर में अकेले बैठे थे। तभी उन्हें एक कॉल आया। कॉल करने वाले ने अपना नाम विलियम बताया। उसने कहा कि वह यूएस के आईआरएस विभाग से बोल रहा है।

आईआरएस, यूएसए का वो सरकारी विभाग है जो यूएसए के लोगों की टैक्स देनदारियाँ और टैक्सेशन का रिकॉर्ड रखता है।

विलियम ने कालरा साहब को समझाते हुए कहा, "आईआरएस एक आंतरिक कानूनी विभाग है, जो आंतरिक राजस्व सेवा के लिए काम करता है।"

कालरा जी ने कहा, "क्या आप मुझे ठीक से समझा सकते हैं? मुझे कुछ समझ नहीं आ रहा है आप क्या कह रहे हैं।"

इसके बाद विलियम ने उनसे पूछा, "आप किस देश के मूल निवासी हैं, सर?"

कालरा जी ने कहा, "मुझे कुछ सुनाई नहीं दे रहा है कि आप क्या कह रहे हैं।"

विलियम ने फिर पूछा, "जी मैंने पूछा, आपका किस देश के मूल निवासी हैं?"

विलियम की बात सुनकर कालरा साहब ने हल्का गुस्सा जताते हुए कहा, "मेरे देश से आपका क्या मतलब है, मैं अमेरिका का निवासी हूँ।"

विलियम ने फिर सवाल किया, "आप अमेरिका में जन्मे और पले-बढ़े हैं?"

"नहीं, लेकिन मेरे पास अमेरिकी पासपोर्ट है," इस बार कालरा साहब ने नम्रता से जवाब दिया।

विलियम ने मौका देखकर असली मुद्दा रखा, "सर हम उन लोगों को कॉल कर रहे हैं, जिन्होंने टैक्स चोरी किया है। आप पर भी टैक्स चोरी का आरोप लगा है।"

ये सुनते हो कालरा जी को ज़रा झटका लगा। कालरा साहब 32 साल से अमेरिका में थे। ऐसा पहली बार हुआ था कि उनको सरकारी दफ़्तर से टैक्स चोरी करने के इल्ज़ाम पर फोन आया था। कालरा साहब बहुत डर गये थे।

दरअसल, कालरा साहब जानते थे कि अमेरिका में टैक्स चोरी की सज़ा गंभीर है। इसके लिए उन्हें $10,0000 तक जुर्माना भरना पड़ सकता है। साथ ही पाँच साल तक की जेल भी हो सकती है।

उन्होंने थोड़ा घबराते हुए कहा, "पर मैंने कोई टैक्स चोरी नहीं की है।"

विलियम को जब समझ आ गया कि शिकार फँस चुका है, तो उसने अपनी टोन बदल दी। उसने थोड़ा अकड़ते हुए पूछा, "आप अपना टैक्स खुद

फाइल करते हैं या आपका कोई सीपीए (सर्टिफाइड पब्लिक अकाउंटेंट) है, जो आपकी जगह आपका टैक्स फाइल करता है।"

कालरा साहब ने डरी हुई आवाज़ में कहा, "हाँ, मेरा अकाउंटेंट फ़ाइल करता है।"

कालरा साहब को डरा हुआ जानकर, विलियम की आवाज़ में अब सख्ती बढ़ती जा रही थी।

उसने कहा, "फिर आपके टैक्स भरने में इतनी गलती क्यों हो रही है?"

विलियम ने आगे पूछा, "क्या आप कुछ विदेशी लेन-देन भी करते हैं?"

कालरा जी ने कहा, "हाँ, मेरे कुछ निवेश हैं।"

विलियम ने अपनी बात समझाते हुए कहा, "नियम के मुताबिक, जब आपके नाम से विदेशी लेन-देन किया जाता है, तो आपको आईआरएस विभाग को लेन-देन का शुल्क देना होता है। जो आपने कभी नहीं दिया है।"

उसने कालरा साहब को और डराते हुए कहा, "जाँच के बाद विभाग ने आपके खिलाफ़ मुकदमा दर्ज करवा दिया है।"

मुकदमे की बात सुनकर कालरा साहब घबरा गए, उन्होंने हकलाते हुए पूछा, "आपको पूरा यकीन है? मेरा मतलब है कि ये बहुत साधारण से निवेश हैं, स्टॉक और कंपनी शेयर की तरह। ये कोई बड़ा निवेश नहीं है। मुझे यकीन है मेरे अकाउंटेंट ने अपना काम पूरी ईमानदारी से किया है।"

विलियम ने अपनी बात रखते हुए और कालरा साहब को और डराते हुए कहा, "देखिए सर हम इनकम टैक्स की बात नहीं कर रहे हैं। आपने हर साल इनकम टैक्स पूरा चुकाया है। मैं विदेशी लेन-देन पर लगने वाले टैक्स की बात कर रहा हूँ, जो आपकी ओर से कई बार किया गया है। ये टैक्स आईआरएस विभाग को देना होता है, जो आपकी ओर से कभी नहीं जमा किया गया।"

कालरा साहब अमेरिका के कानून को जानते थे, उन्होंने सोचा इससे पहले मामला हाथ से निकल जाए, जितना भी टैक्स बनता है जमा कर देते हैं।

यही सोचते हुए उन्होंने मायूसी के साथ पूछा, "ठीक है, तो मुझे बता दीजिए कितना भुगतान करना है?"

ये सुनते ही विलियम को अपना काम बनता नज़र आया। उसने तुरंत जवाब देते हुए कहा, "आपको सब मिलाकर करीब $50,868 जमा करने होंगे।"

कालरा साहब जमा करने वाली राशि सुनकर चौंक गए, और अचानक ही उनके मुँह से निकल गया, "हे भगवान!"

उन्होंने घबराते हुए सवाल किया, "क्या आपको यकीन है कि ये टैक्स मुझे ही भरना है? कहीं आप किसी और का डाटा तो नहीं देख रहें हैं?"

इस पर विलियम ने एक बार फिर अकड़कर कहा, "जी, आपका ही डाटा देख रहा हूँ। जो राशि आपको जमा करनी है उसमे जुर्माना राशि, देर से भुगतान शुल्क, साथ ही सभी अदालती समाधान शुल्क शामिल हैं। क्योंकि पहले ही आपके नाम से मुकदमा दर्ज किया जा चुका है, इसलिए उसे रोकने का भी शुल्क लगेगा।"

इस पर कालरा साहब ने पूछा, "मुकदमे से आपका क्या मतलब है?"

विलियम ने कठोर होते हुए और कालरा साहब को और ज़्यादा डराते हुए कहा, "अरे आपके खिलाफ़ टैक्स चोरी करने का मुकदमा दर्ज हुआ है। उस मामले में आपकी गिरफ़्तारी न हो इसलिए भुगतान तो करना होगा। आपको बता दें कि आपके खिलाफ़ गिरफ़्तारी वारंट जारी किया जा चुका है। किसी भी वक़्त आपकी गिरफ़्तारी हो सकती है।"

ये सब सुनकर कालरा साहब सकते में आ गए, उन्हें समझ नहीं आया कि वो क्या कहें।

विलियम ने उन्हें और डराते हुए कहा, "अब आप बच नहीं पाएँगे। पुलिस किसी भी वक़्त आपके दरवाज़े पर दस्तक दे सकती है।"

गिरफ़्तारी का नाम सुनकर कालरा साहब और घबरा गए, उन्होंने बात समझाते हुए कहा, "देखिए मेरा टैक्स अकाउंटेंट भरता है, हो सकता है उससे कुछ गलती हो गई हो। कम से कम मुझे मामले को सुलझाने का मौका तो दें आप लोग। ऐसे अचानक गिरफ़्तारी।"

उन्होंने पूछा, "क्या कोई उपाय है, जिससे मैं इस गिरफ़्तारी से बच सकता हूँ?"

विलियम समझ चुका था कि अब कालरा साहब पूरी तरह उसके जाल में फँस चुके हैं। उसने बात बनाते हुए, इस बार ज़रा आराम से कहा, "आपके पास एक ही रास्ता है। आप टैक्स क्लियर कर दीजिए, जो आपके नाम पर पेडिंग है।"

कालरा जी ने अपनी बात रखते हुए कहा, "देखिए मिस्टर विलियम , मेरे पास इस वक़्त इतना अमाउन्ट नहीं है।"

उन्होंने विनती के अंदाज में पूछा, "क्या आप मुझे कुछ वक्त दे सकते हैं?"

ये सुनते ही विलियम ने पूछा, "आपका ज़िप कोड क्या है?"

"जी मेरा ज़िप कोड 30303 है।" कालरा साहब ने बताया।

विलियम ने कालरा साहब का ज़िप कोड लिख लिया और एक बार फिर उन्हें अपनी बातों की गिरफ्त में लेते हुए कहा, "देखिए सर आप समझ नहीं रहे हैं, आपके पास ज्यादा समय नहीं है। आप पहले ही देर कर चुके हैं और आपको याद दिला दूँ कि हम कोई बिल वसूलने वाले नहीं हैं। मैं आपसे आपका पैसा नहीं बल्कि आईआरएस विभाग के पैसे को चुकाने को कह रहा हूँ।"

उसने आगे कहा, "अब हम कुछ नहीं कर सकते, आपका केस काउंटी शेरिफ विभाग (लॉस एंजिल्स क्षेत्र में पहला पेशेवर पुलिस बल था) को फॉरवर्ड किया जा चुका है। जो किसी भी वक़्त आपको गिरफ्तार करने के लिए आ सकते हैं। यह कॉल सिर्फ आपको आखरी मौका देने के लिए किया गया था।"

विलियम ने अभी अपनी बात खत्म भी नहीं की थी कि तभी कालरा साहब को घर के बाहर पुलिस के सायरन की आवाज़ सुनाई दी। उन्होंने लपककर खिड़की से बाहर झाँक कर देखा। बाहर पुलिस की एक गाड़ी खड़ी थी और पुलिस वाले आस-पास के लोगों से कुछ पूछताछ कर रहे थे।

पुलिस को देखते ही कालरा साहब घबरा गए, उन्होंने काँपती-सी आवाज़ में कहा, "मिस्टर विलियम, मैं जेल नहीं जाना चाहता। आप प्लीज़ कोई तरीका बताएँ जिससे मैं इन सबसे बच सकूँ। प्लीज़ मेरी मदद कीजिए।"

कालरा साहब को बुरी तरह डरा हुआ जानकर, विलियम ने अगला प्रहार किया। उसने कहा, "देखिए मैं अभी भी आपकी गिरफ्तारी रोक सकता हूँ। अगर आप अभी 50,868 $ का भुगतान कर दें।"

ये सुनते ही कालरा साहब ने फिर पूछा, "क्या मुझे पूरा अमाउंट अभी देना होगा?"

विलियम्स ने एक अधिकारी के अंदाज़ में कहा, "जी, पूरी रकम! ये राशि आपके गिरफ्तारी वारंट को होल्ड कराने के लिए है, जो आपके जुर्माने का 10% है।"

कालरा जी ने कहा, "ठीक है! मुझे बता दें कि ये पेमेंट मुझे किसको और कैसे करना होगा?"

उन्होंने आगे पूछा, "क्या आप लोग क्रेडिट कार्ड से ले सकते हैं?"

कालरा साहब की आवाज़ में उदासी और अफसोस एक साथ झलक रहा था

इस पर विलियम ने कहा, "नहीं, हम किसी भी क्रेडिट या डेबिट कार्ड को स्वीकार नहीं करते हैं। इस राशि का भुगतान टैक्स भुगतान वाउचर द्वारा करें। ये आपको सरकारी स्टोर पर मिल जाएँगे या फिर शॉपिंग मॉल में।"

उसने आगे कहा, "मैं आपको गाइड करूँगा, पर वाउचर खरीदने के लिए आपको कैश ही चाहिए होगा।"

कालरा साहब के घर के बाहर पुलिस थी, और फोन पर उनसे एक अनजान इंसान गिरफ़्तारी की बात कर रहा था। साथ ही उन्हें इन सबसे निकालने के लिए भी कह रहा था। ये सारी बातें कालरा साहब का सिर घुमाने के लिए काफ़ी थीं। उन्हें विलियम की बात मानने के सिवा कुछ सही नहीं लग रहा था।

कालरा साहब ने हड़बड़ाते हुए कहा, "ठीक है, मैं कैश कलेक्ट करता हूँ।"

कालरा साहब के घर में जितना भी कैश था, वो सब लेकर निकल पड़े टैक्स भुगतान वाउचर खरीदने।

इसके बाद विलियम ने उन्हें एड्रेस बताया, जहाँ से उन्हें वाउचर खरीदना था-

"डिपो. 650 पोंस डी लियोन, अटलांटा"

उसने आगे कहा, "अड्रेस पर पहुँचने तक फोन बंद न करें, इसे चालू रखें। तब तक मैं आपकी गिरफ्तारी रद्द करने के पेपर तैयार करवाता हूँ।"

विलियम ने अपने शब्दों पर ज़ोर देते हुए कहा, "आपके भुगतान करते ही आपकी गिरफ्तारी रद्द कर दी जाएगी।"

कालरा साहब ने विलियम को समझाते हुए कहा, "लेकिन मैं लिफ्ट में जाऊँगा तो मेरा फोन डिस्कनेक्ट हो जाएगा।"

इस पर विलियम ने कहा, "तो लिफ्ट से निकलते ही तुरंत मुझे कॉल करें, नहीं तो मैं आपकी कोई सहायता नहीं कर पाऊँगा।"

"ठीक है सर, ठीक है, मैं कॉल करता हूँ।"

विलियम ने एक मिनट भी कालरा साहब को सोचने का मौका नहीं दिया। यही वजह थी जो कालरा साहब उसके जाल में फँसते चले जा रहे थे।

कुछ देर बाद कालरा साहब उस एड्रेस पर पहुँच गए, जो विलियम ने उन्हें दिया था। वहाँ लंबी लाइन थी, कालरा साहब भी उस लाइन का हिस्सा बन गए।

कालरा साहब विलियम के साथ फोन पर थे।

विलियम ने फोन के दूसरी ओर से कहा, “मैं आपको जैसा बता रहा हूँ, आप वैसा करते जाएं।”

“आपको क्षतिपूर्ति विभाग को भुगतान करना है। उनका एक पेपैल अकाउंट है, उसमें। अगर आप चेक भेजेंगे तो देर हो जाएगी और ऐसे में आपकी गिरफ़्तारी कभी भी हो सकती है। इसलिए आप वाउचर की मदद से उनके पेपैल अकाउंट में पैसे ट्रांसफ़र कर दें।”

“जी, ठीक है सर, आप मुझे बताएँ ये कैसे करना है।” कालरा साहब ने कहा

विलियम ने पहले उनसे पूछा, “वॉलमार्ट स्टोर्स पर आपको कौन-कौन सी चीजें दिखाई दे रहीं हैं?”

“जी मुझे स्टोर में क्रेडिट, उपहार कार्ड, सबवे, स्टारबक्स दिखाई दे रहा है।”

“आप वहाँ देखिए आपको ग्रीन-डॉट-मनी पैक कार्ड दिखाई दे रहा होगा।”

“जी ग्रीन-डॉट-मनी पैक कार्ड मिल गया।”

विलियम ने कहा, “1000 $ के पाँच कार्ड ले लीजिए और एक कार्ड 100 $ का।”

कुछ देर बाद कालरा साहब ने हाथों में छह कार्ड संभालते हुए बताया, “जी सभी कार्ड ले लिए हैं।”

ठग विलियम ने आगे बताया, “अब आप कार्ड को पलटकर देखें, पीछे एक सिल्वर कलर का स्क्रैच एरिया दिया होगा, उसे स्क्रैच करें और वो नंबर मुझे बता दें।”

कालरा साहब ने बिल्कुल वैसा ही किया, जैसा विलियम ने उन्हें करने को कहा। ऐसे ही एक-एक कर सभी नंबर कालरा साहब ने विलियम को बता दिए। नंबर मिलते ही विलियम तक पेमेंट पहुँच गया।

इसके बाद विलियम ने कालरा साहब से कहा, “मैं नंबरों को पेपैल अकाउंट में सबमिट कर दूँगा।”

उसने आगे कहा, “ठीक है मिस्टर कालरा आपका वारंट अब होल्ड पर हो गया है। अभी आप घर जाएं, आगे के भुगतान के लिए मैं आपको दोबारा कॉल करूँगा।”

एक लंबे अंतराल के बाद कालरा साहब ने चैन की साँस ली। उन्होंने विलियम को उनकी गिरफ़्तारी रोकने के लिए धन्यवाद दिया और अपने घर की ओर निकल गए।

010100100101

कालरा साहब ने घर पहुँचकर अपने बेटे को सारी बात बताई। साथ ही उससे बचे हुए रुपयों का इंतज़ाम करने को कहा।

कालरा साहब की बातें सुनकर उनका बेटा दंग रह गया। उसे तुरंत समझ आ गया कि वो फ्रॉड का शिकार हो गए हैं।

मामले की जाँच करवाने के लिए कालरा साहब के बेटे ने मुझसे संपर्क किया। मैंने आईआरएस घोटाले के बारे में सुन रखा था। मुझे मामले की थोड़ी बहुत जानकारी थी। ऐसे मामले भारत में भी सुनने को मिले थे।

जाँच में सबसे पहले हमने ये पता करने की कोशिश की कि कालरा साहब ने कार्ड के जो नंबर भेजे थे, वो किस पेपैल अकाउंट में भेजे गए हैं। साथ ही उस अकाउंट का लाभार्थी कौन है।

वहीं कालरा साहब अभी भी ये मानने को तैयार नहीं थे कि उनके साथ फ्रॉड हुआ है। उनका कहना था कि पुलिस भी उनके दरवाज़े पर उन्हें गिरफ्तार करने आई थी।

उन्होंने ज़ोर देते हुए कहा, “पुलिस का उसी समय आना जब विलियम ने मुझसे गिरफ़्तारी की बात कही, ये कोई इत्तेफाक नहीं हो सकता।”

वैसे ये सोचने वाली बात थी। इसलिए जाँच के लिए हमने अपने यूएस कनेक्शन के ज़रिए अटलांटा के पुलिस विभाग से संपर्क किया। हमने पता किया की उस दिन कालरा साहब के घर के बाहर पुलिस क्यों गई थी। यहाँ से हमें पता चल कि उस दिन इलाके से 911 पर इमरजेंसी कॉल आया था। कॉल करने वाले ने इलाके में गोलीबारी होने की जानकारी दी थी। वहाँ पहुँचने पर पुलिस को पता चल की खबर झूठी थी।

इससे साफ था कि इस फ़र्ज़ी कॉल के पीछे भी विलियम का हाथ था।

हमने अटलांटा की पुलिस से वो नंबर माँगा। जाँच में हमें पता चला कि ये यूएसए का एक वर्चुअल नंबर है।

मामला जानने के बाद अटलांटा पुलिस भी जाँच में शामिल हो गयी। कुछ दिनों बाद उन्होंने ईमेल कर हमें बताया कि वर्चुअल नंबर की लोकेशन इंडिया है।

उस वर्चुअल नंबर को ट्रैक कर हम पुणे के एक कॉल सेंटर तक पहुँचे। जहाँ बड़ा खुलासा हुआ। यहाँ इस तरह के फ्रॉड करने वालों का पूरा गिरोह काम करता था। ये लोग विदेश में रहने वाले भारतीयों को चुनकर आईआरएस टैक्स चोरी के नाम पर लूटते थे।

मामले के खुलासे के बाद कालरा साहब के पैसे तो वापस नहीं आए। लेकिन उनके कारण एक बड़े ठग गिरोह का पर्दाफ़ाश हो गया।

21 फेक एफआईआर, रियल फ्रॉड

आज के समय में ऑनलाइन धोखाधड़ी आम बात हो गयी है। ज़रा-सी चूक और कोई भी आसानी से इसका शिकार हो जाता है। क्रिमिनल आए दिन लोगों को ठगने के नए-नए तरीके ईजाद करते रहते हैं। कई बार सतर्क रहने के बाद भी बड़े-बड़े धुरंधर इसका शिकार हो जाते हैं।

ऐसा ही मामला मेरी जानकारी में आया। कहानी कौन से साल के कौन से महीने की है, ये जानना ज़रूरी नहीं है। इसलिए हम सीधे कहानी पर आते हैं।

आईटी कंपनी में काम करने वाले विनय व्यस्तता के चलते अक्सर चीज़ें ऑनलाइन मँगाते थे। ऐसे ही एक रोज़ उन्होंने एक ईकॉमर्स वेबसाइट पर भरोसा कर ऑनलाइन पेमेंट के बाद कुछ सामान ऑर्डर कर दिया। उन्होंने कई दिनों तक सामान का इंतज़ार किया, पर उन्हें न ही कोई सामान मिला और न ही उनके पैसे वापस आए।

उस दिन विनय ने फ़ैसला किया आगे से वह ऑनलाइन शॉपिंग करते समय सचेत रहेंगे। साथ ही किसी भी अनपॉपुलर ईकॉमर्स वेबसाइट से शॉपिंग करने से बचेंगे।

इस बात को कई दिन बीत गए।

विनय एक दिन अपने ऑफिस में एक मीटिंग में थे। तभी उन्हें एक फोन आया।

विनय के फोन उठाते ही कॉलर ने पूछा, “विनय सक्सेना बोल रहे हैं?”

“जी,”

कॉलर ने फिर कहा, “मैं टेलीकॉम रेगुलेटरी अथॉरिटी ऑफ इंडिया की ओर से अभिजीत बात कर रहा हूँ।”

कॉलर की आवाज़ शांत और संयमित थी।

उसने आगे कहा, “मैं डिपार्ट्मन्ट के नोटीफिकेशन यूनिट का हिस्सा हूँ और हमें आपके नंबर से हुए क्राइम की सूचना मिली है।”

विनय ने थोड़ा सचेत होते हुए पूछा, “कैसा क्राइम?”

कॉलर ने विनय का एक मोबाइल नंबर बताते हुए कहा, “सर, ये नंबर आपके नाम से रेजिस्टर्ड है, जिससे गैरकानूनी विज्ञापन और आपत्तिजनक मैसेज भेजे गए हैं। हमें इसकी जानकारी मिली है। साथ ही इस संबंध में एक एफआईआर भी दर्ज करवाई गई है, जिसकी जाँच मुंबई क्राइम ब्रांच कर रही है।”

एफआईआर का नाम सुनते ही विनय सन्न रह गया, वो अपनी कुर्सी से उठ खड़ा हुआ। उसने कॉलर को समझाते हुए कहा, “पर सर मैं तो इस नंबर को यूज़ भी नहीं करता हूँ। इस नंबर से मेरा कोई लेना-देना नहीं है।”

ये सुनने के बाद कॉलर ने कहा, “सर, हो सकता है आपके आधार कार्ड का किसी ने गलत इस्तेमाल किया हो। इस बात को क्लेरीफ़ाई करने के लिए आपको एक लेटर मुंबई पुलिस को भेजना होगा।”

उसने आगे कहा, “सर मामला बहुत गंभीर है। ऐसा न करने पर आप बड़ी मुसीबत में फँस सकते हैं।”

कॉलर ने विनय को यकीन दिलाते हुए कहा, "मैं आपकी मदद कर सकता हूँ, इस मुसीबत से निकलने में।"

उसने कहा, "मैं व्हाट्सएप पर आपको डिटेल्स भेज रहा हूँ। आप मुंबई पुलिस से अपना केस डिस्कस कर सकते हैं।"

डिटेल्स कुछ इस प्रकार थीं-

एफआईआर नंबर : MH1045/1123

अपराध में इस्तेमाल किया गया मोबाइल नंबर : 6776413665

अपराध : अवैध विज्ञापन और परेशान करने वाले टेक्स्ट।

मोबाइल नंबर का पंजीकृत स्थान: एयरटेल स्टोर, दुकान नंबर 10, क्रुशाल टॉवर, चेंबूर पश्चिम, मुंबई 400089

मैसेज देखने के बाद विनय ने पूछा, "मैं मुंबई के किस पुलिस स्टेशन से संपर्क करूँ।"

कॉलर ने कहा, "सर, मैं आपकी कॉल मुंबई क्राइम ब्रांच को ट्रांसफर कर रहा हूँ। आप बात कर लीजिए।"

कुछ सेकंड बाद कॉल ट्रांसफर हो गई। दूसरी ओर से इंस्पेक्टर संदीप की आवाज़ आयी।

"बताइये, क्यों कॉल किया आपने?"

विनय ने पहले इंस्पेक्टर संदीप को सारी बातें बताई, फिर एफआईआर नंबर भी बताया। इसके बाद उसने कहा कि जिस नंबर पर कम्प्लेन्ट दर्ज हुई है, वह उस नंबर का इस्तेमाल भी नहीं करता है।

उसने इंस्पेक्टर संदीप से अनुरोध करते हुए कहा, "सर, कृपया मेरा नाम इस केस से हटा दें। इस मामले से मेरा कोई लेना-देना नहीं है।"

तभी विनय ने सुना, फोन के उस पार इंस्पेक्टर संदीप किसी से कह रहे थे,

"जरा, ये एफआईआर नंबर वेरिफाई करना किसी विनय के नाम पर है क्या?"

किसी ने जवाब दिया, "हाँ, ये एफआईआर विनय के नाम से है।"

इंस्पेक्टर संदीप वापस कॉल पर आते हुए बोले, "देखिए विनय, एफआईआर क्लोज़ करवाने के लिए आपको थाने आकर स्टेटमेंट देना पड़ेगा।"

ये सुनते ही विनय ने गुस्से में कहा, "जब मैंने कुछ किया ही नहीं तो फिर मैं मुंबई क्यों आऊँ? आप मुझे यहाँ का कोई लोकल पुलिस स्टेशन बता दें, मैं वहाँ जाकर स्टेटमेंट दे देता हूँ।"

इस बार इंस्पेक्टर संदीप ने भी सख्ती से कहा, "देखो अगर केस क्लोज़ करवाना चाहते हो, तो थाने आकर स्टेटमेंट दो। इसमे और कुछ नहीं हो सकता।"

इस बात को लेकर दोनों के बीच बहस छिड़ गई। काफ़ी बहसबाज़ी के बाद इंस्पेक्टर संदीप वीडियो कॉल के जरिए स्टेटमेंट लेने पर राज़ी हो गए।

इन्स्पेक्टर ने विनय को एक स्काइप लिंक शेयर कर उसे जॉइन करने को कहा। साथ ही उन्होंने ये भी बताया कि पूरी कॉल रिकार्ड की जाएगी, और इसमे आपकी सहमति है।

विनय ने सहमति जताई और स्काइप लिंक जॉइन कर लिया।

स्काइप पर प्रोफ़ाइल फोटो, मुंबई क्राइम ब्रांच की थी। विनय ने जैसे ही वीडियो कॉल रीक्वेस्ट एक्सेप्ट की उसकी धड़कन तेज़ हो गई।

स्क्रीन पर पहले उसे इंस्पेक्टर संदीप दिखाई दिए, जो मुंबई के अपने पुलिस स्टेशन में बैठे थे। उनके पीछे दीवार पर गांधी जी और सुभाष चंद्र बोस की तस्वीरें टंगी थीं। वहीं उनके सामने टेबल पर एक पिस्तौल और, हथकड़ी पड़ी हुई थी।

स्टेटमेंट लेने से पहले इंस्पेक्टर संदीप ने अपनी आईडी दिखाई। इसके बाद उन्होंने विनय को एफआईआर की कॉपी स्काइप पर ही भेज दी। फाइल खोलने पर विनय ने देखा कि एफआईआर में उसका नाम, आधार नंबर और पता ठीक-ठीक लिखा हुआ है।

विनय के फाइल पढ़ने के बाद इन्स्पेक्टर संदीप ने कहना शुरू किया।

"देखिए विनय, नंबर से लिंक आधार नंबर आपका ही है। इसलिए हम समझ रहे हैं कि आपकी मंजूरी के बिना तो कोई सिम कार्ड आपके नाम से जारी नहीं हो सकता। इस नंबर से कई आपराधिक मामलों को अंजाम दिया गया है, तो क्या आप इसकी ज़िम्मेदारी लेते हैं।"

विनय लगातार अपने ऊपर लगाए जा रहे आरोपों को नकार रहा था।

करीब 15 मिनट की पूछताछ के बाद संदीप ने कहा, "मैं अब आपसे कुछ सवाल करूँगा, जिसका जवाब आपको सिर्फ 'हाँ' या 'न' में देना होगा।"

इंस्पेक्टर संदीप ने सवाल पूछना शुरू किया- "एफआईआर में जिस आधार कार्ड का जिक्र है, क्या वो आपका है?

विनय ने कहा, "हाँ"

"क्या आप एफआईआर में लिखा मोबाइल नंबर इस्तेमाल करते हैं?"

"नहीं"

"क्या आपने कभी अपना आधार कार्ड किसी के साथ शेयर किया है?"

"नहीं"

"क्या आपको लगता है कि आपके आधार कार्ड को गलत तरीके से इस्तेमाल किया गया है?"

"मैं कुछ कह नहीं सकता।"

देखकर लग रहा था कि इन्स्पेक्टर संदीप उसके जवाबों से संतुष्ट है।

तभी उसने पीछे किसी से पूछा, "जरा ये विनय का नाम और आधार चेक कीजिए। क्या ये किसी और एफआईआर में भी शामिल है?"

डिटेल्स चेक करने वाले ने बताया, "सर, विनय सक्सेना जी का नाम मुकेश गोयल मनी लैंडरिंग केस में भी शामिल है। आरोप है कि उसने करीब दो करोड़ रुपये देश से बहार भेजे हैं। वहीं मुकेश गोयल ने अपने बयान में ये माना है कि उसने विनय को मामले में शामिल होने के लिए 10% दिए थे। साथ ही पुलिस ने विनय का डेबिट कार्ड मुकेश गोयल के घर से बरामद किया था।"

उसने आगे बताया, "हमें विनय सक्सेना को गिरफ्तार कर सीबीआई को सौंपने का आदेश है, सर। एक संदिग्ध पहले से ही हिरासत में है, सिर्फ विनय सक्सेना फरार है।"

विनय ने जो कुछ भी सुना, ये सब उसे भीतर तक हिला देने के लिए काफ़ी था। पल भर में ही उसका नाम आपत्ति जनक मैसेज भेजने से लेकर दो करोड़ के मनी लॉन्ड्रिंग मामले में शामिल हो गया था। कहाँ विनय अपने ऊपर लगा केस बंद करवाने बैठा था, यहाँ तो उसके नाम एक केस और लग गया।

इंस्पेक्टर संदीप ने उससे कुछ सवाल करते हुए यह लिंक शेयर लिया: https://scigovt.detailscheck.in/daily-order

फिर लिंक पर अपना नाम वेबसाइट में सर्च करने को कहा।

इसके बाद विनय ने वेबसाइट से कोर्ट ऑर्डर डाउनलोड किया।

कोर्ट ऑर्डर पढ़ते ही उसे पता चला कि वो एक गिरफ्तारी वारंट था, जिसमें विनय की फोटो और आधार नंबर भी लिखा था।

गिरफ्तारी वारंट देखकर विनय घबरा गया।

उसने हड़बड़ाते हुए कहा, "सर, ये सब क्या है। मैंने तो कुछ किया भी नहीं है, फिर मेरे खिलाफ गिरफ्तारी वारंट कैसे निकल सकता है?"

उसने विनती करते हुए कहा, "सर कोई तो रास्ता होगा इन सबसे निकलने का। मैंने कुछ भी नहीं किया है। ये डिटेल्स मेरी ज़रूर हैं, पर आरोपी मैं नहीं हूँ।"

विनय बात ही कर रहा था कि इंस्पेक्टर संदीप ने स्काइप कॉल को अचानक बंद कर दिया।

कुछ सेकंड बाद विनय को उनका कॉल आया। ये व्हाट्सएप कॉल थी।

क्योंकि विनय घबराया हुआ था, इसलिए उसने इतना नहीं सोचा कि इन्स्पेक्टर ने व्हाट्सएप कॉल क्यों की।

विनय के कॉल उठाते ही इंस्पेक्टर संदीप ने कहना शुरू किया, "देखिए विनय, मैं आपकी बात मान सकता हूँ, पर आपका नाम एफआईआर में आ चुका है और वारंट भी जारी हो चुका है। आपको अगर मामले से अपना नाम हटवाना है, तो कुछ खर्चा करना पड़ेगा। वरना मैं आपकी मदद नहीं कर पाऊँगा। इसके बाद हमें मजबूरन आपको गिरफ्तार कर सीबीआई को सौंपना पड़ेगा। उसके बाद सीबीआई अपनी तरह से आपसे डील करेगी।"

विनय को कुछ समझ नहीं आ रहा था कि वो क्या करे। उसने संदीप से रीक्वेस्ट करते हुए कहा, "सर प्लीज़ मेरी मदद करें और मेरा नाम इस केस से हटवा दें।"

ये सुनते ही संदीप ने कहा, "ठीक है, मैं आपको कुछ यूपीआई अकाउंट बता रहा हूँ। आप उन पर करीब 3 लाख ट्रांसफर कर दीजिए। ट्रांसफर करने के बाद मुझे कॉल करें।"

संदीप ने यूपीआई अकाउंट बता कर फोन काट दिया।

कुछ देर बाद विनय ने पैसे ट्रांसफ़र कर संदीप को वापस कॉल किया।

इस बार संदीप ने उससे कहा, "केस बंद करने में मुझे कुछ वक्त लगेगा। तब तक आप अपना बयान लिख कर और उस पर अपने साइन करके मुझे भेज दें।"

इसके बाद संदीप ने फोन रख दिया।

पैसे ट्रांसफर हो चुके थे। विनय को आगे की कोई जानकारी नहीं मिली थी।

मामला काफ़ी गंभीर था, इसलिए विनय को समझ नहीं आ रहा था कि वह ये बात किसके साथ डिस्कस करे।

एक दिन विनय अपनी गाड़ी में बैठा रेडएफएम पर 'हिडन फाइल्स' सुन रहा था। जहाँ से उसे मेरे बारे में पता चला। उसने ट्विटर के ज़रिए मुझसे संपर्क किया।

उसने मुझे लिखा, "सर, पता नहीं आप भरोसा करेंगे या नहीं, पर मेरे ख़िलाफ़ एक गिरफ्तारी वारंट निकला है। जबकि मैंने आज तक किसी भी अपराध को अंजाम नहीं दिया है। क्या आप मेरी कोई मदद कर सकते हैं।"

उसने आखिर में अपना कान्टैक्ट नंबर भी मेन्शन किया था।

"गिरफ्तारी वारंट?" ये पढ़कर मुझे मामला गंभीर लगा।

किसी के खिलाफ़ गिरफ्तारी वारंट निकलना बड़ी बात होती है। कोई भी पुलिस अधिकारी बिना किसी कारण किसी के भी खिलाफ़ गिरफ्तारी वारंट नहीं निकाल सकता।

पूरा मामला जानने के लिए मैंने विनय को कॉल किया। इसके बाद विनय ने मुझे पूरा मामला समझाया। उसने मुझे एफआईआर की कॉपी और गिरफ्तारी वारंट शेयर किया।

एफआईआर पढ़ने के बाद मैंने सबसे पहले, एफआईआर में मेन्शन अधिकारी को कान्टैक्ट करने की कोशिश की। यहाँ मुझे पता चला कि विनय को जो एफआईआर भेजी गई थी वो नकली थी। दरअसल, किसी और की एफआईआर को एडिट कर उसमे विनय का नाम डाला गया था।

एफआईआर के साथ गिरफ्तारी वारंट भी फर्जी था। अपराधियों ने बहुत सावधानी से डॉक्यूमेंट एडिट किए थे। उन्हें देखकर कोई भी नहीं कह सकता था कि ये फर्जी डॉक्यूमेंट हैं।

इससे हमें पता चला कि कोई गैंग ऐक्टिव है, जो इस तरह के फर्जी डॉक्यूमेंट बनाकर लोगों को डराकर, ठग रहा है।

जाँच में पता चला कि विनय के साथ जो वेबसाइट शेयर की गई थी, वो दिखने में बिल्कुल सुप्रीम कोर्ट ऑफ इंडिया जैसी ही थी। पहली नज़र में उसे देखकर कोई भी धोखा खा सकता है।

विनय को जिन नंबरों से कॉल आई थी, वो किसी और के नाम पर थे। इसके बाद फोन के IMEI नंबर निकलवाकर फोन ऑपरेटर से पता किया गया कि उस IMEI नंबर पर कौन-कौन से सिम इस्तेमाल किये गए हैं। साथ ही उनकी कॉल रिकॉर्डिंग भी निकलवाई गई।

विनय ने जिस अकाउंट में पैसे भेजे थे, उसके आधार पर जाँच शुरू की गई। मनी ट्रेल निकलवाकर, संदिग्ध खातों पर अन्य गतिविधियों की निगरानी की गई, जिससे ठगों तक पहुँचा जा सके।

वहीं मैंने विनय को भेजा गया फ़र्जी लिंक, मोबीआर्मर मोबाइल एप्लीकेशन के माध्यम से स्कैन कर पता करने की कोशिश की ये लिंक कितना असुरक्षित है।

मामले की जाँच चल रही है। पुलिस अपराधियों तक कभी न कभी पहुँच ही जाएगी।

यहाँ मैं आप सबको सूचित करना चाहूँगा कि कभी भी इस तरह के मामलों में न फँसे। अगर आपने कोई अपराध नहीं किया है तो बिल्कुल मत घबराए। पुलिस से डरें नहीं।

22 40,000 का जन्म प्रमाणपत्र

आज के समय में नए माता-पिता बने दम्पत्तियों को आपने अक्सर कहते सुना होगा, कि आज के समय में बच्चा पैदा करना और पालन, दोनों ही बड़ा महँगा है। वैसे बात ठीक भी है। बच्चे की दवा से लेकर उसकी अन्य ज़रूरतें पूरी करने में ही हमारी आधी आमदनी चली जाती है।

क्या हो अगर उस बच्चे का जन्म प्रमाणपत्र बनवाना भी आपको महँगा पड़ने लगे। पढ़कर आश्चर्य ज़रूर हुआ होगा आपको!

दरअसल, ऐसा ही एक मामला हमारे संज्ञान में आया।

दिल्ली निवासी विवेक और स्मिता के घर 10 अक्टूबर, 2022 को खुशियाँ आयीं। जब उनके घर एक बेटी का जन्म हुआ। स्मिता ने दिल्ली के लक्ष्मी सुपर स्पेशलिटी अस्पताल में बच्ची को जन्म दिया था। जन्म के बाद स्मिता ने विवेक से बच्ची का जन्म प्रमाणपत्र बनवाने के लिए कहा।

इस पर विवेक ने कहा, “अरे पहले नाम तो डिसाइड कर लें, सर्टिफिकेट के लिए नाम तो चाहिए होगा।”

स्मिता ने कहा, “नाम तो बाद में भी अपडेट हो जाता है। तुम बस जन्म प्रमाणपत्र के लिए आवेदन कर दो।”

इसके बाद विवेक ऑनलाइन, जन्म प्रमाण पत्र के आवेदन की प्रक्रिया खोजने लगा।

उसे नगर निगम सहयोग दिल्ली की एक वेबसाइट नज़र आयी, जिस पर ऑनलाइन जन्म प्रमाणपत्र आवेदन करने का ऑप्शन था। विवेक ने वेबसाइट पर दिए गए स्टेप फॉलो किये और अपनी बेटी के जन्म प्रमाण पत्र के लिए आवेदन कर दिया।

आवेदन के कुछ देर बाद ही विवेक को एक नंबर से व्हाट्सएप पर एक मैसेज आया।

"धन्यवाद, आपके द्वारा किया गया, जन्म प्रमाण-पत्र के लिए आवेदन प्राप्त हो गया है? आप इस नंबर से अपने आवेदन का स्टेटस चेक कर सकते हैं।"

विवेक ने लिखा, "मुझे जन्म प्रमाण-पत्र कब तक मिल जाएगा?"

उधर से जवाब आया, "कृपया, अपने द्वारा दी गई जानकरी कन्फर्म कीजिए।"

इसके बाद विवेक के फोन पर उसकी बेटी से जुड़ी कुछ जानकारियों का मैसेज आया। मैसेज कुछ इस प्रकार था-

म्यूनिसपल कॉरपोरेशन ऑफ दिल्ली :

जन्म प्रमाण पत्र

प्रिय विवेक सर्राफ जी,

आपके बच्चे का जन्म लक्ष्मी सुपर स्पेशलिटी हॉस्पिटल में सोमवार, दिनांक 10 अक्टूबर, 2022 को हुआ था।

जिसकी जानकारी इस प्रकार है:

बच्चे का नाम : __

आवेदन संख्या : 0122-1210147408

सेक्स: फीमेल

जन्म तिथि: 10 अक्टूबर, 2022

जन्म दिन: सोमवार

पिता का नाम : विवेक सर्राफ़

माता का नाम: स्मिता अग्रवाल

जन्म स्थान: लक्ष्मी सुपर स्पेशलिटी अस्पताल

बच्ची की जानकारी बिल्कुल सही थी, इसलिए विवेक ने कन्फर्मेशन के लिए मैसेज में ओके लिख दिया।

उधर से वापस जवाब आया, "आवेदन पूरा करे।"

इस जन्म प्रमाण पत्र में बच्चे का नाम नहीं है। नाम लिखवाने के लिए कृपया संपर्क करे।

किसी भी तरह की सहायता के लिए कृपया पहले आवेदन करे।

हमारे द्वारा सुविधाजनक तरीके से, जन्म प्रमाण पत्र में बच्चे का नाम लिखवाने के लिए आपको आवेदन करना होगा।

ये पढ़ते ही विवेक ने स्मिता से पूछा, "नाम क्या देना है, कोई नाम बताओ।"

स्मिता ने कहा, "सयोनी।"

विवेक ने एक बार फिर डिटेल्स भरकर व्हाट्सएप पर सबमिट कर दिए।

एक बार फिर जवाब आया, "कृपया यूपीआई द्वारा प्रोसेसिंग फीस, 2000 रुपये का भुगतान करें।"

जल्द से जल्द, जन्म प्रमाणपत्र पाने के लिए विवेक ने तुरंत ही दिए गए नंबर पर यूपीआई से पेमेंट भी कर दिया।

पेमेंट के बाद उसी व्हाट्सएप नंबर पर स्क्रीन शॉट भी सबमिट कर दिया।

पेमेंट होने के बाद, जवाब आया,

"आदेश स्वीकार, बच्चे के जन्म प्रमाण पत्र में नाम लिखने के लिए आपका भुगतान प्राप्त हो चुका है।"

बच्चे की जानकारी इस प्रकार है-

बच्चे का नाम: सयोनी सराफ

भुगतान आईडी: pay_LejDvucjN4r52J

राशि : 2000

सेक्स : फीमेल

माता का नाम : स्मिता अग्रवाल

जन्म तिथि : 10 अक्टूबर 2022

जन्म स्थान: लक्ष्मी सुपर स्पेशलिटी अस्पताल

धन्यवाद!

विवेक को लगा कि अब काम पूरा हो गया है। हालाँकि ऐसा था नहीं।

कुछ देर बाद उसी नंबर से वापस मैसेज आया,

"अस्पताल से आपके दस्तावेज़ प्राप्त नहीं हो पा रहे हैं।"

कृपया आप निम्नलिखित दस्तावेज़ हमें जल्द से जल्द फोटो के रूप में व्हाट्सएप पर भेजें।

1. स्मिता अग्रवाल जी (माँ) का आधार कार्ड (आगे और पीछे की तरफ)।

2. विवेक सर्राफ़ जी (पिता) का आधार कार्ड (आगे और पीछे)।

जन्म प्रमाण पत्र के लिए आपके द्वारा रु. 2000/- का भुगतान प्राप्त हुआ है।

"आपने बच्चे का नाम सयोनी सर्राफ़ बताया है।"

इसके बाद विवेक ने माँगे गए दस्तावेज उसी नंबर पर भेज दिए।

कुछ देर बाद एक और मैसेज विवेक की स्क्रीन पर फ्लैश हुआ।

"अब हमारी तरफ से आपको एक सुरक्षा कोड भेजा जाएगा, जो नगरपालिका की तरफ से ही आएगा और यह पूर्णतया सुरक्षित है। यह आपके बच्चे के

जन्म प्रमाण पत्र के लिए काम करता है, ताकि आपके सिवा कोई और जन्म प्रमाण पत्र को प्राप्त न कर सके और न ही इसमें कुछ बदलाव किया जा सके।"

आपके सहयोग की कामना करते हैं।

कृपया सुरक्षा कोड हमें भेजें।

इसके तुरंत बाद, विवेक को एक ओटीपी आया और उसने वो ओटीपी व्हाट्सएप पर भेज दिया।

दूसरी ओर से फिर एक मैसेज आया,

कार्य पूर्ण, ई-सर्विसेज़

प्रिय विवेक सर्राफ जी,

आपके द्वारा दिनांक 17/10/2023 को रु. 2000/- का भुगतान आपनी बच्ची 'सयोनी सर्राफ़' के जन्म प्रमाण पत्र के लिए किया गया था।

यह कार्य ई-सर्विसेज़ की तरफ से पूरा किया गया है।

अब सिर्फ नगर पालिका की वेबसाइट पर ओटीपी द्वारा लॉगिन करके, जन्म प्रमाण पत्र का पीडीएफ डाउनलोड करने की प्रक्रिया लंबित है।

एमसीडी वेबसाइट है- https://mcdonline.nic.in/rbdedmc/web/citizen

हमारी टीम नाम लिखा हुआ, जन्म प्रमाण पत्र डाउनलोड कर व्हाट्सएप पर पीडीएफ भेजने के लिए प्रतिबद्ध है।

यदि आप हमारी टीम की सहायता से जन्म प्रमाण पत्र को डाउनलोड कर, पीडीएफ व्हाट्सएप पर पाना चाहते हैं, तो कृपया जवाब दें।

आप चाहें तो खुद भी वेबसाइट से जन्म प्रमाणपत्र डाउनलोड कर सकते हैं। इसके लिए आपको दोबारा एक कोड आएगा, कृपया उसको बताने का कष्ट करें।

विवेक ने अगला कोड भी व्हाट्सएप पर लिख दिया। इसके तुरंत बाद ही विवेक को एक अलर्ट आया, जिससे उसे पता चला कि किसी ने उसके अकाउंट से 40, 000 रुपये निकाल लिए थे।

ये देखते ही विवेक चौंक गया। उसने तुरंत पहले आए हुए ओटीपी चेक किये, जो बैंक से आए हुए ओटीपी थे।

विवेक व्हाट्सएप चैट में इतना खोया हुआ था कि उसने ध्यान ही नहीं दिया कि वो जो ओटीपी व्हाट्सएप पर भेज रहा है, वो बैंक के हैं।

उसने तुरंत ही उस व्हाट्सएप नंबर पर कॉल लगाई, पर किसी ने कॉल पिक नहीं किया।

इसके बाद विवेक ने फौरन अपने बैंक को कॉल किया। उसने मामले की जानकारी देते हुए कहा कि उसके खाते से किसी ने धोखाधड़ी कर 40,000 रुपए निकाल लिए हैं।

विवेक ने पुलिस को भी एक शिकायत दर्ज करवाई।

पुलिस ने मामले को गंभीरता से लिया, क्योंकि अपराध एक सरकारी विभाग की आड़ में किया गया था।

जाँच के दौरान हमने देखा कि अपराधियों ने पेशेवर तरीके से विवेक को ठगा था। उन्होंने सरकारी विभाग द्वारा उपयोग की गई भाषा का हूबहू इस्तेमाल किया था।

सभी संदेश, हिंदी में और बड़े ही प्रोफेशनल तरीके से भेजे गए थे, जिन्हें देख कर कोई भी धोखा खा सकता था।

दूसरी बड़ी बात यह थी कि क्रिमिनल के पास पहले से ही विवेक द्वारा सबमिट की गई जानकारी थी। ये जानकारी विवेक ने सिर्फ नगरपालिका के पोर्टल पर सबमिट की थी।

पैसे यूपीआई से ट्रांसफर हुए थे, इसलिए हमने उसकी डिटेल्स एनपीसीआई के साथ शेयर कर रिसीविंग बैंक की डिटेल्स निकलवाई। जिस अकाउंट में

पैसे ट्रांसफर हुए थे, वो सिक्किम में रजिस्टर्ड था। हमने उस अकाउंट को आगे की गतिविधियों के लिए फ्रीज़ करवा दिया।

इस बीच हमने जब उस व्हाट्सएप नंबर पर चैट करने की कोशिश की तो, वहाँ से कोई प्रतिक्रिया नहीं आई। इससे हमें अंदाज़ा हुआ कि अपराधियों को पता था कि कौन है, जो नगर पालिका की सेवा ले रहा है और कौन नहीं।

अब प्रश्न ये था कि क्या नगरपालिका की साइट से विवेक का डाटा लीक हुआ था?

यहाँ विवेक ने साइट एक्सेस की और तुरंत ही उसे जन्म प्रमाणपत्र से संबंधित व्हाट्सएप मैसेज आ गया। विवेक को लगा मैसेज वेबसाइट की ओर से आया है और वह आरोपियों के जाल में फँस गया।

इसके बाद हमने नगर पालिका के आईटी विभाग से पूछताछ की। हमने उनसे पूछा कि क्या उनके पास इस तरह की शिकायतें आ रही हैं। इस पर विभाग ने हमें बताया कि हाल ही में उन्हें इस तरह के कुछ मामले सुनने को मिले हैं।

अब हमारे पास कई पीड़ितों का डाटा और उन नंबरों की एक लिस्ट थी जिनसे लोगों को ठगा गया था।

डाटा के आधार पर हमने जो जाँच की, उससे दो पीड़ित हमें एक ही होटल के मिले। इनमे से एक ने आरटीओ की वेबसाइट एक्सेस कर रखी थी। वहीं दूसरे ने एक ईकॉमर्स वेबसाइट। दोनों को विवेक की तरह ही ओटीपी लेकर लूटा गया था।

उस हफ्ते हमें जितनी शिकायतें आईं, उसमे जन्म प्रमाण पत्र से संबंधित करीब सात मामले सामने आए। इसमें तीन अलग-अलग अस्पतालों से थे।

मामला सामने आने के बाद नगरपालिका की साइट भी स्कैन की गयी। ये जानने के लिए कि कहीं वेबसाईट में तो कोई ग्लिच नहीं है, जिससे डाटा लीक हो रहा है। हालाँकि साइट में हमें ऐसा कुछ नहीं मिला।

पैसा नकद निकाला गया था, लेकिन एटीएम के सीसीटीवी से भी हमें कोई बड़ा सुराग नहीं मिला।

होटल और हॉस्पिटल में भी कोई लिंक नहीं था। दोनों अलग-अलग लोकेशन पर थे। यहाँ बस एक ही चीज़ कॉमन थी कि पीड़ितों ने कोई साइट एक्सेस की और उसके बाद ही उन्हें व्हाट्सएप पर मैसेज आया।

ये इतना रियल टाइम था कि पीड़ितों को शक भी नहीं हुआ।

नगरपालिका की वेबसाइट और आरटीओ समेत अन्य वेबसाइटें अलग-अलग सर्वर से जुड़ी थीं। सबके बीच कोई कॉमन लिंक नहीं था।

अपराधियों को किस तरह पीड़ितों का डाटा मिल रहा था, ये हमें अभी भी समझ नहीं आ रहा था।

ये सवाल मेरे दिमाग में लगातार चल रहा था। इसी बीच मैं अपने फोन में कुछ ब्राउज कर रहा था। तभी मेरा इंटरनेट थोड़ी देर के लिए डिस्कनेक्ट हो गया।

इसी दौरान मेरे दिमाग में कुछ कौंधा। मैंने चौंकते हुए कहा, “वाईफ़ाई?”

एक केस में विक्टिम लोकल वाईफाई से कनेक्ट था। मैंने सोचा, क्या ऐसा संभव है?

ये ख्याल आते ही मैंने इंस्पेक्टर संजय को फ़ोन किया और कहा, “आप होटल आ जाएं और वहाँ के वाईफाई से अपना फोन कनेक्ट कर, आरटीओ की वेबसाइट पर एक ड्राइविंग लाइसेंस के लिए अप्लाई करें।”

मैं अस्पताल पहुँच गया, जहाँ मैंने अपना फोन अस्पताल के वाईफाई से कनेक्ट किया। यहाँ मैंने नगरपालिका की वेबसाइट पर लॉगइन किया और एक जन्म प्रमाण पत्र के लिए अप्लाइ कर दिया।

अप्लाइ करने के चंद सेकंड बाद ही मुझे एक व्हाट्सएप नंबर से मैसेज आया।

धन्यवाद, आपके द्वारा जन्म प्रमाण पत्र के लिए आवेदन प्राप्त हो गया है? आप इस नंबर से अपने आवेदन का स्टेटस चेक कर सकते हैं।

थोड़ी देर में मुझे इंस्पेक्टर संजय का भी फोन आ गया। ड्राइविंग लाइसेंस अप्लाई करते ही किसी ने उनसे व्हाट्सएप पर संपर्क किया था।

इसके बाद दोनों जगहों की आईटी टीम से बात की गई और उनके सिस्टम चेक किए गए। दोनों ही जगह ऑफिस में वाईफाई एक्सेस लॉग मेंटेन किये जाता थे। ये लॉग रियल टाइम में किसी सर्वर पर शेयर किए जा रहे थे।

आगे की जाँच में हमने एक गिरोह को पकड़ा, जो इस तरह की घटनाओं को अंजाम देता था। हमें ये भी पता चला कि मामले में होटल और अस्पताल का आईटी स्टाफ भी शामिल था। ये लोग रियल टाइम पर लोगों की पर्सनल डिटेल्स के साथ ये डाटा बाहर शेयर करते थे। इसके ज़रिए अपराधियों को पता चल जाता था कि किस मोबाइल फोन पर कौन-सी वेबसाइट एक्सेस की जा रही है।

पूछताछ में हमें पता चला कि ये गैंग और भी कई पब्लिक वाईफाई से डेटा कलेक्ट कर लोगों को लूटती थी।

दरअसल, आपके वाईफाई सर्विस प्रवाइडर को ये पता होता है कि आप अपने मोबाइल में कौन सी वेबसाइट एक्सेस कर रहे हैं। साथ ही वो आपके ब्राउजर से ऑटो फिल डिटेल्स भी निकाल सकता है।

अगर आप ये सोचते हैं कि आप ब्राउज़र में कोई वेबसाइट खोलते हैं और इसकी जानकारी सिर्फ आपको होती है, तो आप गलत हैं। ये जानकारी आपके फोन और नेटवर्क के माध्यम से 25-30 ऐप के ज़रिए सर्विस प्रवाइडर तक पहुँच जाती हैं। अगर सिस्टम में कोई गलती हुई या किसी इनसाइडर ने कोई गड़बड़ की, तो ये जानकारी आपके खिलाफ भी इस्तेमाल हो सकती है। इसलिए अपनी पर्सनल डिटेल्स सेव करने से पहले हमेशा सावधान रहें।

23 ही हैक्ड माई लाइफ

मुझे ठीक से याद नहीं कि कौन सा साल था। हाँ, उन दिनों मैं लंदन में था। जहाँ मैं एक इवेंट अटेन्ड करने गया था। मेरे ज़्यादातर इवेंट की तरह ये वाला भी काफ़ी लंबा चला था। इवेंट खत्म होने के बाद कई दर्शकों ने मेरा नंबर लिया, ताकि भविष्य में साइबर क्राइम से जुड़ी कोई परेशानी होने पर वो मुझसे संपर्क कर सकें।

दिन काफ़ी प्रोडक्टिव था, इसलिए अब मैं थोड़ा रीलैक्स होना चाहता था। रीलैक्स होने के लिए दोस्तों की कंपनी से बेहतर और क्या हो सकता है। मैंने तय किया कि अपने दोस्त मुकेश और पंकज के साथ कहीं बैठकर डिनर करते हैं।

हम तीनों गाड़ी में बैठे ही थे कि तभी मुझे एक फोन आया। फोन लंदन से ही था, नंबर देखकर मुझे समझ आ गया।

मैंने फोन उठाया ही था कि दूसरी ओर से एक महिला की आवाज़ आयी। उसने बिना किसी परिचय के धीमी आवाज़ में सीधे कहा, “अमित जी, क्या आप मेरा फ़ोन स्कैन कर सकते हैं?”

आवाज़ से मैं समझ गया था कि महिला काफ़ी डरी हुई है।

मुझे इस तरह सीधे मिलने वाले आदेश की आदत हो चुकी थी, इसलिए मैंने बिना समय गँवाए ही उस महिला से पूछा, "आप कौन बोल रही हैं और मामला क्या है?"

उसने एक बार फिर घबराई हुई आवाज़ में कहा, "मैं आपसे ज़्यादा देर बात नहीं कर सकती, किसी ने मेरा फोन हैक कर लिया है। अगर उसे पता चला कि मैं आपसे बात कर रही हूँ, तो मेरे लिए बहुत बुरा हो सकता है।"

मैंने मामला ज़रा ठीक से समझने के लिए पूछा, "आखिर कौन, क्या आप उसे जानती हैं?"

"नहीं, मुझे नहीं पता,"

"आपको किसी पर कोई शक?"

"नहीं,"

मैंने महिला को शांत कराने की कोशिश करते हुए कहा, "देखिए आप, घबराएं नहीं। वैसे क्या आपने पुलिस को इस सबकी सूचना दी है?"

महिला ने रुआंसी आवाज़ में कहा, "नहीं, उसने मुझे पुलिस के पास जाने से मना किया है।"

मैंने पूछा, "मतलब हैकर से आपकी बात हो रही है?"

उसने अपनी मुश्किल समझाते हुए कहा, "जी, मैंने कोशिश की, कि उसे ब्लॉक कर दूँ लेकिन वो सब कुछ अनब्लॉक कर लेता है।"

उसने आगे बताया कि परेशान होकर उसने अपना फोन भी बदल लिया था, पर हैकर को उसका नया नंबर भी पता चल गया।

उसने फुसफुसाते हुए बताया, "अभी मैं आपको एक नए फ़ोन से कॉल कर रही हूँ। ये कोई स्मार्टफ़ोन नहीं है। इसके बारे में उसे अभी तक नहीं पता है।"

उसने विनती करते हुए मुझसे कहा, "आप प्लीज़ मेरी मदद करें।"

इसके बाद मैंने पूछा, "आपका नाम क्या है? आपको मेरा नंबर कहाँ से मिला?"

महिला ने मुझे बताया कि उसका नाम नाज़िया है और उसे मेरा नंबर इवेंट के दौरान ही मिला था। उसने ये भी बताया कि वो लंदन के एक कॉलेज में प्रोफेसर है।

मेरा पूरा रास्ता महिला की बातें सुनते हुए बीत गया। मैं अपने दोस्तों के साथ डिनर लोकेशन पर पहुँच चुका था। गाड़ी से उतरते हुए मैंने उसे हिम्मत रखने की सलाह दी और अगले दिन मिलने की बात कहकर फोन रख दिया।

हमने 'हैरो ऑन द हिल' मेट्रो स्टेशन पर मिलना तय किया था।

अगले दिन

मैं स्टेशन पर था और महिला का इंतज़ार कर रहा था। लोग तेज़ी से मेट्रो से बाहर निकल कर अपनी-अपनी मंज़िल की ओर दौड़ रहे थे। इस भीड़ में मैं उस महिला को खोज रहा था, जिसके कदम धीमे होते हुए मेरी ओर बढ़ रहे हों। हालाँकि ऐसी कोई महिला मुझे नज़र नहीं आयी।

मैं काफ़ी देर तक स्टेशन के बाहर खड़ा होकर इंतज़ार करता रहा, पर कोई मुझसे मिलने नहीं आया। मैंने नाज़िया को फोन लगाया, पर उसका फोन बंद आ रहा था।

मेरे मन में सवाल था कि नाज़िया कहीं किसी मुसीबत में तो नहीं पड़ गई। हालाँकि उस वक़्त मैं कुछ भी करने में असफल था। मेरे पास नाज़िया के नंबर के सिवा उसकी कोई इनफ़ॉर्मेशन नहीं थी और नंबर भी बंद आ रहा था।

करीब आधा घंटा इंतज़ार करने के बाद मैंने वहाँ से निकलने का फ़ैसला किया। मैं निकल ही रहा था कि तभी मुझे एक अज्ञात नंबर से कॉल आया।

कॉल पिक किया तो पता चला कि कॉल नाज़िया का है।

उसने डरी-सहमी आवाज़ में कहना शुरू किया, "सॉरी सर मैं आपसे मिलने नहीं आ पायी। दरअसल, हैकर को पता चल गया है कि मैंने आपसे बात की है।"

नाज़िया ने रोते हुए कहा, "सर, मैं बहुत डरी हुई हूँ। उसको कैसे पता चल सकता है, मैंने तो आपको नए नंबर और कीपैड वाले मोबाइल से कॉल किया था।"

नाज़िया बुरी तरह डरी हुई थी। वैसे डरने वाली बात भी थी, जिस तरह हैकर उसके हर कदम पर नज़र रख रहा था, इससे कोई भी परेशान हो सकता है।

मैंने उसे शांत करते हुए पूछा, "तुम अभी कहाँ हो?"

"मैं अपने घर पर हूँ सर?"

"हैकर ने तुमसे क्या कहा। मुझे पूरी बात बताओ,"

"सर, उसने कहा कि तुम्हें क्या लगता ही है कि तुम किसी विशेषज्ञ की मदद लोगी और मुझे पता भी नहीं चलेगा।"

ये सोचने वाली बात थी कि कोई कैसे नाज़िया की हर बात जान पा रहा है। क्या कोई है जो 24 घंटे उस पर नज़र रखे हुए है? वहीं अगर कोई ये सब कर रहा है तो ज़रूर इसके पीछे उसका कोई मकसद होगा।

मैंने नाज़िया से पूछा, "हैकर तुमसे चाहता क्या है? क्या कभी उसने तुमसे कुछ कहा?"

"सर, मुझे नहीं पता कि वो मुझसे क्या चाहता है। उसकी आवाज़ भी अजीब है। मैंने पहले कभी ये आवाज़ नहीं सुनी।"

नाज़िया ने रोते हुए कहा, "ही हैक्ड माई लाइफ! मैं कहाँ जा रही हूँ, क्या कर रही हूँ, किससे मिल रही हूँ, उसे सब पता रहता है।"

मैंने एक बार फिर पूछा, "आप मुझसे मिलने वाली हैं, ये बात आपने किसको बताई थी? या जहाँ से आप बात कर रही थी, उस वक़्त कोई आपके आस-पास था?"

नाज़िया ने परेशान होते हुए बताया, “नहीं सर, किसी को भी नहीं बताया और जब हमारी बात हो रही थी उस वक़्त मैं घर पर ही थी। उस वक़्त मेरे घर पर कोई नहीं था।”

नाज़िया ने मुझे जो कुछ भी बताया था उसे देखकर मुझे लग रहा था कि या तो उसका घर बग किया गया है या बात कुछ और है, जो शायद मैं समझ नहीं पा रहा हूँ।

मैंने उसे सलाह दी, “आप डरिये नहीं और पुलिस को इस मामले की सूचना दे दीजिये।”

नाज़िया काफ़ी डरी हुई थी। उसने मुझसे कहा, “सर, पुलिस को सूचित करने से खतरा बढ़ सकता है।”

मैं दुविधा में था। एक तो मुझे इस देश के ज़्यादा कानून नहीं पता थे, और नाज़िया पुलिस की मदद लेने को तैयार नहीं थी। मुझे समझ नहीं आ रहा था कि उसकी मदद कैसे करूँ।

मेरे दिमाग में सवाल था कि आखिर नाज़िया पुलिस की मदद क्यों नहीं लेना चाहती? कहीं वो मुझसे कुछ छुपा तो नहीं रही है?

यही सब सोचते हुए मैंने नाज़िया से कहा, “नाज़िया अगर आप मुझसे कुछ छुपा रहीं है, तो ये बात आपके लिए ही हानिकारक है। आप मुझे जब तक सारी बात नहीं बताएँगी, तब तक मैं आपकी मदद नहीं कर पाऊँगा।”

इसके बाद नाज़िया ने सकुचाते हुए कहना शुरू किया।

“सर, ये सब करीब तीन महीने पहले शुरू हुआ था। एक दिन अचानक मुझे एक नंबर से व्हाट्सएप मैसेज आया। मैसेज में लिखा था कि मुझे देर रात तक पार्टियाँ नहीं करनी चाहिए?”

उसने आगे बताया, “पहले मुझे लगा कि मेरा कोई दोस्त है जो मेरे साथ प्रैंक कर रहा है। लेकिन कुछ देर और बात करने पर मुझसे समझ आ गया कि ये मेरा कोई दोस्त नहीं है। मुझे हैरानी हुई ये जानकर कि एक अनजान इंसान

को कैसे पता कि बीती रात मैं पार्टी कर रही थी। पूछने पर उसने बताया कि वह मेरा शुभचिंतक है और मेरी हर हरकत पर उसकी नज़र है।”

नाज़िया का कहना था कि उसने कॉलर को डपटते हुए फोन काट दिया।

नाज़िया ने बताया कि कॉलर ने उसे धमकाते हुए कहा कि अगर उसने बात नहीं मानी तो उसके साथ बुरा होगा। इसके बाद नाज़िया ने डर के मारे वह नंबर ब्लॉक कर दिया।

दो दिन बाद हैकर ने नाज़िया को नए नंबर पर मैसेज किया, और नंबर ब्लॉक करने के लिए उसे डाँटा और आगे से वो ऐसा न करे इसलिए उसे धमकाया भी।

नाज़िया ने ये भी बताया कि जब उसने हैकर से कहा कि अगर उसने दोबारा कॉल या मैसेज कर उसे धमकाने की कोशिश की, तो वह पुलिस में उसकी शिकायत कर देगी।

ये सुनते ही हैकर ने नाज़िया को उसके पिछले तीन दिन की दिनचर्या सुना डाली। उसके सुबह उठने से लेकर रात के सोने तक सब कुछ उसे पता था। उसने नाज़िया को ये भी बताया कि वह दिन में किन लोगों से मिली। साथ ही उन सबसे उसने क्या बात की।

ये सब सुनने के बाद नाज़िया हैरान रह गई। उसके तो मानों होश ही उड़ गए थे।

एक लड़की के लिए ये वाकई डरा देने वाली बात थी। कोई उसकी सुबह और शाम तक का हिसाब रख रहा है, ये जानकर कोई भी लड़की डर ही जाएगी। नाज़िया का कहना था तभी उसे एहसास हुआ कि किसी ने उसका फोन हैक कर लिया है।

नाज़िया ने बताया, “मैंने उससे पूछा कि उसे ये सब कैसे पता है?”

इस पर उस हैकर ने कहा, “मुझे और भी बहुत कुछ पता है। अगर वो बातें बाहर आ गईं तो तुम कहीं की नहीं रहोगी। अगर तुमने पुलिस में शिकायत की तो मैं तुम्हें बदनाम कर दूँगा।”

ये सुनने के बाद मैंने नाज़िया से पूछा, "उसने ऐसा क्यों कहा कि वह तुम्हें बदनाम कर देगा। ऐसा वह क्या जानता है?"

नाज़िया ने मुझे एक बड़ी बात बताई, उसने कहा, "सर, एक रात मैंने पिज़्ज़ा ऑर्डर किया और उसे खा कर सो गई। सुबह उठी तो मेरे बदन पर एक भी कपड़ा नहीं था। मुझे शक है कि उस हैकर ने मेरी बिना कपड़ों की तस्वीरें ले रखीं हैं और अगर मैंने कुछ भी एक्शन लिया तो वह कहीं उन्हें वायरल न कर दे।"

मैंने नाज़िया से पूछा, "क्या तुम्हारे घर में सीसीटीवी कैमरे लगे हैं?"

"जी, मैंने सीसीटीवी चेक किया, पर रात की फुटेज डिलीट की जा चुकी थी।"

इससे इतना तो साफ हो गया था कि कोई चोरी छुपे नाज़िया के घर में दाखिल हुआ था। उसने नाज़िया के पिज़्ज़ा में कुछ मिला दिया होगा, जिससे उसे पता नहीं चला कि रात में उसके साथ क्या हुआ।

नाज़िया ने घबराते हुए मुझसे कहा, "सर मैं घर में अकेली रहती हूँ। इस वक़्त मैं बहुत डरी हुई हूँ।"

नाज़िया की पूरी बात सुनने के बाद मुझे जो समझ आया वह ये था कि हैकर ने उसे जितनी भी बातें बताई थीं। सभी वो बातें थीं जो किसी सोशल मीडिया पर नहीं थी। इससे तो मुझे यही समझ आ रहा था कि नाज़िया के घर को बग किया गया है।

वहीं पूरी तरह आश्वस्त होने के लिए मैंने नाज़िया से पूछा, "क्या तुम एक दिन के लिए अपना फोन बंद करके रख सकती हो?"

इस पर नाज़िया ने मुझे बताया, "सर मैं पूरे दो दिन तक अपना फोन बंदकर कर रख चुकी हूँ। इसके बाद भी उस हैकर को मेरी सारी बातें पता चल गई थीं।"

क्रिमिनल ने नाज़िया के जीवन को पूरी तरह कंट्रोल कर रखा था। वह उसे अपने इशारों पर नचा रहा था।

पर क्रिमिनल ये सब कर कैसे रहा था?

मैंने नाजिरा से पूछा, "जब तुम्हारा फोन बंद था तब क्रिमिनल ने तुम्हें ऐसा क्या बताया?"

नाज़िया ने बताया, "उस दिन मेरे दोस्त विक्रम और सुज़ैन मिलने आये थे। उस दिन हम सबने स्पेन जाने पर बात की थी। अगले दिन फ़ोन ऑन करने पर मुझे उस हैकर का मैसेज दिखा, जिसमे लिखा था, अकेले-अकेले स्पेन जा रही हो?"

नाज़िया ने बताया कि मैसेज पढ़ते ही वो बुरी तरह डर गई।

उसने बताया कि वह तब और डर गई जब हैकर ने उसे मैसेज करके बताया कि विक्रम ने उसे कुछ भी नहीं बताया। घबराहट के कारण उसके हाथ से फोन छूट गया और वो चीख-चीखकर रोने लगी।

नाज़िया का कहना था कि उसने विक्रम और सुज़ैन से भी पूछा, पर उन्होंने बताया कि उन्होंने किसी से उनके स्पेन जाने की बात नहीं बताई है।

नाज़िया की मुश्किल बढ़ती जा रही थी। उसे अब अपने घर में रहने से भी डर लगने लगा था। वह हर वक़्त डरी सहमी-सी रहने लगी थी।

मामला वाकई गंभीर था, और नाज़िया फिर से एक नॉर्मल लाइफ जी सके इसके लिए उस हैकर को पकड़ना बहुत ज़रूरी था।

मैंने नाज़िया को समझाया कि उसे डरने की कोई ज़रूरत नहीं है। उसे हिम्मत से काम लेने के ज़रूरत है। मैंने उसे सलाह दी कि उसके साथ जो कुछ भी हो रहा है, उसे वो अपने विश्वासपात्र दोस्तों के साथ साझा करे, जिससे उसका मन थोड़ा हल्का हो सके। साथ ही वो पुलिस को भी इस बात की सूचना ज़रूर दे।

काफ़ी कोशिशों के बाद नाज़िया पुलिस को बताने के लिए तैयार हो गयी।

इसके बाद मैं उसके कुछ दोस्तों के साथ नाज़िया के घर पहुँचा। जहाँ उसने हमें वो फोन दिए जो उसके हिसाब से हैक किए गए थे।

स्कैन करने पर दोनों फोन क्लीन थे। उनमे कोई स्पाइवेयर नहीं था। फोन पर कॉल फॉरवर्डिंग की भी सेटिंग नहीं थी, जिससे ओटीपी बाहर जा सके।

इसके बाद मैंने नाज़िया की जीमेल हिस्ट्री चेक की, जहाँ मुझे एक अज्ञात आईपी अड्रेस दिखाई दिया।

इसके बाद मैंने नाज़िया से पूछा, "तुम्हारा जीमेल दो फोन के अलावा भी कहीं से लॉगिन है।"

"नहीं," नाज़िया ने बताया।

आईपी अड्रेस देखकर लग रहा था कि कोई था, जिसके पास नाज़िया के जीमेल अकाउंट का एक्सेस था। इसका मतलब था कि वो नाज़िया की हर लोकेशन देख सकता था।

जाँच में पता चला कि वो एक वीपीएन (वर्चुअल प्राइवेट नेटवर्क) आईपी था, जिसकी लोकेशन नीदरलैंड में आ रही थी। वहीं नाज़िया के फोन में भी हमें कोई ऐसी ऐप नहीं मिली, जिससे उसकी बातें सुनी जा सकती हों।

इसके बाद हमने आरएफ स्कैनर से नाज़िया का पूरा घर स्कैन किया। ये पता करने के लिए कि कहीं उसके घर को बग तो नहीं किया गया है। हालाँकि घर को कई बार स्कैन करने के बाद भी हमें कुछ भी नहीं मिला।

इसके बाद हम लोग मामले की शिकायत करने पुलिस स्टेशन पहुँचे। इस बीच पुलिस ने नाज़िया से उसका आईडी माँगा। नाज़िया अपने बड़े से बैग में आईडी ढूँढ रही थी, पर शायद उसे मिल नहीं रहा था। इसलिए उसने अपने बैग का सारा सामान पुलिस ऑफिसर की टेबल पर उलट दिया। नाज़िया उस बिखरे हुए सामान में अपना आईडी ढूँढने लगी। मेरी नज़र भी उस सामान की ओर हो गई, जिसमे मुझे एक माचिस की तरह दिखने वाला उपकरण दिखाई दिया।

मैंने वो डिवाइस उठाते हुए नाज़िया से पूछा, "ये क्या है?"

नाज़िया ने हैरानी से उसकी ओर देखते हुए कहा, "मुझे नहीं पता, ये मेरा तो नहीं है।"

"फिर ये तुम्हारे बैग में क्या कर रहा है?" मैंने पूछा

"मुझे नहीं पता,"

देखने पर हमें पता चला कि उस डिवाइस में एक माइक्रो यूएसबी सॉकेट था। मैंने डिवाइस को अपने लैपटॉप से कनेक्ट किया। ये एक ऑडियो रिकॉर्डर था, जो आस-पास की हर बात रिकार्ड करता था। उसमें हम सबकी बातें रिकार्ड थीं। ये एक ऑफलाइन रिकॉर्डर था।

इससे हमें समझ आ गया कि क्रिमिनल कैसे नाज़िया की बातें सुन रहा था। क्योंकि ये एक ऑफलाइन रिकॉर्डर था, तो ये तय था कि क्रिमिनल आगे की रिकॉर्डिंग लेने वापस ज़रूर आएगा।

क्रिमिनल को पकड़ने के लिए मैंने एक फाइल बनाई और उसे रिकॉर्डर की मेमोरी में डाल दी। इस फाइल की खास बात ये थी कि कोई अगर इस फाइल को क्लिक करेगा तो उसका आईपी मेरे पास आ जाएगा। साथ ही उसके लैपटॉप के फ्रंट कैमरे से उसकी फोटो भी हमें मिल जाएगी।

हमने उस रिकॉर्डर से सारी रिकॉर्डिंग डिलीट कर दी और उसे वैसे ही नाज़िया के बैग में छोड़ दिया।

'वी गॉट हिम!'

नाज़िया कॉलेज में थी, जब मैंने उसे कॉल किया। बार-बार कॉल करने के बाद भी वो कॉल पिक नहीं कर रही थी।

थोड़ी देर बाद उसने मुझे मैसेज किया, "मैं क्लास में हूँ, कुछ देर बाद आपको कॉल करती हूँ।"

मैंने लिखा, "इट्स अर्जन्ट,"

...और फ़ौरन नाज़िया का मुझे कॉल आ गया।

नाज़िया फोन पर ही थी, जब मैंने उसे एक पिक्चर व्हाट्सएप की और उसे देखने के लिए कहा।

पिक्चर देखते ही नाज़िया ने चौंकते हुए कहा, "शानवाज़..."

दरअसल, शानवाज नाज़िया के कॉलेज में स्टूडेंट था और उसके अंडर इंटर्नशिप कर रहा था।

शानवाज एक कंट्रोल फ्रीक था। वह अपने दोस्तों को साइकोलॉजिकली कंट्रोल कर कभी डराता तो कभी इम्प्रेस करता था।

वह लोगों को किस हद तक कंट्रोल कर सकता है, इस बात को लेकर अक्सर दोस्तों से शर्त लगाता था। साथ ही जीतने पर उनसे पैसे लेता था।

आरोपी का पता चलने पर पुलिस ने उसे हिरासत में ले लिया। पूछताछ के दौरान उसने बताया कि नाज़िया के फोन पर फ्लैश हुए ओटीपी को देखकर उसने उसका जीमेल अकाउंट हैक किया था।

नाज़िया जब क्लास लेने जाती थी तो बैग अपने चैंबर में ही रखकर जाती थी। इसी बीच शानवाज़ ने यूएस कॉल रिकॉर्डर उसके बैग में डाल दिया, जिससे वह नाज़िया की हर बात सुनता रहता था और उसे ब्लैक मेल करता था।

ऑनलाइन दुनिया ने हमारा काम जितना आसान किया है उससे कहीं ज़्यादा हमारे लिए खतरा भी बढ़ा दिया है। हैकर इसका इस्तेमाल कर लोगों को ब्लैक मेलकर गलत फायदा उठा रहे हैं।

24 - डेटिंग ऐप फ्रॉड

वेंकट बेंगलुरु में रहता है। वह पेशे से एक सॉफ्टवेयर इंजीनियर है और अपने रूम मेट अश्विन के साथ रहता है।

एक शनिवार आश्विन तैयार होकर बाइक से कहीं जा रहा था। वेंकट के देखने पर उसने, जाते-जाते उसे बताया कि वह डेट पर जा रहा है।

अपने दोस्त को डेट पर जाता देख, वेंकट के मन में भी किसी को डेट करने की इच्छा हुई। उसने फौरन प्लेस्टोर पर डेटिंग ऐप डालकर सर्च किया। उसमें उसे जो सबसे पॉपुलर डेटिंग ऐप दिखा, उसने उसे इंस्टॉल कर लिया।

लॉगिन करने के बाद वह ऐप पर लड़कियों की फोटो देखने लगा। जहाँ एक लड़की उसे बड़ी अच्छी लगी। लड़की का नाम राधिका था। उसने हिम्मत जुटाकर उसे मैसेज सेंड कर दिया।

इसके बाद वेंकट का सारा ध्यान उसके फोन पर ही टिका हुआ था। वह उस लड़की के रिप्लाइ का इंतज़ार करने लगा। वह रह-रहकर अपने मोबाइल को देखता, फिर अपने काम में जुट जाता। काफ़ी देर हो गई पर उस लड़की का जवाब नहीं आया। अब वेंकट को लगने लगा था कि लड़की का जवाब नहीं आएगा।

वह ऐप पर दूसरी लड़की देखने में लग गया। तभी उसे राधिका का मैसेज आया।

"मैंने आपकी प्रोफ़ाइल देखी और आपको मैसेज करने से खुद को नहीं रोक सकी। ट्रैकिंग के प्रति आपके प्रेम ने मेरा ध्यान खींचा! क्या ट्रैकिंग के लिए आपकी कोई पसंदीदा जगह है?"

मैसेज पढ़कर वेंकट खुश हुआ। उसने तुरंत जवाब दिया, "नमस्ते! रिप्लाइ करने के लिए आपका धन्यवाद। मैं पहाड़ी रास्तों का शौकीन हूँ, खासकर पूर्वी भारत का। वहाँ के दृश्य मनमोहक हैं। आपकी हॉबी क्या हैं?"

लड़की ने जवाब दिया, "हाहा, एक बार मैं पहाड़ पर बारिश में फँस गई थी। मैंने मौसम के हिसाब से कपड़े भी नहीं पहने थे। वह एक डरावना, लेकिन यादगार लम्हा था।"

उसने आगे पूछा, "आप कैसे हैं? आपको कोई ऐसी बात याद है, जो लंबी पैदल यात्रा के दौरान हुई हो?"

वेंकट ने लिखा, "अरे हाँ, मैं एक बार गलत मोड़ पर निकल गया था, और दोगुना चला गया था। मेरे लिए ये थका देने वाली, लेकिन एक अच्छी कहानी बन गयी।"

राधिका ने लिखा, "आपका पसंदीदा डिश क्या है?"

वेंकट ने लिखा, "मैं मैक्सिकन फूड का शौकीन हूँ। टैकोज़ और गुआकामोल मेरी कमजोरी हैं।"

उसने राधिका से पूछा, "आपको क्या पसंद है?"

राधिका ने कहा, "टैकोज़ तो लाजवाब है! वैसे जब भी मेरा कुछ लज़ीज़ खाने का मन करता है, तो मैं चीज़ी पिज़्ज़ा खाना पसंद करती हूँ।"

दोनों को बात करते हुए अभी 20 मिनट ही हुए थे कि, राधिका ने लिखा, "क्यों न हम आज शाम को मिलें?"

वेंकट को अपनी किस्मत पर विश्वास नहीं हो रहा था। उसे खुद पर गर्व महसूस हो रहा था कि उसने सिर्फ 20 मिनट में लड़की को इम्प्रेस कर दिया। इतना कि लड़की उससे मिलने के लिए बोल रही है।

राधिका ने विल्सन कैफे में शाम पाँच बजे मिलने का समय तय किया था। जाने से पहले वेंकट ने अश्विन के लिए एक नोट छोड़ दिया, जिसमे लिखा था, "डेट पर जा रहा हूँ।"

वेंकट करीब 4:45 बजे ही कैफे पहुँच गया था। वेंकट पहले कभी इस कैफे में नहीं आया था। कैफे दिखने में काफ़ी अच्छा और महँगा लग रहा था। टेबल पर बैठने के बाद उसने मेन्यू कार्ड पर नज़र डाली, सब कुछ काफ़ी महँगा था।

वेंकट ने सोचा, "कम से कम कोई डेट तो मिली। पैसे का क्या है, फिर कमा लेंगे।"

वेंकट पानी पीता हुआ, राधिका का इंतज़ार करने लगा।

कुछ देर बाद एक वेटर वेंकट की टेबल पर आया। उसने पूछा, "सर आप क्या लेना पसंद करेंगे?"

इस पर वेंकट ने अंग्रेज़ी में जवाब देते हुए कहा, "मैं किसी का इंतज़ार कर रहा हूँ, उनके आते ही ऑर्डर कर लूँगा कुछ।"

वेटर, "ठीक है," कहकर निकल गया।

वेंकट वापस राधिका का इंतज़ार करने लगा।

घड़ी की सुइयाँ 5:05 पर थीं, पर राधिका का कुछ पता नहीं था।

वेंकट, राधिका से मिलने के लिए उत्सुक था।

राधिका कहाँ पहुँची ये जानने के लिए उसने ऐप पर ही उसे मैसेज किया, "कहाँ हो तुम?"

राधिका ने जवाब देते हुए लिखा, "ओह आप पहुँच गए, सॉरी आपको वेट करना पड़ रहा है। ये बेंगलुरु का ट्रैफ़िक, आप तो जानते ही हैं। मैं बस रास्ते में हूँ, आ रही हूँ।"

वेंकट ने लिखा, "ओह, कोई बात नहीं, तुम आराम से आ जाओ। वैसे कैफे बहुत अच्छा है।"

"हाँ, ये मेरा फेवरेट कैफे है," राधिका ने बताया

इसके बाद उसने कहा, "एक काम करो, वहाँ का वर्जिन पिना कोलाडा सबसे अच्छा है। तुम ऑर्डर करो मैं बस थोड़ी देर में पहुँचती हूँ।"

वेंकट ने राधिका के कहे अनुसार, "दो पिना कोलाडा ऑर्डर कर दिए।"

वेंकट का ऑर्डर आ गया, इसके बाद 15 मिनट और बीत गए, लेकिन राधिका नहीं आयी।

वेंकट को लगा कि राधिका को देर हो जाएगी, इसलिए उसने अपना ड्रिंक पीना शुरू कर दिया। इस बीच उसने एक बार फिर राधिका को मैसेज किया, "कहाँ पहुँची?"

"अरे यार ये ट्रैफिक, क्लीयर ही नहीं हो रहा। मुझे बहुत बुरा लग रहा है, तुम्हें इस तरह इंतज़ार करवा कर," राधिका ने उदासी वाला एमोजी भेजते हुए लिखा

उसने वेंकट से पूछा, "ड्रिंक कैसा लगा?"

वेंकट ने चेहरे पर मुस्कान लाते हुए लिखा, "ओह हाँ, यह वाकई बहुत अच्छा है। तुम भी जल्दी करो तुम्हारी ड्रिंक में पड़ी बर्फ पिघल रही है।"

इस पर राधिका ने लिखा, "गूगल पर तो 15 मिनट दिखा रहा है।"

ये पढ़ते ही वेंकट खुश हो गया, उसने लिखा, "फिर तो पास ही हो मतलब,"

"हाँ, मैं कैफे पहुँचते ही कॉल करती हूँ तुम्हें," राधिका ने बताया।

वेंकट एक बार फिर राधिका का इंतज़ार करने लगा।

एक घंटा बीत गया, पर राधिका नहीं आई। वेटर भी दो बार आकर पूछ चुका था कि कहीं उसे कुछ और तो नहीं चाहिए?

वेंकट को अब थोड़ा अजीब लगने लगा था। वह मन बहलाने के लिए मोबाइल पर गेम खेलने लगा। करीब आधा घंटा और बीत गया। वेंकट को जब ख्याल आया तो उसने गेम बंद कर देखा कि कहीं राधिका की कोई मिस कॉल या मैसेज तो नहीं पड़ा है। ऐसा कुछ भी नहीं था।

उसने एक बार फिर राधिका को मैसेज किया, "कितनी दूर और?"

इस बार राधिका का कोई जवाब नहीं आया।

वेंकट ने थोड़ा इंतज़ार किया और 10 मिनट बाद राधिका को फिर मैसेज किया। दोबारा भी कोई जवाब नहीं मिला।

कोई जवाब न आने पर वेंकट थोड़ा परेशान हो गया। उसे कुछ समझ नहीं आ रहा था कि क्या करे। उससे अब न कैफे में बैठते बन रहा था न ही उठते बन रहा था।

कैफे में बैठे हुए उसे करीब दो घंटे बीत चुके थे।

वेटर एक बार फिर उसके सामने आ कर खड़ा हो गया। इस बार उसने संकोचवश पास्ता ऑर्डर कर दिया, जिसे खाने के बाद वह बिल देकर अपने रूम की ओर निकल गया।

आज उसका दिन बहुत खराब बीता था। एक तो पहली बार किसी लड़की ने उसे डेट पर बुलाया था, वो भी उससे मिलने तक नहीं आई। वेंकट को अपनी हालत पर बुरा लग रहा था।

रूम पर पहुँचते ही अश्विन ने उससे पूछा, "और कैसी रही डेट?"

पहले तो वेंकट ने झूँठ बोलने की सोची, पर ये सोचकर चुप रहा कि आगे और झूँठ बोलने पड़ेंगे। इसलिए उसने अपनी सारी कहानी अश्विन को बता दी।

वेंकट को सुनने के बाद अश्विन दंग रह गया।

उसने चौंकते हुए पूछा, "आई ही नहीं मतलब?"

वेंकट ने बताया, "अरे मैसेज पर बोलती रही आ रही हूँ, ट्रैफिक बहुत है, ये वो, पर आई नहीं। बाद में मैसेज का रिप्लाइ करना भी बंद कर दिया।"

अश्विन को वेंकट की कहानी सुनकर थोड़ा अजीब लगा।

कुछ देर बाद वेंकट ने पूछा, "मेरी छोड़, तू अपनी बता, तेरी डेट तो बढ़िया रही न?"

इस पर अश्विन ने बताया,

कहाँ, "यार मेरे साथ भी कुछ ऐसा ही हुआ है। आज मुझे श्रेया नाम की लड़की से मिलना था। हमारी अच्छी बातचीत हुई। इसके बाद हमने हडसन बार और कैफे में मिलने का फैसला किया। मैं वहाँ करीब तीन घंटे इंतजार करता रहा। तीन बीयर पी गया, पर वो आई ही नहीं।"

दोनों के साथ एक जैसी घटना ने उन्हें चौंका दिया। उन्होंने सोचा, पर कोई ऐसा क्यों करेगा?

वेंकट का एक कॉलेज फ्रेंड, मेरा दोस्त है। उसने मुझे कॉल कर मामला बताया। उसने मुझसे दोनों लड़कियों के बारे में पता करने के लिए कहा।

पहले तो मुझे मामला सुनकर हँसी आ गई। मैंने मज़ाकिया अंदाज में कहा, "भाई लड़की ने दूर से देख लिया होगा, पसंद न आने पर मिलने का प्लान कैन्सल कर दिया होगा।"

मेरे दोस्त ने कहा, "लेकिन दोनों के साथ एक ही दिन एक जैसी घटना होना, कुछ अजीब नहीं है?"

इस पर मैंने उसे सजेस्ट किया, "अपने दोस्त से कहो कि अगर लड़कियों की कोई फोटो हो तो, गूगल इमेज सर्च करके देख ले। शायद कुछ पता लग जाए।"

वेंकट ने मेरे कहे अनुसार, राधिका और श्रेया की तस्वीरें सर्च की। यहाँ उसे पता चला कि दोनों के नाम से सोशल मीडिया पर कई अकाउंट बने हुए हैं।

वेंकट ने मुझे कॉल कर यही बात बताई। साथ अपने लैपटॉप के स्क्रीन की फोटो भी शेयर की। मुझे फोटो में कुछ गड़बड़ लगी।

मैंने वेंकट से सर्च लिंक माँगा और वो इमेजेस भी। इसके बाद मैंने दोबारा गूगल सर्च किया। इसके बाद मुझे पता चला कि वेंकट सही कह रहा था, दोनों ही नाम पर कई फेक अकाउंट बने हुए थे। साथ ही दोनों तस्वीरें Thispersondoesnotexist.com से ली गई थीं।

इससे साफ था कि दोनों ही चेहरे नकली थे।

ये सोचने वाली बात थी कि दोनों के साथ ऐसा किसने और क्यों किया। मामला थोड़ा अजीब और थोड़ा फनी लग रहा था, इसलिए मेरे दिमाग से निकल भी नहीं रहा था।

काफ़ी सोचने के बाद मैं इस निष्कर्ष पर पहुँचा कि दोनों के साथ किसी ने प्रैंक किया है। हालाँकि मैं जानना चाह रहा था कि ऐसा करने वाला आखिर है कौन।

अचानक ही मेरे दिमाग में आया कि इस पूरे मामले में अगर किसी का सबसे ज़्यादा फ़ायदा हुआ है, तो वो है दोनों ही रेस्टोरेंट्स।

मामले को पूरी तरह समझने के लिए मैंने वेंकट और उसके दोस्त को दूसरे नंबर से दूसरा अकाउंट बनाने को कहा। साथ ही ऐप में उन्ही लड़कियों को खोज कर मैसेज करने की सलाह दी।

दोनों ने वैसा ही किया।

जैसा की हमें उम्मीद थी, राधिका और श्रेया का जबाब आया। दोनों की बात एक बार फिर शुरू हुई, और इस बार दोपहर में मिलने का प्लान तय हुआ। इस बार श्रेया ने किसी और रेस्टोरेंट का सुझाव दिया था। वहीं राधिका ने इस बार हडसन बार एंड कैफे सजेस्ट किया था।

श्रेया ने पहले अश्विन को इसी कैफे में बुलाया था।

प्लान के मुताबिक, वेंकट और अश्विन बताए हुए कैफे में पहुँच गए। दोनों को ही उम्मीद थी कि कैफे में न कोई राधिका आने वाली है और न ही कोई श्रेया।

इस बीच मैंने वेंकट को एक न्यूज लिंक जनरेटर कर भेजा, और कहा कि अगर सब कुछ पहले जैसा लगे तो राधिका को ये लिंक शेयर कर देना। साथ ही कहना कि मैं हडसन कैफे की जगह उसके सामने वाले कैफे में बैठा हूँ।

कुछ देर बाद वेंकट हडसन कैफे पहुँच गया, और जैसा की उसे उम्मीद थी राधिका नहीं आई। साथ ही वो वही पुराने मैसेज भेजे जा रही थी, जैसे ट्रैफिक में फँसी हुई है, 15 मिनट में आ जाऊँगी। ये देखते ही उसने राधिका को मेरे द्वारा भेज गया लिंक सेंड कर दिया। साथ ही उसने बताया कि वो हडसन के सामने वाले कैफे में बैठा है।

राधिका ने जैसे ही उस लिंक पर क्लिक किया। लिंक ने उसे लॉगइन करने के लिए बोला। राधिका ने जैसे ही गूगल से लॉगइन वाला विकल्प चुना। उसका गूगल ईमेल हमें मिल गया, ईमेल आईडी किसी श्रीनिवास चेतलापल्ली के नाम पर थी।

इससे साफ था कि दोनों को फ़साने वाला कोई लड़का था।

इसके बाद वेंकट ने हडसन कैफे के मालिक से बात की। उसने पूछा कि क्या वो राधिका या श्रेया नाम की लड़कियों को जानता है।

कैफे के मालिक ने इस बात से इंकार कर दिया। इसके बाद वेंकट ने उससे दोबारा पूछा कि क्या उन्हें पता था कि वेंकट नाम से कोई कस्टमर उनके कैफे में आने वाला है?

वेंकट के इस तरह पूछताछ करने पर कैफे का मालिक समझ गया कि कोई तो बात हुई है। उसने बताया कि एक मार्केटिंग कंपनी है, जिसने उनके साथ डील कर रखी है। वह लोग पहले ही बता देते हैं कि उनके कैफे में इस नाम से कस्टमर आने वाले है। ये लोग कस्टमर के नाम, फोटो और टाइमिंग भी बता देते हैं।

क्योंकि कंपनी द्वारा भेजे गए कस्टमर से हमारा फायदा होता है, इसलिए हम कस्टमर के बिल का 25% शेयर कंपनी को देते हैं।

हम लोगों को अब पूरा मामला समझ आ चुका था।

मतलब ये सब एक मार्केटिंग कंपनी की चाल थी। ये डेटिंग ऐप पर फर्जी अकाउंट्स बनाकर, कैफे, बार और रेस्टोरेंट्स में लोगों को भेजकर अपना काम चलाते हैं।

वैसे तो सीधे तौर पर देखा जाए तो ये कोई अपराध नहीं है, लेकिन हाँ इस मामले को धोखाधड़ी में ज़रूर गिना जा सकता है।

इस मामले में कोई पुलिस कम्प्लेन्ट तो नहीं की गई। लेकिन उस मार्केटिंग कंपनी को एक नोटिस भेजकर सावधान किया गया और कहा गया कि दोबारा इस तरह का मामला सामने आने पर उन पर कड़ी कार्रवाई की जाएगी।

25 दोस्त या साइबर ठग

विकास एक कंपनी के सीईओ हैं और पुणे में रहते हैं। मूलतः वह हमीरपुर जिले के कस्बे राठ के रहने वाले हैं।

एक दिन विकास एक मीटिंग के सिलसिले में मुंबई जा रहे थे। गाड़ी में बैठते ही उसके फोन पर एक मैसेज पॉप हुआ। मैसेज फेसबुक मैसेंजर पर आया था।

"हाय विकास, कैसा है तू?"

मैसेज का अंदाज देखकर विकास को लगा कि कोई जानने वाला है।

उसने उसी अंदाज में रिप्लाइ किया, "भाई, मैंने पहचाना नहीं?"

जवाब आया, "अबे भूल गया, क्रिश्चियन पब्लिक स्कूल, राठ, मैं गौरव।"

ये मैसेज पढ़कर भी विकास को कुछ याद नहीं आया।

उसने लिखा, "भाई मुझे याद नहीं आ रहा, सालों हो गए स्कूल छोड़े।"

इसके बाद गौरव ने उसे एक फोटो भेजी, और लिखा, "ये देख मैं, स्कंद और तू। ये फोटो शायद स्कंद के जन्मदिन की है।"

विकास ने स्कंद को फौरन पहचान लिया। उसने उत्साहित होकर एक बार फिर रिप्लाइ किया, "अरे वाह, पुरानी यादें ताज़ा हो गईं।"

विकास ने जिज्ञासु होते हुए पूछा, "तुझे पता है स्कंद कहाँ है?"

गौरव ने कहा, "स्कंद इन दिनों बेंगलुरु में हैं?"

विकास को एक पुराने दोस्त से बात कर और स्कूल की पुरानी यादें ताज़ा कर मज़ा आ रहा था।

उसने बात जारी रखते हुए लिखा, "स्कंद के पिता तो बैंक में थे न?"

"हाँ, लेकिन अब तो वह रिटायर हो चुके हैं। अब स्कंद के साथ बेंगलुरु में ही रहते हैं।"

स्कंद और विकास स्कूल के दिनों में काफ़ी अच्छे दोस्त हुआ करते थे। लेकिन ज़िंदगी की आपाधापी ने उन्हें एक दूसरे से दूर कर दिया था।

अपने सबसे अच्छे दोस्त के बारे में इतना कुछ जानने के बाद, विकास अब उससे बात करना चाह रहा था। वह स्कंद के साथ बैठकर एक बार फिर स्कूल के पुराने दिन जीना चाह रहा था।

ये ख्याल आते ही विकास ने गौरव से पूछा, "क्या तुम मुझे स्कंद का कान्टैक्ट दे सकते हो, मैं बहुत दिनों से उसे ढूँढ रहा था।"

इस पर गौरव ने लिखा, "यार मेरे पास उसका नंबर तो नहीं है। दरअसल, उसने हाल ही में अपना नंबर बदल लिया है। वैसे मैं पता करता हूँ, नंबर मिलते ही भेजता हूँ तुझे।"

दोनों की बातें लंबी चलती रहीं। विकास का पुणे से मुंबई तक का सफर कब पूरा हो गया, उसे भी नहीं पता चला।

विकास मुंबई में ही था, जब उसे गौरव का दोबारा मैसेज आया।

मैसेज में लिखा था, "स्कंद का नंबर मिल गया है, वह तुझे कॉल करेगा।"

मैसेज में आगे एक नंबर लिखा था।

कुछ देर बाद विकास को उसी नंबर से कॉल आया, जो गौरव ने उसे भेजा था।

विकास के फोन उठाते ही दूसरी ओर से आवाज़ आई, "अबे विकास, कैसा है तू?"

कॉल करने वाला स्कंद है, ये जानकर विकास का हाल कुछ ऐसा था, मानों उसे खोया हुआ कोई खज़ाना मिल गया हो। करीब 35 साल बाद उसकी अपने जिगरी दोस्त से बात हो रही थी।

उसने खुशी से चहकते हुए कहा, "यार स्कंद, कैसा है मेरे भाई। राठ से पापा का ट्रांसफर हुआ और हम सब झांसी शिफ्ट हो गए। उसके बाद तो तुझसे मिलने या बात करने का कभी मौका ही नहीं मिला।"

उसने आगे कहा, "वो तो भला हो फेसबुक का, मेरे पोस्ट डालने के कुछ महीने बाद ही तू मुझे मिल गया।"

बातें होती गईं और विकास पुराने दिन याद करके खुश होता गया।

आखिर में उसने स्कंद से पूछा, "अच्छा ये बता तू कर क्या रहा है आजकल?"

"मैं एक आईटी कंपनी में वाइस प्रेसीडेंट हूँ।"

"तू तो बड़ा बिज़नस मैन हो गया है," स्कंद ने कहा।

"अरे बस रोज़ी-रोटी चल रही है," विकास ने आम-सा जवाब दिया।

उसने आगे कहा, "अच्छा सुन न, मेरी एक बड़े टेन्डर को लेकर मीटिंग है, मैं अभी उसमे शामिल होने जा रहा हूँ। अगर बात बन गई तो मुझे बिज़नस में बहुत फायदा होगा। इसलिए अभी मैं फोन रखता हूँ, शाम को आराम से बात करेंगे।"

"हाँ भाई, कोई बात नहीं हम शाम को आराम से बात करते हैं। मीटिंग के लिए ऑल द बेस्ट!"

देर शाम जब विकास ने स्कंद को कॉल किया तो बातों-बातों में स्कंद ने उससे, उस टेन्डर के बारे में पूछा जिसके लिए सुबह वह मीटिंग करने गया था।

विकास ने उसे बताया, “अरे भाई 750 करोड़ का टेन्डर है, अच्छी बात ये है कि मैंने अपनी तरफ से पूरी तैयारी कर ली है। मुझे यकीन है कि टेन्डर मुझे ही मिलेगा।”

“अरे ये भी कोई कहने की बात है, तू तो हमेंशा से ही होशियार था।”

दोनों ने कुछ देर सामान्य-सी बातें की और उसके बाद फोन रख दिया।

अगले दिन जब स्कंद ने विकास को फोन किया तो विकास ने फोन नहीं उठाया। दरअसल, उसका टेन्डर कुछ अटक गया था, जिसको लेकर वो परेशान था।

उसने स्कंद को मैसेज करते हुए लिखा, “टेन्डर के काम में फँसा हूँ, GloIT के टेन्डर में मुश्किल आ रही है।”

इस पर स्कंद ने लिखा, “मैं GloIT में कुछ बड़े अधिकारियों को जानता हूँ। मैं कुछ मदद करूँ क्या?”

“नहीं, अभी मैं संभाल लूँगा, अगर कुछ हुआ तो बताता हूँ।”

अब स्कंद और विकास की बातें अक्सर होने लगी थीं। उनकी जब कभी बात होती, स्कंद कैसे भी करके टेन्डर से संबंधित बात छेड़ देता और विकास उसे अपने काम की वर्तमान स्थिति बताता रहता। ऐसे में स्कंद को विकास के टेन्डर प्रपोज़ल की लगभग पूरी जानकारी थी।

विकास ने टेन्डर प्रपोज़ल जमा कर दिया था। अब 23 अक्टूबर को टेन्डर खुलने वाला था।

एक दिन फोन पर स्कंद ने बताया कि 23 अक्टूबर को वह मुंबई में ही रहेगा। इस पर विकास ने खुश होते हुए कहा, “तब तो फिर हम वहीं टेन्डर मिलने की पार्टी करेंगे।”

“अरे बिल्कुल,” स्कंद ने जवाब दिया।

23 अक्टूबर

विकास ने सुबह ही स्कंद को फोन लगाया। हालाँकि स्कंद का फोन बंद आ रहा था, इसलिए दोनों की बात नहीं हो पायी।

विकास ने स्कंद को मैसेज किया कि शाम को एयरपोर्ट के पास वाले होटल में मिलेंगे। इसके बाद वो मीटिंग की तैयारी में जुट गया। विकास के लिए ये बड़ा दिन था।

टेन्डर शाम 5 बजे खुलना था। विकास अपनी टीम के साथ सरकारी कार्यालय में मौजूद था।

विकास पूरे यकीन के साथ बैठा था कि टेन्डर तो उसे ही मिलने वाला है। हालाँकि टेन्डर खुलते ही विकास के होश उड़ गए।

विकास जिस दावेदार को सबसे कमज़ोर समझ रहा था, टेंडर उसे ही मिल गया था। विकास को कुछ समझ नहीं आया कि ये सब कैसे हो गया। विकास को एक बात और परेशान कर रही थी, वो ये कि जिस कंपनी को टेन्डर मिला था, उसके और विकास के कोटेशन में सिर्फ 10 करोड़ का अंतर था। विकास ने 720 करोड़ की बोली लगाई थी, और सामने वाली कंपनी ने 710 करोड़ की। इतना करीबी फ़ासला, ये बात विकास को परेशान कर रही थी।

विकास निराश होकर होटल लौट आया। अब उसकी स्कंद से भी मिलने की इच्छा नहीं थी।

अगले दिन विकास पुणे लौट आया और अपने काम में बिज़ी हो गया। कई दिन बीत गए पर स्कंद का उसे एक भी फोन नहीं आया। वहीं इस बीच विकास ने उससे कान्टैक्ट करने की कोशिश की, पर हर बार उसका फोन बंद बता रहा था।

स्कंद का पता लगाने के लिए विकास ने गौरव को फोन किया, पर उसका फोन भी बंद बता रहा था।

दो दिन इंतज़ार करने के बाद जब दोनों से कोई संपर्क नहीं हुआ तो विकास को कुछ गड़बड़ महसूस हुई। विकास को मामला पुलिस में शिकायत करने जैसा नहीं लग रहा था, इसलिए उसने निजी जाँच करवाने का फैसला किया।

...और इस तरह ये मामला मुझ तक पहुँचा।

मैंने विकास की पूरी कहानी अच्छे से सुनी और मामला समझने की कोशिश की। विकास के अनुसार गौरव ने उसे जितनी भी बातें बताई वह बहुत कम लोग ही जानते थे। मसलन, उसके खास दोस्त या शायद घरवाले।

विकास ने मुझे वो तस्वीर भी भेजी, जो गौरव ने उसे मैसेंजर पर भेजी थी।

मैंने वह तस्वीर ऐनलाइज़ की तो पता चला कि उसे डीपफेक टेक्नॉलजी से तैयार किया गया था।

इसके बाद मैंने विकास के सोशल मीडिया हैन्डल पर नज़र दौड़ाई। जहाँ मुझे एक पोस्ट दिखा, जिसे विकास ने करीब दो महीने पहले फेसबुक पर पोस्ट किया था।

पोस्ट में विकास ने लिखा था कि वह अपने पुराने दोस्त स्कंद गुप्ता को ढूँढ रहा है, जिसके साथ उसने एक पुरानी तस्वीर स्कंद के साथ पोस्ट की थी।

जाँच में पता चला कि पोस्ट के करीब एक महीने बाद गौरव ने विकास को कान्टैक्ट किया था।

इस सबसे पता चल रहा था कि कोई था जो विकास का भरोसा जीतकर, उससे उसके बिज़नस की जानकारियाँ निकलवा रहा था।

ये सब जानने के बाद विकास ने पुलिस में धोखाधड़ी की शिकायत करने का फैसला किया।

स्कंद और गौरव बनकर फोन करने वाले ठगों के नंबर की जाँच हुई तो दोनों नंबर किसी अंजली के नाम पर पाए गए।

फेसबुक अकाउंट और आईपी लॉग के ज़रिए दोनों तक पहुँचने की कोशिश की गई। हालाँकि अपराधी बहुत शातिर थे, उन्होंने कोई सुराग नहीं छोड़ा था।

सवाल ये था कि दोनों आरोपियों को विकास से टेन्डर की जानकारी निकलवाने के लिए किसने कहा था।

विकास के मुताबिक, "क्रिप्टो आईटी फर्म नाम की एक कंपनी ने उसे सरकारी टेन्डर दिलवाया था।"

तो क्या कंपनी ने ही विकास की सारी डिटेल्स लीक की थी?

हमने दोनों नंबरों की लोकेशन पता की तो दोनों मुंबई और उसके उपनगरों के आस-पास की पता चलीं।

आगे की जाँच में पता चला कि दोनों बांद्रा इलाके में ज़्यादा सक्रिय रहे हैं। इसके बाद हमने बांद्रा की लगभग सारी जासूसी एजेंसियों और निजी जाँच एजेंसियों के बारे में पता किया। साथ ही ये भी पता करने की कोशिश की, कि क्या इन जाँच एजेंसियों में किसी का संबंध क्रिप्टो आईटी कंपनी के साथ है। हालाँकि ये पता करना मुश्किल था।

अब बारी थी फोन के आईएमईआई से ये पता करने की, कि क्या आरोपियों के फोन में पहले भी कोई सिम इस्तेमाल हुए हैं। अगर हुआ है तो किनके नाम पर।

टेलीकॉम ऑपरेटरों से हमें जो जानकारी मिली, उसके हिसाब से दोनों ही फोन नये थे। इससे पहले उनमें किसी सिम का उपयोग नहीं हुआ था।

केस को करीब 15 दिन बीत चुके थे। इस बीच मैंने नया जियो का सिम कार्ड लिया। उस वक्त दुकानदार ने मुझे एक मज़ेदार बात बताई।

उसने कहा, "जियो सिम कार्ड के साथ ऑपरेटर एक फीचर देता है। अगर आप अपने फोन के आईएमईआई नंबर को एक एसएमएस कमांड के ज़रिए 199 पर भेजें तो आपको पता चल जाएगा कि आपके फोन में इस समय कौन सा सिम इस्तेमाल हो रहा है।"

तभी मुझे अइडिया आया।

मैंने आरोपियों के फोन के आईएमईआई नंबर को 199 पर भेज दिया।

Jio <IMEI>

एक नंबर का तो कोई जवाब नहीं आया। मगर दूसरे नंबर का जवाब आ गया और हमें फोन में पड़े मौजूदा सिम का नंबर मिल गया।

जाँच में पता चला कि नंबर किसी रूबीना का है, जिसने उसे एक दुकान से ख़रीदा था।

दुकानदार से पूछने पर पता चला कि किसी कैब ड्राइवर ने उसे फोन बेचा था।

वहीं जब कैब ड्राइवर को पकड़ा गया, तो पता चला कि उसे फोन कचरे के ढेर में मिला था।

हम सोच में पड़ गए कि आरोपी तक कैसे पहुँचे।

तभी टेलीकॉम ऑपरेटर्स ने सूचना दी। उनके मुताबिक उस मोबाइल फोन में पिछले तीन दिनों में चार सिम कार्ड बदले गए थे। ये हमारे लिए काम की इनफार्मेशन थी।

रूबीना से पहले दुकान के मालिक का सिम कार्ड फोन में था। उससे पहले कैब ड्राइवर का और उसके पहले एक और सिम कार्ड उस मोबाइल में डाला गया था।

उस व्यक्ति का नाम था दानिश, जो कैब ड्राइवर का दोस्त था। दानिश एक जासूस एजेंसी में टैक्निशियन था। एजेंसी ने उसे फोन नष्ट करने के लिए बोला था। लेकिन कुछ रुपयों के लालच के चलते उसने फोन कैब ड्राइवर को बेच दिया।

पुलिस ने दानिश को हिरासत में लेकर पूछताछ की, जिसके बाद हम जासूस एजेंसी तक पहुँच गए। ये एजेंसी अलग-अलग तरीकों से साइबर वर्ल्ड के ज़रिए लोगों से उनकी निजी जानकारियाँ निकलवाने का काम करती थी।

26 क्रिमिनल अंडर पाश एक्ट

सोमेश आज काफ़ी खुश था। उसे कंपनी की तरफ से अमेरिका भेजा जा रहा था। उसकी आज रात की फ्लाइट थी।

बेटा विदेश जा रहा है, ये जानकर सोमेश के माता-पिता खुश थे। हालाँकि उन्हें चिंता भी थी कि उनका बेटा कैसे अकेले, पराए देश में सब संभालेगा।

जहाँ माँ दवाएं रखने की सलाह दे रही थी। वहीं पिता जी एयरपोर्ट पर पहुँचते ही इंटरनेशनल सिम लेने की बात याद दिला रहे थे।

सोमेश सबकी सुनकर बस, 'हाँ', 'ठीक', 'कर लूँगा' जैसे जवाब देकर बात खत्म करता जा रहा था।

सोमेश विदेशी करंसी लेने के लिए घर से निकल ही रहा था कि तभी उसे एक कॉल आया।

कॉल ऑफिस से था।

सोमेश के बॉस कार्तिक ने कहा, "सोमेश, तुम्हारी अमेरिका की ट्रिप कैन्सल हो गई है। तुम जितना जल्दी हो सके ऑफिस में रिपोर्ट करो।"

अचानक आए इस कॉल से सोमेश कन्फ्यूज़ हो गया, उसे समझ नहीं आया की ऐसे अचानक उसकी ट्रिप कैन्सल क्यों कर दी गई। बॉस की आवाज से सोमेश को मामला गंभीर लग रहा था।

उसने बिना समय गवाए अपनी बाइक निकाली और ऑफिस के लिए निकल गया।

ऑफिस पहुँचकर सोमेश सीधा कार्तिक के चैंबर में पहुँचा।

सोमेश को देखते ही कार्तिक ने कहा, "तुम्हारे ख़िलाफ POSH ऐक्ट (भारतीय कार्यस्थल पर यौन उत्पीड़न निवारण अधिनियम) के तहत शिकायत की गई है। क्योंकि मामला सीरीयस है, इसलिए हम आपको कंपनी को रेप्रिज़ेन्ट करने के लिए अमेरिका नहीं भेज सकते।"

POSH ऐक्ट के तहत हर कंपनी को एक POSH नीति बनानी होती है। नीति का उल्लंघन करने वाले के खिलाफ गंभीर कार्रवाई हो सकती है।

अपने बॉस की बात सुनकर सोमेश को बड़ा झटका लगा। उसे समझ नहीं आया कि वह क्या कहे।

उसने बस शिकायतकर्ता का नाम पूछा। हालाँकि बॉस ने जाँच और पीड़िता की सुरक्षा के तहत कुछ भी बताने से मना कर दिया। साथ ही सोमेश को मामले की जाँच होने तक कहीं भी ट्रैवल करने से मना कर दिया।

कार्तिक ने आगे कहा, "POSH कमेटी कल आपसे पूछताछ करेगी।"

सोमेश मन में कई सवाल लिए घर लौट आया। उसने घर पर झूठ बोलते हुए कहा कि किसी ज़रूरी काम की वजह से उसका अमेरिका जाना कैन्सल हो गया है।

माता-पिता अब भी खुश थे, ये सोचकर कि नया साल सब साथ में ही मनाएँगे। वहीं सोमेश के दिमाग में अलग ही हलचल मची थी।

POSH की पूछताछ

अगले दिन सोमेश POSH कमेटी के सामने पूछताछ के लिए पेश हुआ। जहाँ उसे पता चला कि उसके स्काइप अकाउंट से ऑफिस की तीन लड़कियों को अश्लील मैसेज और वीडियो भेजे गए हैं।

चूँकि सोमेश ने ऐसा कुछ भी नहीं किया था, इसलिए उसने चौंकते हुए कहा, "सर मैंने ऐसा कुछ भी नहीं किया है।"

सोमेश को सुनने के बाद POSH कमेटी ने फैसला किया कि मामले की जाँच के लिए एक टीम तैयार की जाएगी। इसके बाद कमेटी ने सोमेश के ऑफिस लैपटॉप और मोबाइल फोन को जाँच के लिए भेज दिया।

सोमेश को डर था कि कहीं उसके ही फोन या लैपटॉप में कोई गड़बड़ न निकल आए। हालाँकि उसने मन मज़बूत कर अपना लैपटॉप और मोबाइल जाँच के लिए दे दिया।

लैपटॉप लॉग्स की जाँच के दौरान, जाँच टीम को सोमेश के स्काइप चैट में लड़कियों को भेजे गए मैसेज और वीडियो मिल गए।

सोमेश के अनुसार उसने ऐसा कुछ भी नहीं किया था, पर क्योंकि सारे सुबूत उसके खिलाफ़ थे, इसलिए वो चाह कर भी खुद को निर्दोष साबित नहीं कर सका।

वहीं POSH कमेटी ने सोमेश के कहा, "क्योंकि ये आपकी पहली गलती है, इसलिए हम आपको चेतावनी देकर छोड़ सकते हैं। बस आपको तीनों लड़कियों से अपने किये की माफी माँगनी होगी। ऐसा न करने पर आपको कंपनी से इस्तीफा देना होगा।"

सोमेश उलझन में था। उसे ऐसे अपराध की माफी माँगने के लिए कहा जा रहा था, जो उसने किया ही नहीं। साथ ही वह ये भी सोच रहा था कि अगर उसने माफी माँग भी ली, तो भी वो इस इल्ज़ाम के साथ ऑफिस में शांति से काम नहीं कर पाएगा और हमेंशा तनाव में ही रहेगा।

सोमेश इतनी अच्छी नौकरी को छोड़ना भी नहीं चाहता था।

उसे डर था कि अगर बात एचआर सर्कल में फैल गई तो उसे आगे कहीं नौकरी मिलना भी मुश्किल हो जाएगा।

सोमेश इस घटना से काफ़ी परेशान था उसे समझ नहीं आ रहा था कि क्या करे। उसने घर आकर सारी बात अपने पापा राजेश को बताई, जिससे वो भी असमंजस में पड़ गए। उन्हें भी समझ नहीं आ रहा था कि बेटे को क्या सलाह दें।

आखिर में राजेश जी ने कुछ वकीलों से इस विषय में बात की। ज़्यादातर लोगों ने कंपनी के निर्णय को ही अंतिम निर्णय बताया।

हालाँकि वकील पंकज ने उन्हें सलाह दी कि सोमेश POSH कमेटी से उसके लैपटॉप की फॉरेंसिक जाँच करवाने की रीक्वेस्ट कर सकता है। साथ ही किसी थर्ड पार्टी एक्सपर्ट को मामले की जाँच में शामिल करने को भी कहें।

POSH कमेटी ने सोमेश की रीक्वेस्ट मान ली और इस तरह मुझे ये केस असाइन हुआ।

मेरी टीम ने सबसे पहले सोमेश का लैपटॉप स्कैन किया। ये पता करने के लिए कि कहीं उसका स्काइप अकाउंट हैक तो नहीं किया गया है या उसका अकाउंट किसी और डिवाइस में तो लॉगइन नहीं है।

इसे चेक करना बहुत आसान है। इसके लिए आप अपने किसी भी दोस्त के चैट बॉक्स में जायें और लिखें- /showplaces

इसके बाद आपके सामने उन सभी डिवाइस की डिटेल आ जाएगी, जहाँ आपका स्काइप अकाउंट लॉगइन है।

अच्छी बात ये है कि आपके दोस्त को भी ये कमांड मैसेज नहीं जाएगा। ये सर्वर साइड पर ही एग्जीक्यूट हो जाता है।

हमने जब सोमेश के स्काइप अकाउंट के लिए कमांड दिया, तो पता चला कि उसका अकाउंट सिर्फ उसके लैपटॉप से ही लॉगइन है।

"तो क्या सोमेश झूठ बोल रहा था?"

किसी भी निर्णय पर पहुँचने से पहले पूरी जाँच करना ज़रूरी होता है। हमने भी वैसा ही किया।

आगे की जाँच के लिए हमने सोमेश की एक्टिविटी हिस्ट्री देखी। जो-

https://account.live.com/activity

पर लॉगिन कर कोई भी देख सकता है।

जब मैंने सोमेश की हिस्ट्री देखी तो मुझे कुछ अजीब लगा।

मैंने सोमेश से पूछा, तुमने दो दिन पहले अपना पासवर्ड बदला था क्या?

सोमेश को ठीक से याद नहीं था। उसने कहा, "हाँ, शायद"

मैंने फिर कहा, "तुम्हें याद क्यों नहीं है। एक्टिविटी हिस्ट्री के मुताबिक तुमने अपना पासवर्ड एक बार नहीं बल्कि दो बार बदला है।"

इसपर सोमेश ने हड़बड़ाते हुए कहा, "नहीं मुझे याद आ गया, मैंने अपना पासवर्ड सिर्फ एक बार ही बदला था।"

सोमेश की एक्टिविटी लिस्ट के हिसाब से पिछले तीन दिनों में दो बार उसके स्काइप अकाउंट का पासवर्ड चेंज किया गया था। ये सब देखकर लग रहा था कि सोमेश का अकाउंट हैक किया गया है।

आपकी एक्टिविटी हिस्ट्री में स्काइप आपको कई जानकारी देता है।

अकाउंट किस डिवाइस से लॉगइन हुआ है, उसका आईपी एड्रेस क्या था। साथ ही हम मैप पर लॉगइन लोकेशन भी देख सकते हैं।

एक्टिविटी हिस्ट्री से मिले आईपी एड्रेस से हमें पता चला कि तीन दिन पहले, उसके ऑफिस से ही किसी ने उसके अकाउंट का पासवर्ड चेंज किया था।

वहीं ये भी पता चला कि स्काइप लॉगिन किसी विंडोज लैपटॉप से नहीं बल्कि एक एंड्रॉइड फोन से किया गया था।

जबकि सोमेश का कहना था कि उसने अपना स्काइप अकाउंट कभी मोबाइल से लॉगिन नहीं किया है।

इस सबसे साफ था कि किसी ने पहले सोमेश का अकाउंट हैक किया, फिर पासवर्ड बदल कर उसे एक्सेस किया। वहीं जब सोमेश अपना अकाउंट लॉगइन नहीं कर पाया तो उसने पासवर्ड रीसेट कर दोबारा अकाउंट लॉगइन कर लिया।

चूँकि वह अमेरिका जाने की तैयारियों में व्यस्त था, इसलिए उसने ध्यान नहीं दिया कि उसके अकाउंट से लड़कियों को मैसेज भेजे गए हैं।

इस सब से ये तो साबित हो गया था कि सोमेश निर्दोष है। हालाँकि अभी भी अपराधी को पकड़ना बाकी था।

स्काइप अकाउंट लॉगइन करते समय हमेंशा एक ओटीपी आता है। इसके लिए हमने सोमेश के फोन में पिछले तीन दिनों के ओटीपी चेक किया। जहाँ हमें स्काइप का ओटीपी मिल गया। ओटीपी का समय दोपहर 2:20 था, जिसकी लोकेशन ऑफिस की ही थी।

इसके बाद हमने सोमेश से पूछा कि उस दिन उसके साथ कौन था। लेकिन सोमेश को कुछ भी याद नहीं आ रहा था।

इसके बाद हमने उसे ऑफिस के लोगों को देखकर याद करने को कहा। फिर भी सोमेश को कुछ याद नहीं आया।

इसके बाद हमने ऑफिस में लगे सीसीटीवी कैमरों की जाँच की। हमने तीन दिन पहले की दोपहर 2:20 के आसपास की फुटेज चेक की। फुटेज में सोमेश की सीट तो ठीक से नहीं दिख रही थी, मगर ये साफ नज़र आ रहा था कि उस वक़्त उसकी सीट पर कौन गया था।

फुटेज में दिखा कि सोमेश के सीट से उठते ही ऑफिस की सनाया, उसकी सीट पर गई थी। फुटेज में वो सीट पर पहुँचते ही अपने फोन में कुछ करती दिखाई दे रही थी।

सनाया, सोमेश की टीम में ही थी, जो उसके साथ प्रोजेक्ट में काम कर रही थी। उसे इस बात पर गुस्सा आ रहा था कि एक साथ काम करने के बाद भी सोमेश को अमेरिका में कस्टमर विजिट के लिए चुना गया। तभी उसने सोमेश को फ़साने का प्लान बनाया, जिससे सोमेश का ट्रैवल कैंसिल हो जाए और मैनेजर उसे अमेरिका न भेजें।

खुद को साबित करने के जुनून के चलते सनाया ने एक बड़े अपराध को अंजाम दे दिया। वहीं सोमेश और उसके पिता की सूझबूझ ने उसकी नौकरी और इमेज दोनों बचा ली।

मामले का खुलासा होते ही POSH कमेटी ने सोमेश पर लगे चार्ज वापस ले लिए। सोमेश के निर्दोष साबित होने के अगले हफ्ते ही कंपनी ने उसे अमेरिका में कस्टमर विजिट के लिए भेज दिया। वहीं सनाया को उसके किये की सज़ा दी गई।